ठग

ठग

मुक्ता सिंह-ज़ौक्की

Cover designed by eKalpana Kitab team

This book is a work of fiction. Names, characters, places, and incidents either are products of the author's imagination or are used fictitiously. Any resemblance to actual persons, living or dead, events, or locales is entirely coincidental.

Printed in the United States of America

First Printing: April 2018
eKalpana Kitab

ISBN- 978-0-9997387-5-7

आरम्भ

अकसर भिड़ती ताकतें मिल कर कुछ नया तैयार कर डालती हैं. मैं जो हाल सुनाने जा रहा हूँ उसमें कुछ ऐसा ही हुआ था. मैं, ज़ालिम सिंह, इस गुत्थी में फँसा था कि ये हाल मुझे सुनाना चाहिए भी या नहीं.

अब सुना रहा हूँ, तो अर्ज़ करता हूँ कि मेरे नाम पर न जाईएगा. ज़ालिम उजाड़ता है. उजाड़ ... नाश ... मटियामेट करना ... कौन इंसान इस सब से नफ़रत नहीं करता? ख़ास-तौर पर जब नाश जायदाद या जान का होता हो तब. हाँ, किसी के भले नाम का नाश करना अलग बात मानी जाती है ...

तो जनाब, नाम पर न अटकिएगा. मैं क़िस्सा-ख़्वानी करने वाला, क़िस्से सुनाता हूँ. वैसे इस फन में नामी भी हूँ.

आगे, देखने में कोई ख़ास नहीं हूँ. मेरे चेहरे को भयानक ही कहा जाएगा. काली उँगली को आदमी का नाप दे दें, उसके निचले भाग में धोती पहना दें, इस पूरे ढाँचे को दो लड़खड़ाते घुटनों पर टिका दें, मेरा खाका खिंच जाएगा. बस.

और सुनाऊँ, पैदाइशी गंजा हूँ. आज तक इस मनहूस खोपड़ी पर एक बाल नहीं फूटा है. मुझे तो आप बिन चेहरे का ही समझिए, केवल आवाज़ मानिए. मेरी बातें व कहानियाँ आँखें मींच के सुनिए. मैंने भी कुछ ऐसा ही इंतज़ाम किया हुआ है. मेरी सूरत पर पहली नज़रें पड़ने पर लोगों में जो ख़ौफ़ जागता है, उसे देख कर मैं ही न सकपका जाऊँ, खुद को बचाने के लिए मैं शुरुआत के उन लम्हों में आँखें मूंद लेता हूँ. जो न दिखे वो होता थोड़ी है. यही उसूल है.

मेरा डरावनापन यहीं खत्म नहीं होता है. मैं, नकटा. कनकटा भी. मेरे ये अंग लखनादौन के राजा के आदेश पर काट दिए गए थे. राजा तो मेरा सर अपनी

अलमस्त-उमंगी, बगल-परवरदाह, ख़ास पसंदीदा हथिनी के पाँव तले कुचलवाने को उतारू था. वो मेरी खुशनसीबी थी कि सज़ा वाले रोज़ राजा का एक नई रानी से ब्याह रचाने को मन अटक आया था. खुशी के दिन मरते आदमी की हाय न लग जाए, इस डर से उसने मेरी सज़ा हल्की कर दी थी. वैसे शुरू में राजा का मेरे माथे पर गर्म सलाख से ये बदनुमा शब्द, "शख़्स था ये एक ठग", दगवाने का विचार था. ये बात बाद में एक चीथड़े में मेरे कान और नाक पकड़ाते हुए मुझे बतलाई गई थी. न जाने क्यों, शायद ये सोच कर कि ज़्यादातर आबादी अनपढ़ है, मेरे माथे पर लिखा क्या है क्या समझ पाएगी? उलटे कहीं नए रिवाज़ के सुंदर बेलबूटे समझ कर अपने-अपने माथे पर भी न गुदवाना शुरू कर दे, राजा ने इस सज़ा के लिए मनाही कर दी और मेरे नाक और कान कटवाने का हुक्म दे दिया. ख़ैर, नाक और कान काटे जाने के बावजूद, मेरे सूँघने और सुनने में कोई फ़र्क नहीं आया है. उलटे, घटने के बजाय इनकी क्षमता बढ़ और गई है. मेरा सुनना तो ऐसा ज़बरदस्त है, ऐसी-ऐसी बातें सुन पाता हूँ, जैसी और कोई न सुन पाए.

मेरा सिर हज़ारों लाजवाब अफ़सानों का भंडार है. ज़्यादातर अफ़साने मेरे कान में मेरे तोते के फुसफुसाए हुए हैं. कई हैं जो मेरा आँखों देखा हाल हैं, कई और मेरी खुद की आप-बीती हैं. सिर्फ़ ये, जो तुरंत इस आरम्भ में मैं पेश करने वाला हूँ, वो न तो मेरे तोते का बताया हुआ है, न ही मेरा देखा हुआ. इसके बारे में मुझे कुछ भरोसेमंदों से पता चला. ये लोग एक बड़ी यात्रा के तमाशाई थे.

1818 की बात है. आधे भारतवर्ष को अपने रखवालों – अंग्रेज़ कम्पनी - के हवाले कर, मराठा साम्राज्य के आखिरी प्रधानमंत्री, बाजी राव द्वितीय, कम्पनी के पहरे में अपनी राजधानी पूना छोड़ कर आठ सौ पचास मील दूर उत्तर भारत के बिठूर गाँव के महाराज की उपाधि धारण किए जा रहे थे.

बिठूर. छह बटे छह मील के इस स्थान को गाँव ही कहेंगे.

ये सुन कर कि उन के गाँव के पास से अद्‌भुत कुल का एक ऐसा मान्य इंसान गुज़रने वाला है, ढंगे-बेढंगे, हर तरह के हज़ारों आदमी उनके दर्शन के लिए उमड़ पड़े, खड़े-खड़े, अनाथों की तरह रो रहे थे. रास्ते भर यही ताँता लगा हुआ था.

देखने वालों में कईयों को इस बात से हैरानी हो रही थी कि इतने बड़े घाटे के बाद भी भूतपूर्व प्रधानमंत्री बड़े तुले हुए से बैठे थे. न कोई शर्म के, न पछतावे के इशारात थे. इतना इनको साफ़ दिखाई दे रहा था. बड़े सुकून में दिख रहे थे, कि अच्छा हुआ, बला टली, किस झंझट में पड़ा था. और हो भी क्यों न सुकून? लाखों में एक न थे? इष्ट थे. किस्मत के राजा, तृप्त. चालीस वर्ष की उम्र में सब देख चुके थे, आगे का जीवन सोने-चाँदी में लोट-लोट कर काटेंगे. बिठूर पहुँच कर बाक़ी उम्र महल की संगमरमरी सीढ़ियों पर बहती गंगा मैया के पानी में पैर धो धो कर काटेंगे. सुकून काहे न होगा?

लेकिन रास्ते में हर कोई यह राय नहीं रखे था. कई थे जिन्हें बाजी राव साफ़ बौराया सा दिख रहा था. क्या ये मुमकिन है कि यात्रा की अफ़रा-तफ़री में उस पहले गुट के लोग बाजी राव का हैरान हाल पहचान ही नहीं पाए? क्योंकि इन लोगों को तो ऐसा लग रहा था मानों जिस भूत को उतारने में बाजी राव ने सालों बिता दिए थे, वही अब उतरने के बजाय उनके सामने मँडरा रहा हो. पाँचवें प्रधानमंत्री नारायण राव के भूत को ले कर बाजी राव के यत्नों के बारे में किसे नहीं मालूम था. गद्दी के लिए बाजी राव के माँ-बाप ने नारायण राव को मरवा डाला था. ये उन्होंने सही नहीं किया, क्योंकि फिर तो नारायण राव का भूत उन के बेटे के पीछे हाथ धो कर ही पड़ गया था. "तेरा कुल तो गया, तेरा घर तो जला, तेरा बंस बुझा ..." सालों से यही बकता चला जा रहा था. भूत की बात में कुछ तो दम था. छह बीवियाँ ब्याह ली थीं बाजी राव ने, बेटे कहाँ थे? न-न! इन लोगों को तो बाजी राव साफ़-साफ़ सिटपिटाया-सा दिख रहा था.

लेकिन सच तो ये था कि बाजी राव द्वितीय के रोज़मर्रा जीवन में कोई फ़र्क नहीं आया था. कूच के उन दो सौ पचास दिनों में –

कैसे थकाऊ दो सौ पचास दिन थे वे! वक्त बेदर्दी से धीमे-धीमे बीत रहा था. क्या वो दिन आसानी से भुलाया जा सकता है जब तपती धूप में लगातार सात दिन खींचते-खचेरते, वे चम्बल पहुँचे. एक उतार पर जहाँ से नदी सागर समान असीम दिख रही थी और नीचे बहता पानी दूर-दूर तक गदला सा दिख रहा था, आठ हज़ार पंथी और पिछलगे आदमी, औरत और बच्चे और उनके बार-बरदारी के जानवर नदी पार करने के लिए अपने गद्दी से गिरे मुखिया के पीछे खड़े इंतज़ार कर रहे थे.

पानी के उस कम गहरे संकरे रास्ते पर कारवाँ धीरे-धीरे नदी पार कर रहा था. अचानक बीच मझधार में जहाँ हवा नम्र और ठंडी सी थी, सबसे छोटी रानी मचल गई. रथ रुकवा दिया और तुरंत ही बाजी राव का ख़ास आदमी, पंडु राव तोपे, अपने घोड़े से उतर कर रथ के बैलों के बगल में तैनात हो गया, ये देखने कि जब तक रानी आराम फरमाएँ पीछे खड़े जनों में कोई आगे बढ़ने की जुर्रत तक न करे. पलकें झुकाए, चम्बल के पानी में दोनों पैर सोखे, खड़ा रहा. फिर छठी रानी ने एक लम्बी आह भरी और कहने लगी, "तुम नहीं समझ पाओगे कि इस जगह आकर मेरा चित्त कैसे शांत सा हो गया है. ये मंद हवा मेरे कपड़ों को भेदते हुए, मेरे हाड़-मांस में घुस कर सीधा मेरे प्राण और कलेजे को ठंडक पहुँचा रही है. देखा कैसी बेदर्दी से सूरज अपनी गरम बरछियों से मेरे तन को कुरेदे जा रहा था. मेरी तो खाल ही पूरी कुरकुरा गई थी. जी में कैसी कुलबुलाहट हो रही थी. अब तो मैं इस आरामदेह हवा को तब तक सोखती रहूँगी जब तक पूरा चैन न पा लूँ."

वफ़ादार नौकर सात घंटे वहीं खड़ा रहा. इन सात घंटों में पीछे खड़े हज़ारों जन मशाल जैसे सूरज के नीचे इंतज़ार करते रहे. लू के थपेड़े खा-खा कर कई टपक गए. मगर सही मायने में बस पाँच जनों के लिए ये गर्मी जानलेवा साबित हुई.

लेकिन बात चली थी बाजी राव की दिनचर्या की. उसमें कोई खास फ़र्क नहीं आया था. रोज़ाना तड़के उठ कर, नहा-धो कर, तीन अलग-अलग प्राणायाम की गत कर के, वो सिद्धी मंत्र का जाप करता था – पूरे एक सौ आठ बार. साथ लगे अड़तालिस नहाए-धुले, सफ़ेद-वस्त्र धारी आदमी भी उसके सुर में अपने सुर मिलाकर वही जाप करते. क्योंकि कहा जाता है कि इस मंत्र का जाप यदि रोज़ाना उसी घड़ी अड़तालिस दिनों तक किया जाए तो गणेश भग्वान बड़े प्रसन्न होते हैं.

रही बात सफ़र की बाक़ी नीरस घड़ियों की, उनमें वो काम-क्रिया में शामिल हो अपना मन लगाता था. राह गुज़रते अनेकों शहरों और गाँवों से उसे मन-मर्ज़ी चयन भी मिल जाता था. पूना के आसपास तो अनेकों उसके जने घूम रहे थे. लेकिन अब, कहीं बंजर, कहीं उर्वर हिंदुस्तानी ज़मीन में भी इसके बीज भरभर मिल चुके थे. कुछ ही थे – कम थे – जो इस बात पर नाराज़गी दिखाते थे. ऐसी एक आग-बाग हुई मोहतरमा से सम्बन्धित ये कहानी है.

भाग 1

ये गुड़ हमारी तबिअत बदल देता है

- ठग गवाह, तकरीबन 1830

1. साल 1819. जाड़ों की एक सुबह. रामटेक की कच्ची सड़क पर हँसती आँखों वाला एक जवां-मर्द फ़िरंगिया इतराता हुआ चला जा रहा था. हर दुकान में झाँक झाँक कर दुकानदारों को लम्बी सलामें ठोंक रहा था. साथ में खच्चर पर बैठे दोस्त जीताजी के संग कहकहे मार रहा था. पीछे कई और सामान से लदे खच्चर पैर घसीटे चले आ रहे थे. वो एक कपड़े वाले की दुकान पर रुक गया. सामने एक आदमी बैठा था. गर्दन टेढ़ी कर आती-जाती दुनिया, राह चलते आदमियों, जानवरों, गाड़ियों, पालकियों, सबों को मीठी नज़र से देख रहा था. कुछ देर यों ही देखता रहा. फ़िरंगिया ने उसे सलाम किया, मगर वो आदमी ज्यों का त्यों बैठा रहा.

"अफ़ीम कहे, मैं चुन्नी बेगम, मुझको खा के जाए कहाँ?" फ़िरंगिया ने शेर मार दिया. आँखें पहले ही मुस्कुरा रही थीं. अब उसकी लम्बी, लहराती मूँछें भी उसके मुँह के किनारों पर नाचने लगीं.

आदमी फिर भी कुछ नहीं बोला. फ़िरंगिया ज़रा गंभीर हुआ. उसे ध्यान से देखने लगा.

"लाला, गद्दी पे बैठे-बैठे अफर गए हो. उकताते नहीं हो क्या? सुनो भाई, हैदराबाद से माल लाए हैं." खच्चरों की ओर इशारा करते हुए बोला. "माल बढ़िया है. देखोगे?

वो आदमी गद्दियों पर टिका बैठा था. सिर पीछे कपड़ों के थानों की मीनार का सहारा लिये हुए था. फ़िरंगिया की बात सुन कर वो जैसे घबरा गया. फ़ौरन एक डिबिया से हथेली पर कुछ चूरन छिड़क कर फाँकने लगा. आवाज़ दुकान के पीछे से आई.

"हाँ जी, मैं देखूँगा न आपका माल. बैठिए तो."

अंदर के अंधेरे से एक मोटा सा आदमी बाहर निकल कर आया. कद ठीक-ठाक था. नाक ज़ोरदार थी. नाक के नीचे मूँछ का गुच्छा लटका हुआ था. आगे से खुली बनयान तोंद को अंदर सिकोड़ कर नहीं रख पा रही थी और गोल बैंगन की तरह उसका पेट लटक रहा था. वो बैठ कर माल का इंतज़ार करने लगा. कपड़ों के दो-तीन गट्ठर उठाकर फ़िरंगिया भी दुकान के अंदर घुस गया. पहला गट्ठर खुला ही था कि दुकानदार के पान-लगे दाँत दमक उठे. फ़िरंगिया भी हँस दिया.

"देखा लाला, हमारा माल सब को पसंद आता है. परियों तक का जी उफनने लगता है. बेकाबू हो जाती हैं."

वो लाला के बगल में बैठ कर तम्बाकू का बीड़ा तैयार करने लगा. उसकी आवाज़ में गरज थी.

दुकानदार दोनों जवाँ-मर्दों को ध्यान से देख रहा था. सजे-सँवरे, आँखें सुरमई, दो अलबेले. सिर पर पगड़ी थी या गुलाब की कसी हुई कली चढ़ी बैठी थी?

"वैसे कहाँ से आना हुआ है आपका, आसपास के तो नहीं लगते. हैदराबादी भी नहीं लगते?"

फ़िरंगिया ने दुकानदार को बताया कि वे इटावा के रहने वाले हैं, हर साल दक्खन का चक्कर लगाते हैं. अब वापस घर लौट रहे हैं. उधर खच्चरों के बीच सड़क पर खड़े जीताजी ने एक के बाद एक फ़िरंगिया को दो-तीन गठरियाँ और फेंक कर पकड़ा दीं. एक दुकानदार के पास फेंकते हुए बोला, "सम्भाल के लाला,

बड़ी प्यारी चीज़ दिखा रिया हूँ. अर्ज़ किया है, दूर ही से होश खो देती है उसकी बू-ए-खुश, आपे में रहिए तो उसके पास तलक भी आईए."

"ओ-हो! खुद मीर पधारे हैं हमारी दुकान में ... वाह!" और ये कह कर वो कामख्वाब का एक थान उठा कर देखने लगा.

"वो सब तो ठीक है. मगर ये बताईए कि इन्हें क्या तकलीफ़ है. चुप क्यों बैठे हैं?" बीड़े से उस सपनीली आँखों वाले आदमी पर संकेत करते हुए फ़िरंगिया ने पूछा.

"अजी, क्या बात उठा ली आपने," कहकर दुकानदार अर्ज़ नापने में लग गया.

लेकिन दो एक थान नापने के बाद वो बस उसी की बात कर रहा था. "ये जो यहाँ बैठे हैं न, अपने समय के माने हुए आशिक हैं, आशिक!"

"ओ-हो!" बीड़े का धुआँ हवा में उड़ाते हुए फ़िरंगिया बोला. "तो इन्हें प्यार की तड़प सता रही है. तभी तो मैं कहूँ, कि पी बिन अँखियाँ तड़पत डोलें, तड़पत डोलें, भटकत डोलें. वाह, भई वाह!"

"प्यार की तड़प?"

दुकानदार दबी सी हँसी हँस दिया. कुछ थान अलग कर लिए थे, कुछ और देख रहा था. "बात यूं है, जनाबेआली, आज मेरा भाई अफ़ीम की चादर ओढ़े ज़्यादा मज़े में है. घर में तो हम इस बात से ही खुश हैं कि इनका जवानी का वो वाला जुनून तो खत्म हुआ. बड़े आए थे इश्क का खेला खेलने!"

उसने थानों को अलग रख दिया और देखते ही देखते हँसी की किलकारियों में धँसने लगा. आशिक-भाई को ठेंस न पहुँचे, इस वजह से फ़िरंगिया और जीताजी ज़रा हल्के से ही, नम्रतापूर्ण हँस रहे थे.

"कित्ती बार कहा था इससे, घर में सबों ने कहा था, कि ये प्यार-व्यार की बातें सिर्फ़ शायरी में भली लगती हैं."

हँसी के भँवर से निकल कर उसने फिर बोलना शुरू कर दिया था. साथ में माल उठा कर उनका निरीक्षण भी कर रहा था. लेकिन अब जो आवाज़ निकल रही थी उसमें कड़वाहट थी.

"इनकी नज़र एक अमीरज़ादी पर पड़ी. बस, तब ये मामला शुरू हुआ. इश्क हो गया इनको. पूरे होश और हवास खो बैठे ये. तय कर लिया कि अमीर बाप को खुश करके ही मानूंगा. चले गए देश छोड़ के खुद अमीर बनने. उसके बाद, जैसा होना था

हुआ. लड़की की शादी कहीं और तय हो गई. अजी, ये प्यार-व्यार की कहानियाँ हमारे जैसों के लिए थोड़ी न होती हैं. सब अमीरों के चोचलें होते हैं. मैंने भी इसे इत्तिला कर दी कि ये प्यार की बातें छोड़ और काम में हाथ बटाने फ़ौरन वापस आ. प्यार-इश्क-आशिकी, सब ढकोसले होते हैं. आशिक सोचता है सोना, निकलता है पीतल पर चढ़ा मुलम्मा. और ये माशुकाएँ जो होती हैं न, सब बेवफ़ा होती हैं. लेकिन आशिक का अक्ल से बैर न हो, ऐसा हो सकता है. लौटे भी तो शादी रोकने, अपनी सारी कमाई अंटी में दबाए. शादी तो रोक न पाए, हाँ रास्ते में माल सब लुटा बैठे. सारी कमाई घाओ-घप हो गई. मुझे तो इसकी खुशकिस्मती पर विश्वास नहीं होता. पिटने के बाद सही सायत पर पहुँच भी गया. आड़े-तिरछे इसी दशा में यहीं बैठे-बैठे बेवकूफ़ों की तरह इन ने बारात भी देख ली."

कभी हँस-हँस कर, कभी चिढ़ कर वो बोलते चला जा रहा था. इस दौरान माल सब छँट गया था, नप गया था, मोल तय हो गया था, वो संदुकची से पैसे निकाल कर फ़िरंगिया को दे रहा था.

"इसकी गर्दन कैसे टूटी?" बटुए में पैसे गेरते हुए फ़िरंगिया ने पूछा. जीताजी ने जब भाई को फिर देखा तो देखा कि वाक़ई में गर्दन टेढ़ी इसलिए थी कि टूटी थी.

"ठग ..." दुकानदार ने खिसियाई हँसी हँसते हुए कहा. "जंगल में इनकी मुलाकात ठगों से हो गई थी, वो रुमाल फेंक के गला घोंटने वाले ठग ... उन लोगों से. मार डाला उनने इसके समूह में सबों को. बस ये एक अधूरयाश[* रह गए. फिर जब सब लाशों को गाढ़ने की तैयारी में लगे थे, न जाने कैसे बच-बचू कर ये निकल आए. पैदल, एक फूटी कौड़ी तो दूर, बदन पर एक चीथड़ा तक न छोड़ा था उन ठगों ने, पीटा सो अलग, जैसे-तैसे आखिरी सांस लेने से पूर्व गाँव तक पहुँच गया. आज ये जिंदा है, हमें तो बस इसी बात का शुकर है."

ठगों के ज़िक्र से दोनों आदमी चौंक गए थे. "हमारा हर साल इस रास्ते निकलना होता है. हमें तो आज तक कोई ठग नहीं दिखे."

"भाग्यवान थे, इसलिए नहीं दिखे. वरना शहर के बाहर ऐसा कोई रास्ता नहीं है जहाँ ये वास न करते हों. दुनिया के सारे टेढ़े, तिरछे, जेबकतरे, सब मिल जाएँगे आपको यहाँ. सबों की नज़र राह चलतों की जेबों पर रहती है. अरे, इन लोगों से न मिल पाना ही नामुमकिन है. आप बच के ही रहिएगा."

दोनों को चुप देख दुकानदार ने चार नाम और जोड़ दिए. उँगली पर गिनने लगा, "भूत, पिशाच, बदमाश और ठग, ये हैं हमारी सड़कों के असली चौकीदार."

जीताजी अब तक भाई की ग़मगीन कहानी के बारे में सोच रहा था. बोला, "दोस्त! इश्क की मायूसी में आँख गीली होती देखी है, खून के कतरे गिरते देखे हैं, दिलो-जिगर के टुकड़ों के बारे में भी सुना था, ये टूटी गर्दन पहली बार देख रिहा हूँ."

उस नाखुश इंसान ने अपनी खुशी भरी नज़र जीताजी पर फेरी और जीताजी ने उसका हाथ थपथपाते हुए कहा, "फिर भी साहिबान, सच्चे इश्क की दो ज़रूरी पहचानें, तड़प और आँसु, ये दोनों इनकी कहानी में हैं. इसलिए ये इश्क भी खरा सच्चा है."

फ़िरंगिया किसी और ख्याल में खोया था. "तुझे नहीं लगता गणेश इसकी गर्दन ठीक कर सकता है."

उसकी बात सुन कर जीताजी हँस दिया.

"चलिए, छोड़िए. ये गर्दन अब कहाँ ठीक होने पाएगी. और इसी में सबकी भलाई भी तो है. न इसकी गर्दन ठीक होगी, न ये दुबारा जाने की सोचेगा. यही चाहती है हमारी माँ भी." ऐसा कह कर पहले तो दुकानदार हँसा, फिर धीरे से बोला, "ले आना उसे. कुछ काम बन पाया तो अच्छा ही होगा."

जेबें भारी हुईं, दोस्त जाने को खड़े हो गए. "जय राम जी की," कह कर बाहर निकले ही थे कि कर्कश आवाज़ में वो खोया हुआ भाई चिल्ला उठा, "जय काली!"

2. चालीस व्यापारी थे. कपड़ों के व्यापारी, घोड़े बेचने-खरीदने वाले, जौहरी, वगैरह. इटावा के पास सिंदौस के रहने वाले. संग में अनेकों बूढ़े बाप और चाचा, बेटे, भतीजे और लग गए थे कि साथ चलेंगे तो नई जगह घूम आएँगे.

करीब दो सौ का कारवाँ कई महीनों लम्बी हैदराबादी यात्रा के लिए निकला था. कुछ सालों से फ़िरंगिया कारवाँ का प्रधान था. यों तो हर साल सिंदौस से व्यापारियों का समूह दौरे पर निकलता था, लेकिन हैदराबाद फ़िरंगिया ने पहली बार ही देखा था.

हैदराबाद के निकट, चट्टानी रास्ते पर, पेड़ों के झुंड के तले उसकी नज़र जब नीले हुसेन सागर पर पड़ी थी, तब उसने पहली बार जाना था कि सागर का दिल

कितना बड़ा होता है. नदी-तालाब तो उसने बहुतेरे देखे थे, पर सागर कभी नहीं देखा था. एक के बाद एक लहरें किनारे के चट्टानी पत्थरों पर अपना सर ठोंके जा रही थीं. दहाड़ें मार मार कर जैसे जाप लगा रही थीं. उन्माद और गुस्से का ज़बरदस्त प्रदर्शन कर के पस्त, फिर हथियार से डाले जा रही थीं ... फ़ितरत के इस तमाशे को देख वो ऐसा मोहित हुआ था कि घुटनों पर गिर कर देर तक लहरों को लगातार सलाम करता रहा था.

फिर शहर में, वहाँ की शानदार मीनारों और मकानों की आब ने उसके और उसके साथियों के होश और हवास ही उड़ा दिए थे. "क्या ये हम दिल्ली पहुँच गए हैं?" सब अपने को पहली बार गँवार महसूस कर रहे थे. शहर में ऐसे-ऐसे रंग देखने को मिले जिनकी कल्पना ये सपनों में भी नहीं कर सकते थे. अहले गहले गलियों में फिरते हुए उन्हें तो पहली बार ये एहसास हुआ था कि जाने कब से उनकी आँखें उत्तर के रूखे से रंग देख-देख कर पथरा गई थीं. ये कैसे नए रंग थे इन हैदराबादियों के लिबास के? बैंगनी और केसरिया की शौकत के तो ये जानकार थे, नीले और भूरे रंगों के इस्तेमाल ने भी इन्हे हैरान कर दिया था. ऊपर से इन्ही रंगों को मिला-मिलू कर अजब नए रंगों के यहाँ के पहनावों ने इन्हें चकाचौंध कर के रख दिया था.

आगे, भरे-भरे बाज़ार और गली-कूचे आबाद, ये था हैदराबाद. भीड़ ऐसी कि तिल रखने को जगह नहीं. लोगों के बहाव को चीरते हुए हर दूसरे-तीसरे कदम त्यौरियाँ चढ़ाए, मूँछ के लच्छों में अपना मान लटकाए जो किसी नवाबज़ादे का सामना हो जाता था तो सम्हल कर उसके रास्ते से खिसक जाते थे, क्योंकि ज़रा से झकझोर में यहाँ तलवारें एकदम से निकल आती थीं.

या फिर धक्काधक्की में जो आवाज़ भेदती हुई आती, "रास्ता खाली करो!" तो फिर फ़ौरन हट कर दिल थाम कर खड़े हो जाते थे. रईसज़ादी तो पालकी में बंद होती, सिर्फ़ *हूँ-हा* करते कहार दिखते, मगर पीछे रही गई उसके इत्र की महक वो मूर्छा पैदा करती जिससे उस अनदेखी कैद माशुका का रूप यकबयक ख्यालों में उतर आता.

वो रंगीन, बेहतरीन जंतु, हैदराबाद, अब बहुत दूर रह गया था. उसे छोड़े महीना हो गया था. सब घर पहुँचने की बाट जोह रहे थे. घर भी दूर, हैदराबाद भी दूर.

बेकार से रामटेक के बाहर पीपल के झुरमुट में डेरा डाले पड़े हुए थे. जाड़े की रात थी. अलावों के चारो तरफ़ छोटे-छोटे घेरे बनाए, आग की ताप में और रजाईयों में लिपटे जो कुछ आराम मिल पा रहा था, कर रहे थे. उठते धुएँ में आसपास मंडराते लोग नाचते भूत से लग रहे थे. नाच के ख्याल से फिर बेसुध गाती, डोलती हैदराबादी गलियों की यादें मन में उमड़ आती थीं. ज़्यादातर माल बिक चुका था, फिर भी ये लोग इस देहात में फसे थे.

कल शाम को कुछ नचनियाँ आईं थीं. रात भर ऐश किया. सुबह हुई. अनेकों जवान मर्दों को अपनी लटों में बाँध कर लड़कियाँ साथ ले गईं. उन्हीं का अब इंतज़ार था. दिन ढल गया, डेरे में सिर्फ़ बूढ़े या बच्चे या वे, जो घर में इंतज़ार करती अपनी बीवियों के प्रति वफ़ादार रहना चाहते थे, बचे थे. सुस्ती में लेटे-लेटे नीरस शाम को गहराते हुए देख रहे थे.

"कोई न कोई तरीका निकल ही आएगा." रजाईयों के पहाड़ में दबे पड़े फ़िरंगिया बड़बड़ाया. हुक्के का धुआँ धीरे-धीरे आसमान का ज़ीना चढ़ कर ऊपरी मंज़िलों में गुम हो रहा था, उसी को सब एक साथ देख रहे थे.

तभी भागता-भागता भीमा आ गया. संडा-मुस्तंडा सा, उस के लम्बे बाल दहकती ज्वाला की जीभों की तरह झूम रहे थे. मूँछों के लम्बे-लम्बे डोरे नीचे गिर रहे थे. आँखें ऐसी बड़ी और काली थीं, एकदम डाकू लग रहा था. आँखों में खूब सारा सूरमा अलग भर रखा था. धड़ पर कस कर कम्बल लपेटे हुआ था. एक पिछौरा गर्दन में बाँधा था, दूसरा ठंड से कानों को बचाने के लिए सिर पर बाँधा था, लग रहा था मरहम-पट्टी किए लड़ाई के मैदान से घायल सैनिक भागा चला आ रहा है. ठंड कस कर लग रही थी. फिर पता नहीं क्यों उसने अपने लम्बे पैर एकदम नंगे छोड़ दिए थे.

"कैसी वाहियात जगह है ये!" ठिठुरता हुआ वो भी उनके बीच आ कर घुस गया.

"वाहियात जगह है? आय हाय, सुन लियो, आला, वाहियात जगह है ये."

भीमा के घुटने ज़ोर से हिल रहे थे. अब जा कर ही उसने उन्हें कम्बल के भीतर किया. कंधे अब भी काँप रहे थे, लग रहा था जैसे पर्वतश्रेणी में ज़ोर के भूकम्प आ रहा हो.

"जाड़ा हमारे यहाँ भी आता है. ऐसा तो नही होता. ये देस ही मनहूस है." कम्बल से हाथ बाहर निकाल कर वो उन्हें सेकने लगा. आसपास के घेरों से कई बूढ़े आदमी अपनी रजाई समेत उठ कर खेमे में सोने जाने लगे. कई मुश्किलों का अच्छा इलाज होती है ये नींद.

"मनहूस देस? आय हाय, जे और सुन लियो, आला, मनहूस देस है ये." अपनी रजाई को ज़मीन पर छोड़ फ़िरंगिया उठ खड़ा हुआ. "आला, जरा बताना तो, कजरारे नैन कोरदार हैं किसके?"

गिरोह में एक भीमा की नियमित रूप से खाक उड़ती था. इसलिए सबों ने एक सुर ने जवाब दिया, "भीमा के."

"और बताओ, जंघा के पुठ्ठे जोरदार हैं किसके?"

"भीमा के."

"तो जाड़ो बेगम का दिल बेकरार क्यों न हो इसपे?"

लोग खूब हँसे, भीमा भी हँस रहा था. अपनी रजाई भीमा पर फेंकते हुए फ़िरंगिया बोला, "अरे ओ, दिलफेक मरद, पटके की दुकान. अरे ओ बेसरम, बेहया आदमी, ठंडी लगी है तो तू तन क्यों नहीं ढाँकता?"

कुछ देर कहकहों का दौर चलता रहा, फिर चुप से फ़िरंगिया जीताजी से बोला, "चल, हम भी जरा शहर जा कर ऐश करियाएँ. कुछ पी आएँ, कुछ दिल बहिलियाएँ."

कंधे पर हाथ फेंक दोस्त शहर का रास्ता पकड़ने को हुए. जीताजी कुछ अर्ज़ कर रहा था, फ़िरंगिया हँस रहा था.

"फिर वह चर्चे हों, फिर वही बातें, दिन हों इशरत के, ऐश की रातें ..."

3. बूढ़े नट का चेहरा छुआरे की तरह था, आँखें पथरीली और तन जैसे कई डंडियाँ जोड़-जाड़ के तैयार किया गया हो.

एक डंडी उसने भी ज़मीन पर गाढ़ी थी और देखते ही देखते उसमें पत्तियाँ उग आईं, फिर फूल निकले, फिर एक आम भी लटक गया. हर बार नट उस डंडी को कपड़े से ढकता, कपड़े के अंदर सिर डाल कर ज़ोर से कोई मंत्र पढ़ता, जब कपड़ा हटाता तो लोग पौधे को बढ़ा पाते.

आम तोड़ कर उसने वो आम चुपचाप एक छोटी लड़की को दे दिया. लेकिन भीड़ में कोई भी इस तमाशे को देख कर हैरान नहीं था. ताली किसी ने नहीं पीटी.

फ़िरंगिया भी ये तमाशा पहले कई दफ़ा देख चुका था. सुबह शहर अकेला आया था. पेड़ के नीचे बैठे चौक पर हो रहे तमाशा देख रहा था. नौकर ने हुक्का तैयार कर दिया था, वही फूक रहा था. सामने सराय थी, पास बगल में एक दुकान.

बूढ़े नट ने फिर एक अंडा निकाल लिया. उसी वक्त किसी ने फ़िरंगिया का कंधा थपथपाया. गोद में बच्चा पकड़े एक औरत उसके सामने खड़ी थी. उसकी दुख-भरी आँखें लाल थीं, रंग धूप-तपा काला था और पपड़ी जैसे उसके होंट नीले थे. बाल इधर-उधर बिखरे हुए थे, कपड़े फटे फटे, धज्जियाँ उड़े हुए. मर्यादा उसे छोड़ कर कब की भाग चुकी थी, बची-खुची आँहें थीं, थमी ही थीं, निकल पातीं तो ज़रूर उड़ कर आसमान छू जातीं. सिर उठा कर जब फ़िरंगिया ने उसे देखा तो उसने वो बच्चा फ़ौरन उसकी गोद पर धर दिया. दुख ने उसकी ज़ुबान बाँध ली थी. वो कुछ बोल ही नहीं पाई. चुप खड़ी रही. बस एक सूखी हथेली आगे बढ़ा दी.

"क्या कर रही है?" आवाज़ फ़िरंगिया के बगल में बैठे किसी अनजान आदमी की थी.

"इसे ले लो, कुछ पैसे दे दो. थक गई हूँ बाबू."

"अरे कैसे ले लें? यहाँ क्यों आई है? अपने राजा ... वो सिंधिया के पास क्यों नहीं जाती?" आदमी भड़क कर बोले जा रहा था. कब से उसकी बगल में बैठा था, फ़िरंगिया को पता भी नहीं चल पाया था. वो ध्यान से उसे देखने लगा. सिर पर उसने एक लम्बा सिलेटी रंग का टोप पहना हुआ था. कद का लम्बा था, उम्र में उससे ज़रा बड़ा, ज़्यादा नहीं. गोरा-चिट्टा. सुनहरे किनारे वाला चशमा पहने हुआ था. उसकी पुतलियाँ कंकड़ों जैसी थीं.

"आप यहाँ के तो नहीं लगते." फ़िरंगिया का इस बात पर ध्यान गया कि वो आदमी धोती के बजाय सफ़ेद पजामा पहने हुआ है. "कहीं आप वो आग को पूजने वाले - वो पारसी - तो नहीं हैं."

आदमी मुस्कुराया और मड़ी मैदा जैसा उसका चेहरा कई जगह से चटक पड़ा.

"सही कहा. और आप? आप को मैं क्या समझूँ?"

"मुझे क्या समझिएगा? पहेली तो हूँ न." वो हँस कर बोला. फिर कुछ देर बाद बोला, "मैं तो अपनी खाल में मस्त, एक सीधा-सादा हिन्दुस्तानी व्यापारी हूँ, लम्बी यात्रा पे निकला था, अब घर लौट रहा हूँ."

तभी वहाँ भीमा भी पहुँच गया. जो आदमी नाचने वालियों के साथ निकल गए थे, उनमें से कुछ तो ज़रा समझाने-बुझाने से लौट आए थे. बाकी जो आना-कानी कर रहे थे, फ़िरंगिया ने उन्हें वापस लाने का काम भीमा को सौंप दिया था. उन्हीं को पकड़ कर लाया था. एक का हाथ मरोड़ते हुए और तीन को फ़िरंगिया के सामने धकेलते हुए बोला, "आ गए, आसिक."

आदमी शर्म से हिल रहे थे, झुके जा रहे थे. जिस आदमी को भीमा पकड़े हुए था उसकी कलाई पर एक गजरा बँधा हुआ था. कान के पीछे लाल गुलाब खोंसे हुए था.

फ़िरंगिया चारों को ग़ौर से देख रहा था. "तो बंधुओं, अगर मजा ले लिया हो तो अब लौटा जाए. सब आप चारों का ही इंतज़ार कर रहे हैं."

भीमा की पकड़ छुड़ा कर आदमी फ़िरंगिया के पास आकर कहने लगा कि वो वापस घर नहीं लौटना चाहता है. रामटेक ही रुकना चाहता है. पीछे खड़े तीनों आदमियों ने भी उसके हाँ में हाँ भरना शुरू कर दिया.

"गाँव पहुँचने के बाद तुम चारों की माँएँ जो मुझसे मिलने आएँगीं, तो मैं उन्हें क्या जवाब दूंगा, सोचा है?"

चारों ने चुप्पी साध ली. वो फिर बोलने लगा. इस बार आवाज़ में ज़रा हमदर्दी थी. "ऐसी लड़कियाँ हर शहर में मिल जाएँगी. यहाँ एक छोड़ के गए, वहाँ अगली मिल गई. यात्रियों को सपनों में भी इनका पीछा करने की नहीं सोचना चाहिए."

उधर भीड़ में कुछ खलबली मची और ज़रा देर के लिए सब तमाशा देखने में लग गए. फिर फ़िरंगिया अपने आदमियों को देखते हुए बोला, "तो क्या तय किया? माँ चाहिए या चम्पाकली?"

वो बच्चा अब भी फ़िरंगिया की गोद में था. उसकी माँ ने फिर उसका कंधा थपथपाया.

"अरे, तुम अब तक गई नहीं." पारसी चिल्लाया.

फ़िरंगिया ने उठ कर बच्चे को माँ को थमा दिया. जेब से एक रुपया निकाल कर उसे दे दिया और बोला, "आज और इसे खाना खिला ले, बेच कल देना."

"अरे, ये तो ज़्यादती है. इतना दयालु होना सही नहीं है."

"दयालू? कौन मैं?" फ़िरंगिया ज़ोर से हँसने लगा. "साहब, मुझ जैसे को दयालु कहना सही नहीं है. दुनिया की कुछ खराबियाँ ही होंगी जो आपको मुझ में नहीं मिलेंगी? भरा पड़ा हूँ खराबियों से. यूँ ही चलते-फिरते मैंने सुना था कि जो भला आदमी इस जन्म में करता है उसका पूरा फल उसे अपने अगले जन्म में मिल जाता है. तो कुछ स्वार्थे, कुछ परमार्थे, नेक काम करके, बस, अपना परमार्थ संवार रहा हूँ."

बूढ़े नट ने झोले में से एक साँप निकाल लिया था और भीमा और बाकी आदमी देर से तमाशा देखने में तल्लीन थे. इधर नागपुर से आने वाले रास्ते पर धूल उठती दिखी. कुछ वर्दीधारी आदमी पालकी उठाए सराय की तरफ़ जा रहे थे. रास्ता खाली करने की पुकार लगा रहे थे. पालकी की खिड़की खुली थी, खिड़की से एक पर्दानशीन झाँक रही थी. गोरा चेहरा गुलाबी नकाब के पीछे छिपा था. वो बाहर देख रही थी और फ़िरंगिया उसे नज़ारे सोखते हुए देख रहा था. बस कुछ पल की बात थी, फिर पालकी आगे निकल गई. पुच्छलतारे की तरह बस उस पर्दानशीन का गुलाबी आँचल खिड़की से बाहर लहराता रह गया. अगले पल पालकी सराय के बाहर खड़ी थी. हवा में अब भी धूल उड़ रही थी. उस पर्दानशीन की धुँधली याद फ़िरंगिया के मन में अटक गई थी, वो कब खड़ा हो गया था उसे खुद मालुम नहीं चल पाया.

"झमकी दिखा के तूर को जिनने जला दिया, आई कयामत उन ने जो पर्दा उठा दिया."

कंधे पर पड़े अंगोछे के छोरों को पकड़ कर जो अंगड़ाई लेते हुए, "हए! हए!" करते हुए वो मुड़ा, उसके चेहरे पर उदासी नहीं थी. वो तो मुस्कुरा रहा था. जो शेर मारा था, पारसी से उसकी तारीफ़ की उम्मीद कर रहा था, मगर, ये क्या? पारसी का नाम-ओ-निशान ही नहीं था. जैसे चुपचाप वो आया था, वैसे गायब भी हो गया. घूम कर फ़िरंगिया चारों तरफ़ देखने लगा. धूल को चीरते हुए बूढ़े नट के चेहरे पर नज़र ठहर गई. नट साँप को दुलार रहा था, उसे चूम रहा था. एक पल के लिए उस की और साँप की शक्लों में कुछ समानता भी दिखलाई देने लगी. नट का नायब नेवला ले आया और लड़ाई की सम्भावना से भीड़ में एक लहर सी दौड़ उठी. लेकिन

फ़िरंगिया के विचार कहीं और ही घूम रहे थे. वो हुक्का गुड़गुड़ा रहा था, साथ में हाल में लोगों के आगमनों और प्रस्थानों के बारे में सोच रहा था.

"तो आप भी मीर के मुरीद हैं. चलिए इस बात पे एक पान हो जाए." पास बैठे दुकानदार ने उसके ख्यालों का ताँता तोड़ दिया. पान दे रहा था, हुक्का खिसका कर फ़िरंगिया ने ले लिया. "वो पालकी वाली कौन थीं?"

"हैं एक, बड़ी टोली है. कई दिनों से यहीं ठहरी हैं. लेकिन हम ज़्यादा कुछ पूछते नहीं हैं. हमें तो सिर्फ़ सौदे से मतलब है. दो दिन हुए, आया था आटा खरीदने नौकर, बेच दिया. लेकिन कहाँ से आए हैं, कहाँ जाना है, हमने कोई पूछा-पाछी नहीं की."

"कुतूहल नहीं है आपके देश के लोगों में."

"अजी, हमारे यहाँ तो कुतूहल करना औरतों का शौक माना जावे है."

उधर चौक में साँप और नेवले का आमना-सामना हो चुका था. मुकाबला न के बराबर ही था. नेवला चुस्त था, एक बार में ही साँप का कौर बना डालता. वो तो बूढ़े नट ने ठीक समय उसे रोक दिया, वरना ... घायल साँप अब चीथड़े की तरह ज़मीन पर पड़ा था. न जाने साँस थी या नहीं, हिल तो नहीं रहा था. नायब ने फ़ौरन नेवले को हटा दिया था और बूढ़ा नट चाओ, चोचले, लाड़ ... हर दुलार में लगा था, हौंले-हौंले साँप के कान में कुछ फुसफुसा रहा था, उसके लम्बे बदन पर उँगली फिराते-फिराते ज़ोर से रोने लगा था. फिर, देखते ही देखते साँप हिलने लगा, साँस ली, फिर रेंगते हुए नट के जरजरे शरीर पर चढ़ने लगा, गर्दन पर घूम कर उसके सिर पर अपना सिर बिठा दिया. चार चीरती आँखें हैरान तमाशा देखने वालों को देख रहीं थीं. पहली बार वातावरण वाहवाहियों से गरज पड़ा.

"रियासती अमीर तो होगी ही," फ़िरंगिया अब भी उस पर्दानशीन की याद में खोया हुआ था. "पालकीवाले वर्दी पहने थे, पालकी भाड़े की तो नहीं थी."

"सुंदर ज़रूर होगी." वो उसके सौन्दर्य की कल्पना करने लगा. नकाबों को श्राप देने लगा. नकाबों के पीछे छिपी रहस्यमयी मुस्कानों की कल्पना करने लगा. खुद मुस्कुराने लगा. कुछ पल पालकी के धूल में गुम होते हुए मधुर दृश्य के बारे में सोचता रहा. ऐसी यादें जो ठहरती नहीं हैं, पलों के गुज़रने के साथ हवा हो जाती हैं, हमेशा के लिए खो जाती हैं, सबसे प्यारी होती हैं, क्योंकि वो शादीशुदा था, मोह था उसे अपनी बीवी और पारिवारिक जीवन से. किसी ने उसकी बाँह को थपथपाया.

सिर उठाया तो देखा सामने एक अनजान लड़की खड़ी थी. अपने ख्वाबो-ख़्यालों में इस तरह खलल पा कर वो झल्ला उठा. "सत्यानाश हो ऐसे मुल्क का! एक को दो तो दूसरा चला आता है माँगने. यहाँ तो दरियादिल होना ही गलत है."

"क्या है?" वो ज़ोर से बोला.

लेकिन वो कुछ माँग नहीं रही थी. सराय की तरफ़ सिर हिला कर बोली, "चलिए."

हड़बड़ाते हुए उसने पहले पास दुकानदार को देखा फिर उस लड़की को फुट जाने के लिए कहा.

लड़की हिली नहीं. वैसे ही खड़े-खड़े बोली, "अब छोड़िए ये चोंचिले और चल भी दीजिए. मालिक ने याद किया है."

"अरे!" वो उससे फिर भाग जाने को कहने वाला था. कहने जा रहा था कि तेरे मालिक को अगर मिलना है तो खुद यहाँ आए. मगर इसके पहले वो कुछ कह पाता दुकानदार ही कह बैठा कि "चले जाईए. ये उसी पालकी वाली की नौकरानी है. शायद उन्हें मालुम चल गया हो कि आप भी हिन्दुस्तान जा रहे हैं. शायद साथ लगना चाह रहे हों."

"लेकिन उनके तो निरे घुड़सवार दिख रहे हैं. बंदूक-तमंचे वाले दिख रहे हैं. उन्हें हमारी क्या ज़रूरत हो सकती है?"

सराय के बाहर अनेकों घोड़े और आदमी तैनात थे.

"अरे भाई, ज़माना ही ऐसा है. मुसाफ़िर जितने ज़्यादा हों उतना ही उनका भला. मैं आपसे कहता हूँ न, भले लोग हैं. मिल लीजिए, मिलने में क्या जाएगा?"

अपने जीवन काल में वो ऐसे कई लोगों से मिल चुका था जो पूर्ण अजनबियों के भले होने का आश्वासन देने में चूँकते नहीं थे. वो उठ खड़ा हुआ. अपने नौकर को इत्तिला कर लड़की के पीछे चलने लगा. उसके मन में लड्डू फूटने शुरू हो गए थे. कुछ ही पलों में उस पर्दानशीन के दर्शन जो होने वाले थे. यही सोच कर बाग बाग हो रहा था.

"मालिक चूड़ियाँ पहनता है या मूँछ वाला है." मन हल्का करने के लिए लड़की से पूछ बैठा.

लड़की ने मुड़ कर हाथ हिलाते-हिलाते कहा, "क्यों?"

वो हँसने लगी, अपनी लम्बी चोटी हवा में गोल-गोल घुमाने लगी, फिर चोटी को मूँछ के भाँति नाक के नीचे लगा कर बोली, "पसीने छूँट रहे हैं?"

उसने लड़की को अपनी बकवास बंद करने के लिए कहा और आगे बढ़ने का संकेत दिया. उसके बाद चुप ही रहा. सराय के बाहर छाईं में घोड़े खड़े थे. थोड़ा वहीं रुक एक लम्बी साँस भरी. घोड़े अपने भार एक पाँव से दूसरे पर खिसका रहे थे, घुरघुरा रहे थे, साईस घोड़ों को खरैर रहे थे. सब काम में मग्न थे. वो उनके पास खड़ा था, आदमी मुड़ तक कर नहीं देख रहे थे. बूढ़े नट की आवाज़ अब दूर से आ रही थी. लेकिन जब फ़िरंगिया अंदर घुसने को हुआ, तब उसे लगा कि साईसों ने अपना काम कुछ रोक सा दिया था, पीछे से उसे देख भी रहे थे, आपस में शायद इशारेबाज़ी कर रहे थे. अंदर घुसते ही एक तोते की कर्कश सी आवाज़ सुनाई पड़ी. "वो आ गया."

4. वो एक शानदार आँगन में था. वहाँ बहार सजी थी. आम आदमी वहाँ कदम भर रखता, जगह की तौहीन हो जाती. आँगन के बीचोबीच एक भव्य फुव्वारा गर्म हवा में पानी छोड़ कर ठंडक फैला रहा था. पानी की टपटपाहट बाहर छूटी टरटर को पूरी तरह खिन्न कर रही थी. जाफ़री पर चढ़ी चमेली आसपास की हवा को अपनी खुशबू से चीर रही थी. चमेलियों के बीच बैठी चिड़ियाँ गले फाड़ कर चहक रही थीं. बाहर जो धूप ऊधम मचाए हुई थी, आँगन में आ कर अपना नामो-निशान खो बैठी थी. आँगन के चारों तरफ़ अनेकों दरवाज़े अंधियारे कमरों में पहुँच रखने का दावा कर रहे थे. ये नज़ारा उसे दहलीज़ पर खड़े-खड़े दिख रहा था.

दो लड़कियाँ दिख रही थीं जो झुक कर एक बहुत बड़े सफ़ेद टाट पर सुईयाँ भोंक रही थीं, उस पर कुछ रंग-बिरंगी सा काढ़ रहीं थीं. जो मोहतरमा उन्हें निर्देश दे रही थीं, फव्वारे के पीछे थीं, दिख नहीं रही थीं.

"अब यहीं खड़े रहेंगे या आगे भी बढ़ेंगे!"

लड़की ने फ़िरंगिया का ध्यान भंग किया. वो कुछ कदम आगे बढ़ा. कोने में एक आदमी उकड़ू बैठा था. तलवार रगड़ कर साफ़ कर रहा था. सिर उठा कर जो देखा तो फ़िरंगिया चौंक उठा. आदमी की नाक और कान कटे हुए थे. धीरे-धीरे वो अंदर बढ़ा. देखा एक औरत हल्के से पंखा झल रही थी और वो मोहतरमा अब भी झुक

कर टाट पर कढ़ाई करने वाली लड़कियों को काम समझा रही थीं, उनके कंधे पर एक बड़ा सा तोता बैठा हुआ था. गर्दन टेढ़ी किए फिरंगिया को जाँच रहा था.

"वो आ गया!" तोते ने ज़ोर से कीक मारी और मोहतरमा ने जो सिर उठा कर सामने देखा, फ़िरंगिया के लिए वो पल ही रुक गया. उसे लगा जैसे फव्वारा पानी नहीं, आतिश छोड़ने लगा है, और टपक कर पानी की बूँदें हवा में कोई रमणीय रागिनी बरसा रही हैं. मोहतरमा का चेहरा सूरज की तरह चमक रहा था, सोने की तरह दमक रहा था. वो उन्हें देख रहा था और रह-रहकर उसकी नज़र फिसली जा रही थी. फिर भी वो अपनी नज़र उनके चेहरे से हटा नहीं पा रहा था. उसे खुद को अपना यूँ टकटकी बाँध कर देखना बत्तमीज़ी सा लग रहा था. वो उनके सौन्दर्य से इतना मुग्ध नहीं था जितना कि उनकी वेशभूषा से अचम्भित. मोहतरमा क्षत्राणी थी.

"उस दिन तुम्हे तलवारबाज़ी करते देखा था," वो कह रही थीं. "तलवार पकड़नी तुम्हे अच्छी आती है. हम तो बहुत प्रभावित हुए. आओ बैठो."

नौकरानी ने उसके पास एक चौकी ला कर रख दी थी. कनखियों से उसे दिख रहा था कि वो कनकटा-नकटा आदमी उसे घूर कर देख रहा था. सोच ऐसी साफ़ थी कि उसे इस बात पर ताज्जुब हो पा रहा था कि इतनी बड़ी टाट काढ़ने को बाकी पड़ी थी फिर भी वे दो लड़कियाँ बिना बेसब्री बयान किए खुशी-खुशी उसे भेदे चली जा रही हैं. लेकिन वो क्षत्रिया मोहतरमा उससे क्या कहे जा रही थीं उसे कुछ समझ नहीं आ पा रहा था. वो खड़ा ही रहा और जब अपने चारों तरफ़ खामोशी महसूस की तब कुछ बोलना ज़रूरी समझा.

"कपड़ो का व्यापारी हूँ, जी. हैदराबाद से आ रहा हूँ, वापस गाँव लौट रहा हूँ. कुछ अच्छा माल बचा है, क्या देखना चाहेंगी?"

उसकी बात सुनकर पहले तो वो अमीर औरत आश्चर्य-चकित हुई. फिर हँसने लगी. कंधे पर बैठा तोता पर फड़फड़ाने लगा.

फ़िरंगिया ने देखा कि पीछे लड़कियों ने काम छोड़कर खिलखिलाना शुरू कर दिया था. वो नकटा भी दिखाई दे रहा था. उसके चेहरे पर निरी झुर्रियाँ और लकीरें लिपटी हुई थीं. शायद वो मुस्कुरा रहा था.

औरत सम्भली. उसने बड़ी नम्रता से फ़िरंगिया को चौकी पर बिठाया. अपने लिए भी चौकी डलवाई और नौकरानी को रूह-आवज़ा लाने का आदेश दिया.

"मैंने भी कैसी भूल की? दो अजनबियों के बीच भला बातचीत कैसे शुरू हो सकती है," कहकर वो उसे अपने बारे में बताने लगी. फ़िरंगिया हाथ में प्याला पकड़े उस की बातें सुन रहा था. अंग्रेज़ फ़िरंगी जो दिनो-दिन तेज़ी से देश पर अपना कब्ज़ा जमाते जा रहे हैं, उनसे लड़ने के लिए वो सेना तैयार कर रही थी. पूना से अपने साथ पच्चीस वफ़ादार आदमी ले कर निकली थी, होते-होते अब पचास सैनिक इकट्ठे हो गए थे. फ़िरंगिया ने जाना कि ये चंदा बाई के नाम से जानी जाती हैं. हिंदुस्तान जा रही थीं, वहाँ पहुँच कर सिकंदर साहिब के साथ साझेदारी करने की उम्मीद रखती थीं. बेगम समरू की ओर बड़ी श्रद्धा का भाव रखती थीं ... "जो हिंदुस्तान पहुँच कर उस महाबली, महानुभवा देवी से मिलना हो पाए तो अपने को भाग्यशाली मानूँ."

ऊँचे लोग अपने को इस तरह की बातचीत में व्यस्त रखते हैं, ऐसा फ़िरंगिया को लगता तो था, मगर चंदा बाई जी उससे ये सब बातचीत क्यों कर रही थीं, वो उसे समझ नहीं आ पा रहा था. जब मौका मिला, तो हिचकिचाते हुए बोला, "माफ़ किजिएगा, बीबीजी ... बाईजी! वही बात दोहराने जा रहा हूँ. आप चाहें मुझे बेवकूफ़ कह लें, मगर मैं ये बात साफ़ करना चाहता हूँ, कहीं समझने में कोई भूल न हो गई हो ... मैं तो सिर्फ़ एक व्यापारी हूँ, कपड़े बेचता हूँ, हैदराबाद से वापस घर लौट रहा हूँ. मेरे पास अब भी कुछ बढ़िया माल बाकी है ... कमखाब, जरी, रेसम ... चाहें तो दिखा सकता हूँ. लेकिन इस सब के इलावा मैं आपके किस काम आ सकता हूँ?

वो हँस दी. "वाह! तनदुरुस्त नौजवान पूछता है कि मैं आपके किस काम आ सकता हूँ? कहता है कि मैं तो आपको बस चमकदार कतरनें ही दिखा सकता हूँ. मैं पूछती हूँ कहाँ है वो पतंगे वाला जुनून जो भक्ति-वश आग में कूद लगा देता है?"

चंदा बाई की बात सुन कर वो भी मुस्कुरा दिया और बोला, "पहले वो बत्ती तो दिखावें, बाई जी, जो जल कर चारों ओर रौशनी कर पाए."

"ये खूब है! युवा मातृभूमि को कसौटी पर रख रहा है?"

"मातृभूमि!" वो हँस दिया. अब जा कर ही वो आराम महसूस कर पा रहा था. "मातृभूमि की सेवा तो मैं आप ऊँचे लोगों के योग्य हाथों में छोड़ता हूँ. मैं देहाती. मेरे जैसों का जीवन तो कस के अपने गाँवों से बंधा हुआ है. बस."

"तुम्हारे गाँव जैसे कई गाँव ही तो मिल कर देश बनाते हैं, ये देश, हमारी माता."

"बाईजी, हम तो अलग माताओं की संतान हैं. अलग माताएँ हमें पुकार रही हैं. आप सैनिक हैं. मैं सैनिक न हूँ."

"सही रास्ता अपनाने में कहीं देरी होती है? तुम मेरी फ़ौज के एक अच्छे सैनिक होगे."

"बुरा न मानिएगा, मगर आप तो मुझे वो दे रही हैं जिसे मैंने कभी माँगा ही नहीं."

"मैं तुम्हे वो दे रही हूँ जिससे जीवन में तुम्हे संतोष मिलेगा."

वो खड़ा हो गया. हाथ जोड़ते हुए बोला, "मैं तो पैदा ही संतुष्ट हुआ था, बाईजी."

चेहरे पर मुस्कान फैली थी, आँखें जी भर कर चंदा बाई का रूप सोख रही थीं. "और अब आपसे मिलने के बाद दोस्तों से शान से कह सकूँगा कि ऊपर वाले का खास कृपापात्र भी हूँ. अब मुझे जाने दें."

"ठहरो! कम से कम मेरी बात के बारे में सोचोगे तो. अच्छा, मुझे अपनी ज़बान दो."

"इस के लिए भी माफ़ी चाहूँगा. मैं आपको अपनी ज़बान नहीं दे सकता. क्या आप नहीं मानती हैं, बाईजी, कि सारे बदन में एक ज़बान हलाल है? अगर मैंने आपको अपनी ज़बान दे दी, तो मुझे अपने वादे पर अमल भी करना पड़ेगा. इसीलिए, उसूलन मैं कभी किसी को ज़बान नहीं देता."

वो उसे हैरान भाव से देख रही थी. "लो, इतनी देर बात कर ली और तुम्हारा नाम तक नहीं जानने पाया," कहकर वो भी खड़ी हो गई.

बड़ी विनम्रता से उसने चंदा बाई को अपना नाम बताया.

"फ़िरंगिया? ये कैसा नाम है? क्या इस नाम के पीछे कोई कहानी है?"

"हमारे देश में किस नाम के पीछे कहानी नहीं होती, बाईजी? मेरे नाम के पीछे जो कहानी है वो कुछ लम्बी है, कभी बाद में मिलूँगा, तो बता दूँगा. अब मुझे जाना चाहिए. मेरा इंतज़ार हो रहा होगा."

"मतलब ... हम शायद फिर मिलें."

चंदा बाई की बात सुनकर वो अचम्भित हो गया. जाने की जल्दी भी थी. सो जल्दबाज़ी में जो मुँह से निकला, कह दिया, "हाँ, अगर भगवान की मर्ज़ी होगी तो जरूर मिलेंगे."

5. साँप जैसे केंचुली छोड़ने को उतारू होता है, वही फुर्ती फ़िरंगिया ने सराय से निकलने में दिखाई. बाहर की हवा ने उसे दोस्त के नम्र आलिंगन के समान लपेट लिया था. खूब लम्बी चैन की साँस ली उसने.

चौक में नट के करतब अब भी चल रहे थे मगर उसे सिर्फ़ अपने पड़ाव में पहुँचने की पड़ी थी. सामने जीताजी दौड़ता हुआ दिखाई दिया. उसके आदमी पीछे पड़ाव उठाने में लगे हुए थे. खेमे तह कर रहे थे, ऊँठों को लाद रहे थे, घोड़ों पर जीन कस रहे थे.

जीताजी की आँखों में चमक थी. "एक घंटे में निकल रहे है." हंसते हुए वो बोला. "बनिज!*"

उसके शब्द सुनकर फ़िरंगिया उछल पड़ा और लड़कों के समान ताली पीटते हुए दोनों पड़ाव की ओर भागने लगे.

6. सुबह जब फ़िरंगिया चंदा बाई से मिल रहा था, तब जीताजी भी अपने भानजे फूलसा के संग शहर आया था. चौक में पहुँचे तो अजब तरह के करतब देखने को मिले. लेकिन सामने बैठा फ़िरंगिया नहीं दिख पाया. करतब देखने के बाद दोनों ने दुकानों की राह पकड़ ली.

"चल तेरी माँ के लिए कुछ खरीद लें," कहते हुए बाज़ार में पहुँच गए. फूलसा रास्ते के बच्चों के संग खेलने में लग गया, इधर बाज़ार के शोरगुल के बीच जौहरी की दुकान से कुछ गुस्से-भरे शब्द जीताजी के कानों में भड़कते हुए पहुँचे.

"एक सच!" कोई चिल्ला रहा था. "बस एक सच मुझे बताओ जो तुम सालों ने आज तक मुझसे बोला हो."

जौहरी की दुकान में भले लिबास वाला एक आदमी गुस्से में बुरी तरह काँप रहा था. उसकी पगड़ी से लग रहा था कि सर्राफ़ है. जौहरी और उसके नौकर सहमे सहमे से उस आग-बबूला आदमी को शांत करने में लगे थे.

"हम भी शरीफ़ आदमी हैं. लाला सदा हंडिया से क्यों उफनते रहते हैं? हीरों की ही तो बात है? आईए, अबहि मामला सुलटा लेते हैं." जौहरी बड़ी विनम्रता के साथ बोल रहा था.

"अच्छा, शरीफ़ आदमी!" सर्राफ़ फिर शुरू हो गया. "अरे मैं कुछ न कहूँ तो तू तो साला मेरी जेब में ही हाथ घुसा के मेरे पैसे उड़ा ले. जब से तुम लोगों से पाला पड़ा है यही सुनते आ रहा हूँ, झूठ पर झूठ पर झूठ. अरे कम से कम पहले झूठों को मौत आती थी, अब तो साला बुखार भी नहीं आता."

आदमी के शब्द सुन जीताजी से रहा न गया. "ऐ झूठ, आज शहर में तेरा ही दौर है, शेवा यही सबों का, यही सब का तौर है," मीर का शेर कहते हुए जौहरी की दुकान में घुस गया और सर्राफ़ के बगल में दीवान पर बैठ गया. उसके आते ही दोनों आदमियों ने कुछ पल के लिए चुप्पी साध ली. उसे आँकने में लग गए. वो भी कुछ हड़बड़ाते हुए बोला, "लगता है मैं सही वक्त पे नहीं आया हूँ. यात्री हूँ, यहाँ से गुज़र रहा था, सोचा कुछ घरवालों के लिए खरीद लूँ. चलिए कहीं और से खरीद लूँगा. जाता हूँ," कहते हुए उठने को हो गया.

जौहरी ने झट उसके दोनों हाथ पकड़ लिये. "अरे साहब, ये क्या करते हैं? सुबह-सुबह ग्राहक को यूँ जाने देंगे तो लछमी खफ़ा न हो जाएगी. मेरी तो बोहनी जाती रहेगी. चलिए अच्छा हुआ, बोहनी होगी तो इन भले आदमी से सौदा भी ठीक-ठाक निपट जाएगा. आईए तो, मेरा नौकर आप की देखभाल करेगा."

"मुझे अपनी बहन के लिए कुछ खरीदना था." दुबारा बैठ कर जीताजी नौकर को बता रहा था.

"नारायण! नारायण!" काला, दुबला सा नौकर जिसका हर जोड़ गाँठदार था बोल पड़ा. "कैसे भले आदमी हैं आप, वरना आज के युग में कौन खरीदता है गहना माँ और बहनों के लिए. ये दोनों तो लुगाई के आते ही भुलाई चली जाती हैं."

उधर जौहरी ने भी सर्राफ़ से सौदा तय कर लिया. "लीजिए, ये रहे आपके हीरों के दो हज़ार नकद. अब तो मुस्कुरा दें, जनाब. रही बात हार की, दो-तीन दिनों में आ जाईए, वो भी तैयार मिलेगा."

पैसे ले कर सर्राफ़ ज़ोर से बोला, "नहीं, बहुत हो गया इंतज़ार." वो अब भी तमतमा रहा था. जीताजी से बोला, "साहिबान, आपकी तरह मैं भी यात्री हूँ. मैं इस हरामज़ादे से मतलब भी नहीं रखना चाहता, आपको भी सुलह देता हूँ, इन लोगों से दूर ही रहिए. दो महीने पहले इस शहर में काम से आया था. काम तो बस चंद हफ़्तों का था, मगर इनके चंगुल में जो फँसा, अब निकल ही नहीं पा रहा हूँ. सोचा था यहाँ

का मीना का काम बढ़िया माना जाता है, सो इनसे एक सुंदर सा हार बनवा लूँ. आधा नकद दे दिया, इन्होंने भी कहा एक हफ़्ते में तैयार हो जाएगा, सो मान गया. अब दो माह बीत गए हैं, लेकिन ये हार है के तैयार हो के नहीं दे रहा है. जब आता हूँ तो यही सुनता हूँ कि दो-तीन दिन बाद आईएगा. हर बार अपना मुँह ले कर वापस लौट जाता हूँ." वो जौहरी को बड़े कुड़ कर देख रहा था. "मैं इन लोगों का तीन-पाँच तो नहीं जानता मगर ये हर बार दो-तीन दिन के बाद जो बुलाते रहते हैं, ये कोई तरीका होता है सौदा करने का. कैसी डांवाडोल जगह है. साफ-साफ़ क्यों नहीं बताते कि हार दो दिन में तैयार होगा या तीन दिन में."

"अरे ... आप बस इस बात से खफ़ा थे. पहले बताते न? चलिए आपका हार आपको दो दिन में मिल जाएगा. अब तो खुश हैं न?"

"न, खुश तो मैं तब हूँगा जब हार मेरे हाथ में होगा. इतने दिन बिला[1] वजह इस शहर में अटका पड़ा हूँ, अब और इंतज़ार नहीं कर सकता. कृपा करके आप मेरा हार मुझे आज ही दे दें. मुझे यहाँ से आज ही घर को निकलना है."

"क्या मैं जान सकता हूँ हुज़ूर-ए-आला किस शुभ नगरी में वास करते है?" बड़ी नम्रता से जीताजी ने पूछा.

"जी, मैं ग्वालियर का रहने वाला हूँ. बहुत रह लिया घर से दूर. आज न सही तो कल तो निकल ही पड़ूँगा."

"और क्या मैं जान सकता हूँ ये हार किस खुशनसीब गले के लिए है?" जीताजी की नक्ल में उस गांठदार नौकर ने भी पूछ डाला. "क्योंकि इस जल्दबाज़ी के पीछे लुगाई तो नहीं हो सकती. लुगाई तो साल भर में बास मारने लगती है. ज़रूर कोई अलबेली-गोरी होगी, क्यों मैंने सच न कहा?" बेवकूफ़ नौकर बोलता चला गया.

"बास, जल्दबाज़ी ... ये कैसी वाहियात बातें कर रहा है. जौहरी, अपने नौकर से जुबान को लगाम देने को बोल."

"मेरी सहानभूति तो इन भले साहब के साथ है." जीताजी ने तुरंत बातचीत का रुख बदलने की कोशिश की. "मैं इनकी जगह होता तो मेरा भी आप पर से यकीन हट गया होता. एक बार आदमी झूठ का रास्ता पकड़ता है तो उसके सच का भी

मटियामेल हो जाता है. मेरे हिसाब से तो जौहरी साहब आपको इनका हार के लिए दिया हुआ पूरा नकद वापस लौटाल देना चाहिया. तभी ये मामला सुलझ पाएगा."

"हाँ, यही सही है. मेरा पैसा वापस कर दो, हिसाब बराबर हो जाएगा."

थोड़ा सोचने के बाद जौहरी भी मान गया. बोला, "दो आदमियों की दोस्ती में खलल डालने वाली दो चीज़ें, पैसा और औरत."

उसने सर्राफ़ को संदुकची से कुछ कागज़ निकाल कर पकड़ा दिए. "ठीक से जाँच लीजिए. आप ही की हुंडी हैं."

फिर जीताजी से बोला, "मान गए भई, जनाब-ए-आली. पूरा पखवाड़ा बिता दिया, हल नहीं निकल पा रहा था इस मुश्किल का. आप आए और पलों में सुलट गया. इसी बात पर पान हो जाए."

पान लेते हुए जीताजी बोला, "अजी छोड़िये ... कोई बात नहीं. कह नहीं गए हैं मीर साहब - खुद को न जिम्मेदार ठहराईए, साहिबान. ठहराना ही है तो दुनिया के तौर को ठहराईए. जी, दुनिया में और माशुका में क्या कोई फ़र्क है? तो सुनिये माशुकाओं के बारे में भी अर्ज़ कर गए हैं, कभो गर्म कीना, कभो मेहरबान, कभो दोस्त निकले, कभो खस्म-ए-जान, गले में मेरे हाथ डाले कभो, तरह दुश्मनी के निकाले कभो."

कुछ देर वाह-वाही का दौर चला फिर जौहरी ने सर्राफ़ से पूछा कि उसे हार में अब भी दिलचस्पी है या नहीं.

"अजी, दिलचस्पी थी तभी तो बनवाने को बोला था. क्या जल्दी तैयार मिल सकता है?" पैसे हाथ में आने पर सर्राफ़ का मिजाज़ ज़रा सीधा हो गया था.

"तैयार ही समझिए. एक-आध नग लगने बाकी हैं, बस. जिस तरह ये हार बन रहा है न, इसे पहन कर भाभी जी पहचान में न आएँगी, अभी बताए दे रहा हूँ, हाँ. आप दोपहर को आ जाईए या कल सुबह, हार तैयार मिलेगा."

"ये तो बहुत बढ़िया बात बताई, लेकिन आज दोपहर को आऊँ या कल सुबह?"

"आप दोपहर को ही आ जाईए. हाँ दस हज़ार का इंतज़ाम करके आईएगा."

हुंडी अपने झोले में धरते हुए सर्राफ़ ने फिर पूँछा, "ये बताईए कि दोपहर को कित्ते बजे आऊँ?"

"कित्ते बजे? दोपहर को कभी भी आ जाईए. एक या दो बजे आ जाएँ." जौहरी कुछ झल्लाने लगा था.

लेकिन सर्राफ़ समय का पाबंद था. वो भी झल्लाता हुआ बोला, "लेकिन सवाल अब भी वही है न? मैं एक बजे आऊँ या दो बजे?"

हल फिर जीताजी ने ही निकाला, "ठीक है, अब हम दोनों दोपहर एक बजे आएँगे. आप इन्हें इनका हार पकड़ा दीजिएगा और तब मैं भी कुछ तोहफ़े ले लूँगा."

7. "माल तो आपको एक बजे मिल ही जाएगा." जौहरी की दुकान से दोनों साथ निकले. "ऊपर वाले की मर्ज़ी से मामला अच्छी तरह से सुलट गया. और सबसे बढ़िया बात तो ये है कि इस बहाने आप जैसी हस्ती से मेरा मिलना हो गया."

सर्राफ़ चुप ही रहा. बस आँखों से आभार प्रकट कर रहा था.

"जौहरी तो खूब चिकनाने की कोशिश कर रहा था, लेकिन मैं भी उनमें से नहीं हूँ जो आसानी से फिसल जाऊँ." जीताजी बोलता गया. "दुकान में घुसते ही फ़ौरन समझ गया था कि लेना न देना, चूना लगा रहा था वो आपको. और इतना तो मैं दावे के साथ कह सकता हूँ कि जिस दिन से उस हरामी ने ये जाना होगा कि आप परदेसी हैंगे, उसी दिन से उसने अपनी चालें चलनी शुरू कर दीं होंगी. ये पूरा शहर ही ऐसा है जी. पाजी जमा हैं यहाँ, पाजी." जीताजी बोलता चला जा रहा था. "अजी हर साल निकलते हैं यहाँ से. हमें न मालुम होगा तो किसे मालुम होगा?"

"आप ये कैसी बात कर रहे हैं? पूरा का पूरा शहर कैसे बुरा हो सकता है? वो तो बस वो जौहरी था चार रुपए का पाजी. मुझे तो वो खानदानी हरामी लगता है, साला चोरों का लकड़दादा. लेकिन सब ऐसे थोड़ी न होते हैं."

निराशा भरी आह लेकर जीताजी बोला, "ऐसा ही है, जनाब. कुछ शहर ठीक-ठाक होते हैं, कुछ नहीं. शहर के नसीब की बात होती है. ये वाला शहर निहायत बेहुदा शहर है." वो आवाज़ धीमी कर बोलता गया. "और सबसे बत्तर बात तो ये है कि जो ये लोग सीधे-सीधे नहीं ऐंठ सकते हैं, राह में छिपे इनके बिरादरी के लोग झटक लेते हैं. आप भी होशियार रहिएगा रास्ते चलते उचक्कों से."

उसकी बात सुनकर सर्राफ़ बिझक सा गया. उसने जीताजी से बात को साफ़ तौर से बताने को कहा.

26

“क्या कहा था यहीं के एक दुकानदार ने, कल सुबह ही तो कहा था उसने हमसे, वो देखो वो बैठा है उसका भाई.” वे उस कपड़े की दुकान के पास से गुज़र रहे थे. बाहर बैठे भाई ने जीताजी को पहचान लिया. शायद वो उस वक्त पिनक में नहीं था. दोनों हाथ सिर के ऊपर जोड़ कर दाँत फाड़ कर मुस्कुरा रहा था. “कह रहा था कि भूत, पिशाच, उचक्के और ठग, ये चार यहाँ की राहों के चौकीदार हैं. लो, खुद ही अपनी तारीफ़ करते हैं, साले. चाहे तो पूछ लें उससे. हम तो ये बातें अच्छी तरह जानते हैं. क्या यूँही शहर के बाहर पड़ाव डालते हैं? इसीलिए दो-दो सौ एक साथ निकलते हैं. आपके साथ कितने मुसाफ़िर हैं, जनाब?”

“आप दो सौ हैं? मैं तो बस अपने तेरह नौकरों के साथ अकेले सफर कर रहा हूँ.” घबराते हुए वो बोला. “इतनी बुरी हालत है तो यहाँ के अधिकारी कुछ करते क्यों नहीं? क्या कोई इनकी शिकायत नहीं करता?”

“शिकायत? कौन से देश से आए हैं, जनाब?” सर्राफ़ की ओर तरस खाई नज़र फेंकते हुए जीताजी बोला. “अंधेर नगरी के राजा का ख़ास शौक सोना ही तो होता है न. लेकिन इन लोगों की जो बात मुझे सबसे ज़्यादा खलती है वो ये कि शहर ये कोई छोटा-मोटा नहीं है, मगर यहाँ के लोग सब के सब हद दर्जे के गँवार हैं. ये तो सुना था कि झूठे के आगे सच्चा रो मरे. ये भी देखा था की झींक-झींक कर रुपैया वसूल होता है. लेकिन यहाँ तो अनसुनी और अनदेखी बातें ही हो रही हैं. इस टके की औकात वाले जौहरी ने ओहदा ही न समझ पाया आपका, लग गया ऐंठने रुपए.”

सर्राफ़ के चेहरे पर एक मंद सी मुस्कान फैलने लगी. आवाज़ अब भी दबी सी थी. “अपनी डींगे हाँकने की ज़्यादा आदत नहीं है मुझे. सब जानते जो हैं मुझे गवालियर में. एक मेरे ही यहाँ तो सर्वव्यापिनी, विश्व-मोहिनी लछमी रोज़ाना शाम को नाच करती है. गवालियर का हर नामी आदमी मेरा कर्ज़दार है. सो रईस अलहदा मेरे घर के बाहिर बेदाम गुलामों की तरह नाचते हैं. जिसे चाहूँ पलों में मसलने की ताकत रखता हूँ.”

बोलते-बोलते उसकी आवाज़ कब ऊँची हो गई, पता नहीं चल पाया. “बड़ा मान है मेरा. ये जौहरी मेरे साथ गवालियर में ऐसी हरकत करने की जुर्रत भी न करता. करता तो ऐसी बरबादी लाता कि इसकी पिछली सात पुश्त हिल कर रह जातीं. ऐसा लतियाता इसे, कि ये जौहरीगिरी ही करना भूल जाता. घुटनों के बल अपने घर

रेंगवाता. दरवाज़े पर नाक रगड़वाता. ऐसा है गवालियर में मेरा रुतबा. लेकिन एक ये जगह है, मुझे यहाँ कोई पहचानता ही नहीं. इस बारे में किया भी क्या जा सकता है. सफ़र करने में इतनी आफ़त तो उठानी पड़ती है."

जीताजी सर्राफ़ की बातें बड़े ध्यान से सुन रहा था. सर्राफ़ चुप हुआ तो सहानुभूति के भाव से सिर हिला दिया. बोला, "लेकिन मैंने आपको एकदम ठीक पहचान लिया था." उसे अचानक कोई बात याद आई, सर्राफ़ से बोला, "मेरा अभी जाना बहुत ज़रूरी है. आज रात निकलने से पहले एक काम खत्म करना है. शायद जौहरी के यहाँ मैं आप से न मिल पाऊँ, इसलिए अभी आपसे विदा माँगता हूँ और आपकी यात्रा शुभ हो इसकी कामना करता हूँ."

"ज़रा ठहरिए. आप आज रात को ही जा रहे हैं. किस ओर जा रहे हैं, ज़रा बताईएगा."

जीताजी ने उसे बताया कि उसे और उसके साथियों को इटावा छोड़े चार माह गुज़र गए थे, वापस लौट रहे थे.

"हम आज रात को निकल रहे हैं, मामा?" फूलसा को जीताजी की बात सुनाई दे गई थी, सो दौड़ कर वापस आ गया.

"ये आपका भानजा तो बड़ा प्यारा है." फूलसा को देख सर्राफ़ बोल उठा.

"प्यारा? क्या मैं आपको लड़की दिखता हूँ? आपको मालुम है, अपने मामाओं के बाद सबसे अच्छी तलवार मैं चलाता हूँ."

"तो तुम एक नन्हे सैनिक हो. ये तो बड़े दुख की बात है. मुझे तो गवैये अच्छे लगते हैं. बताओ तो, तुम गाते भी हो?"

"हाँ-आँ. गाने में क्या है? पैसे अच्छे मिलें तो गा लेता हूँ."

"काम अच्छा हो तो मैं भी उसका अच्छा इनाम देता हूँ."

फूलसा का चेहरा खिल उठा. "तो ठीक है, मैं आपके लिए गाना गाने को तैयार हूँ. क्या आप हमारे साथ चल रहे हैं?"

उसका इतना कहना था और सर्राफ़ जीताजी को तरसती नज़रों से देखने लगा.

कुछ देर जीताजी सोचता रहा, फिर "दो सौ में तेरह लोग और जुड़ जाएँ तो हमारा क्या जाता रहेगा," कह कर उसने हामी भर दी. सर्राफ़ से एक बजे जौहरी की दुकान में मिलना तय करके फूलसा के संग अपने काम पर निकल गया.

8. दोपहर हुई. पाँच बैल-गाड़ियों, तीन खच्चरों और अपने नौकरों को साथ ले कर ग्वालियर के मोतीराम भगवानदास सर्राफ़, जीताजी और फूलसा के संग उनके पड़ाव में आ पहुँचा. जीताजी ने उसे अपने चाचा और फ़िरंगिया के बाप, मांधाता और अन्य बुज़ुर्गों से मिलवाया. हाथ जोड़े, बड़ी नम्रता के साथ, मांधाता बोला, "भाई-साहब, आज रात आप हमारे मेहमान हैं. इस पड़ाव को अपना घर सा समझिए."

पड़ाव के कई आदमी अपना अपना काम छोड़ कर सर्राफ़ की टोली वालों के स्वागत के लिए आगे बढ़ आए. मुस्कुराते हुए, विनय भाव से, नव-आगंतुकों के कंधों पर हाथ धर, नौजवान उनसे बात करने में लग गए, खाना पानी को पूछा, उनके घोड़ों को ले जा कर चारा दिया, बातें करते-करते उन्हें खरैरने लगे. घुलने-मिलने में ज़्यादा देर नहीं लगी. कुछ ही देर में रास्ते में गुज़री हर छोटी-बड़ी दिलचस्प वारदातों के बारे में बतियाने लगे. मिलनसार मेज़बानों ने मेहमानों को अजनबी से दोस्त बना दिया. कहानियों का सिलसिला खत्म नहीं हुआ, कि गाना-बजाना शुरू हो गया. निकलना शाम ढलने पर ही था, तब तक मज़े में समय बिताया. उस वक्त जीताजी फ़िरंगिया को खोजने शहर को निकलने को हुआ. जाते-जाते चाचा के शब्द कान पर पड़े. मांधाता सर्राफ़ को बता रहा था कि वे लोग रात में सफर करना क्यों पसंद करते हैं.

"हम इतने हैं कि रात में यात्रा करें या दिन में, ज़्यादा फ़र्क नहीं पड़ता, मगर हमारे जानवरों के लिए रात की ठंडक ही बेहतर है."

9. पड़ाव उठने की बात सुनते ही फ़िरंगिया उछल पड़ा. दोनों लड़कों के समान ताली पीटते हुए, पड़ाव की ओर भागने लगे. लेकिन जल्द ही उसकी चाल धीमी पड़ गई और वो सोच में डूब गया.

"बड़ा चुप है. मुस्कुराना भी कम हो गया है. हाँ, आँखें कुछ कह सी रही हैं ..." उसके कंधे पर हाथ फेंक जीताजी बोला, "बता, बात क्या है?"

"क्या मतलब?"

"मतलब कि ... खामोशी मेरी कह रही है फसाना ... वो भीमा बता रहा था तू मिला था किसी से, सराय में. कौन थी वो?"

"ओह, वो!"

फ़िरंगिया फिर उछल दिया, हँसने लगा, तेज़ी से भागने लगा.

"आज सुबह, दोस्त, हम – वो! और मैं, किस प्यारे इत्तिफ़ाक से रू-ब-रू हो गए," कहकर वो शायराने अंदाज़ में आदाब कुबूल करने लगा.

दोनों चचेरे भाई थे. उससे ज़्यादा जिगरी दोस्त थे. लगभग एक ही उम्र के थे. साथ होते अक्सर भूल जाते थे कि अब बड़े हो गए हैं. किसी के पति और बाप हैं. लड़कपन में खो जाते थे. जैसे अब. जंगल के हिरणों की तरह चौकड़ी मार रहे थे.

"तो हुआ क्या, कुछ तो बता?"

"क्या बताऊँ? कुछ बताने लायक बात हो तो बताऊँ. वो कुछ कहे जा रही थी और मैं खम्बे की तरह खड़े-खड़े सुनता जा रहा था."

"क्या कह रही थी? और तूने क्या जवाब दिया?"

"वो जो कह रही थी मुझे कुछ सुनाई नहीं दे रिया था. जवाब की पूछते हो, वहाँ तो मैं ला-जवाब खड़ा था, कुछ कह न सका. दोस्त, आज तेरे दोस्त के होश और हवास, अकल, वश, चैन, सब जाते रहे. नौकर की तरह उसके सामने हाथ जोड़े खड़ा रहा. अगर वो मुझसे कहती, पतंगे, आग में कूद, तो कूद जाता. बस, आज तो कलह मच गई थी."

उसकी बातें सुनकर जीताजी हँस रहा था. बोला, "न, ऐसा हो नहीं सकता. तूने कुछ कहा तो होगा. चल, मुझे सब ठीक से बता."

"हाँ दोस्त, कोशिश जरूर की थी. जवाब देने के वास्ते मैं कुछ बक तो रहा था, कहना उसे चाह रहा था, देख नौकर को रहा था. जब लगने लगा कि बहुत हो गई उजबकता तो खुद से बोला कि प्यारे, खिसक ले यहाँ से. फौरन डगमगाते हुए बाहर जाने को हो गया. लेकिन दरवाज़े तक भी न पहुँच पाया था कि लियो, गिरती दीवार की तरह वहीं ढेर हो गया. अब बताओ, तुम जो ज्यादा ज्ञानकारी रखते हो इन बातों की. अगर मुझे उसकी गली में ढेर होना ही था, तो वहीं, उसके कदमों पर ही क्यों न गिर पड़ा."

दोनों के हँसने का सिलसिला शुरू हो गया और कुछ देर घास में लोटते हुए वे यूँ ही गप मारते रहे. फिर जीताजी उठा और अपनी पगड़ी बांधने लगा.

फ़िरंगिया और जीताजी दोनों मध्य कद के थे, छरहरे, गठे बदन वाले. जीताजी के बाल लम्बे और घुँघराले थे जिन्हें उसने पीछे चोटी में गूँथा हुआ था. सोने के कुंडल कान में कपकपा रहे थे, धूप-तपे चेहरे पर पोखरों के समान उसकी आँखें दमक रही थीं, अब भी उत्सुकता कम नहीं हुई थी. बोला, "ऐसी बातें तेरे साथ ही क्यों होती हैं? तो कौन थी वो? क्यों मिलना चाहती थी? कुछ तो बता."

"कौन थी वो? शिकारनी थी. तीर कमान ले कर शिकार करने निकली थी. एक मेरा दिल था जो उसके तीरों को खाने को उतावला हुए जा रहा था."

"अरे, तेरे तो होश ही उड़ गए हैं," ठहाकों से निकल कर जीताजी बोला.

"न भाई. होश तो ठिकाने हैं. बस जब वो आती है तो उड़ान भर लेते हैं."

थक कर जीताजी आखिरकार बोला, "चल हट ... बस बहुत हो गया मज़ाक. अब ठीक तरह बताता है कि जाऊँ."

"थोड़ा मज़ाक कर लेने में हर्ज क्या है, दोस्त? अब तो जा भी रहे हैं." एक लम्बी आह खींचते हुए वो बोला, "कल हम कहीं दूर होंगे. कल चंदा बाई कहाँ मिलेगी?"

पड़ाव सामने दिख रहा था. बड़ी हलचल मची हुई थी. लोग बाते करते हुए दिख रहे थे. कोई खेमें उखाड़ के उन्हें तह करने में लगा था. कोई अब भी गाने बजाने में डूबा हुआ था. जाने की उमंग साफ़ दिख रही थी. सुबह चंदा बाई के यहाँ क्या घटा, संक्षिप्त में फ़िरंगिया जीताजी को बताने में लग गया.

10. पड़ाव के बाहर कुछ लोगों का जमाव था. बीच में खड़ा मांधाता गुस्से में चिल्ला रहा था. उसी से लग कर जो सभ्य धजीले-से बुज़ुर्ग खड़े थे बड़े ध्यान से मामले का अनुसरण कर रहे थे. ज़रा पास आने पर फ़िरंगिया और जीताजी को शोर-गुल का कारण दिखाई पड़ा. एक कम्बलपोश फ़कीर ज़ोर से रो रहा था. कारवाँ में साथ लगने के लिए मिन्नतें कर रहा था. उसके लम्बे जटाधारी बाल थे और राख और गोबर लिपे बदन पर ओग बह रहे थे. वो अपने जैसे ही भिनकते लेप-चढ़े टट्टू पर सवार था. जवान था, बीस-बाईस साल का लग रहा था. मोटापे के कारण उम्र कुछ ज़्यादा ही लग रही थी. शायद सत्रह का था. लेप के कारण मक्खियों का बादल सा उसके और उसके टट्टू के चारों तरफ़ घूम रहा था.

"अब एक जने के बढ़ने से क्या फ़र्क पड़ सकता है, भाई-साहब? क्यों नहीं आने देते बेचारे को?" उस बुज़ुर्ग आदमी, मोतीराम भगवानदास, ने मांधाता से धीरे से पूछा.

"अरे क्या बात करते हैं, भाई साहब? इसका तो सवाल ही नहीं उठता. ये तो मरेगा ही, साथ में हम सबों को लुढ़का जाएगा. पिछले साल हैजा से तीन लड़के खो चुका हूँ. बस यही गलती की थी. न, इसे साथ ले फिर वही खतरा नहीं मोल लेना चाहता."

मोतीलाल सर्राफ़ का इस बात पर बिल्कुल ध्यान न गया था. वो अपनी मूर्खता पर अपने को कोसने लगा. जीवन उसका लम्बा ज़रूर था, लेकिन वीर्यवान वो अब भी खूब था. घर में उसकी कमसिन जवान बीबी इंतज़ार कर रही थी और खुद वो अपनी दूसरी पारी जी रहा था. रबी की फसल कब की कट कर जवान हो गई थी और उन जवान बेटों की बीबियों से भी जवान थी उसकी बीबी. अब खरीफ तैयार हो रही थी. इस साल होली में नई लुगाई से जना बेटा तीन पूरा करने को था. सोच में डूबा सर्राफ़ काँप उठा. खुदा न खास्ता, कहीं फ़कीर को घेरे उस खराब हवा का तनिक अंश भी उसके बेटे को लग जाए तो सत्यानाश हो जाए.

उस ओर जो आँख फेरी तो भिनकती मक्खियों के उस फड़फड़ाते बादल के नज़ारे से उसका दिल दहल उठा. सर्राफ़ फ़ौरन अपने सोच की धारा बदल अपनी सुंदर, जवान पाणिगृहिता का ख्याल करने लगा. कल्पना करने लगा कि जब वो घर पहुँच कर पलंग पर पड़ी अपनी पत्नी को अपने पास खींच कर लाएगा और उस पर प्यार जताएगा, तब कैसे वो मीने का हार उसके वस्त्रहीन वक्ष की शोभा बढ़ाएगा, कैसे उसके लम्बे रेशमी बाल उसके अपने सिर के चारों तरफ़ मधुबन की तरह लहराएँगे, कैसे वो अपनी अधखुली मदमस्त, उमंग भरी आँखों से अपने पति-देवता को निहारेगी.

"भगाओ साले फ़कीर को," घबरा कर वो गरज कर चीखा.

मन ही मन उसने भगवान का स्मरण किया. बिस्तर फिर ख्याल में आया और उसने तुरंत एक अन्य बात गाँठ बाँध ली कि घर पहुँच कर एक और बेटा पैदा करूँगा.

इस बीच सर्राफ़ की पुकार आसपास खड़े युवकों के लिए फ़कीर को भगा देने का नारा बन गई.

कोई कह रहा था, "जाता क्यों नहीं है, बे? जाहिल फ़कीर! शैतान के टट्टू!"

कोई पत्थर मार कर भगाने की राय दे रहा था. सब साँसें हलके-हलके भर रहे थे, उसको छूने की हिम्मत तो जमा हुए लोगों में किसी की न थी हांलाकि मुक्के सबके तैयार बने थे. कई लोग उसे इस डर से नहीं देख रहे थे कि कहीं आँखों के रास्ते ही दूषित हवा न पकड़ लें.

"ऐसे नहीं जाने वाला ये," एक ने आखिर पत्थर उठा ही लिया.

उधर फ़कीर गिड़गिड़ा रहा था, "अगर सर्राफ़ रह सकता है तो मैं ..."

लेकिन उसकी आवाज़ आसपास के बढ़ते शोर में डूब गई. जिसने पत्थर उठाया था उसने उसे दे भी मारा. पत्थर टट्टू के पैर पर लगा. एक दूसरा पत्थर अलग दिशा से उड़ते हुए आया. वो फ़कीर के सिर पर लगा. और जब इसके तुरंत बाद तीसरा पत्थर फिर जानवर को लगा, तो वो घबरा गया. टट्टू चीते की रफ़्तार से भाग खड़ा हुआ.

हँसते-हँसते सब अपने काम पर लौटने लगे. पत्थर जो मारने को उठाए थे, फेंक दिए. यारों के कंधों पर बाँहें वापस लौट आईं. फ़कीर का रोना अब भी सुनाई दे रहा था, मगर दूर से. वातावरण लोगों की भिनभिनाहट और पत्थरों के गिरने की थपथप से भरा हुआ था.

मांधाता मोतीराम के साथ साथ लौट रहा था. उसकी नज़र फ़िरंगिया पर पड़ी, "अहा, आ गए तुम? क्या बता रहा था नौकर, किससे मिलने गए थे?"

"पूना की कोई चंदा बाई नए सैनिक भर्ती कर रही हैं, पिताजी. हिंदुस्तान जा रही हैं. मैंने उनसे कह दिया कि सैनिक तो हूँ नहीं, व्यापारी हूँ. बस."

"अरे ये कैसे कह दिया कि सैनिक नहीं हो. तुम तो एक बेहतरीन सैनिक बनते अगर मैं तुम्हें न रोकता." मांधाता अपने बेटे को कंधों से पकड़ कर बड़ा अभिमान महसूस कर रहा था. सर्राफ़ की ओर देख कर बोला, "ये देखिए मोतीराम जी, अव्वल दर्जे का घुड़सवार है ये, मेरा बेटा. इसका बस चले तो कभी घोड़े से ही न उतरे. और तलवारबाज़ी तो इसके जैसी मैंने और कहीं नहीं देखी है. लगता है इन्द्र देव बिजली से खेल रहे हैं. वो तो मेरी खुदगर्ज़ी ने इसे हमारे पेशे से बाँधे रखा है."

"अजी अपने बच्चों के साथ तो सब ही खुदगर्ज़ी जताते हैं." सर्राफ़ ने जवाब दिया. "लेकिन जिन चंदा बाई का ज़िक्र आपके बेटे ने किया वो कोई साधारण हस्ती नहीं हैं. शेरनी हैं पूना की. तो वे अब सेना जुटा रही हैं?"

"आप उन्हें जानते हैं?" फ़िरंगिया ने सर्राफ़ से पूछा.

"नर्मदा के इस ओर मतलब रखने वाले सब जानते हैं चंदा बाई को. मुँहबोली बहन हैं बाजी राव की, लेकिन ज़मीन आसमान का फ़र्क है दोनों में. ममता, देशभक्ति और हिम्मत का मानवीकरण हैं वो महिला. मुझे इस बात से कतई हैरानी नहीं हो रही है कि मराठा गौरव की पुनर्वापसी के लिए ये काबिल महिला सेना जुटा रही हैं. अहोभाग्य था आपका जो आपके इन से दर्शन हो पाए."

सर्राफ़ की बात सुन फ़िरंगिया मूक रह गया. मांधाता भी शांत था. सर्राफ़ की बैलगाड़ी पर पहुँच कर ही कुछ बोला. "तो भाई-साहब, जंगल का रास्ता आसान ही है. आप तो ऐसे सोवें जैसे कि घर में हों."

"मैं ठीक ही सोऊँगा, लेकिन ऐसे कैसे सोच सकता हूँ कि घर में हूँ. अभी तो सफर लम्बा है, पाँच पड़ाव और हैं." अब वो गाडी में घुस गया था और अंदर से ही बोल रहा था. नौकर ने हुक्का तैयार कर दिया था.

लौटते हुए मांधाता के शब्द सुनाई पड़े, "ये पड़ाव भी जल्दी गुज़र जाएँगे. भगवान सबका मालिक है."

11. व्यापारी थे, सैनिकों की तरह कदम बढ़ा रहे थे. अंधेरी रात रहस्यमयी मौजूदगियों से लदी हुई थी. वातावरण में हर तरह की गंधें थी, दिल दहला देने वाली अकस्मात चीखें थीं. फिर भी उसके कालेपन में हर आदमी अपने को राजकुँवर महसूस कर रहा था. आदत जो थी. हर रात हर तरह की राहों पर चल कर मंज़िलें तय करते थे. काले अंधेरे में ऐसे कदम बढ़ा रहे थे जैसे प्रेमिका के पलंग की ओर बढ़ रहे हों. वो अपनी धुँधली, नीली उँगलियों के इशारों से उन्हें बुलाती. वे दीवानगी में उसकी ओर लपकते. मंद हवा बालों को छेड़ते हुए निकल जाती. वे इसी तरह बढ़ते जाते.

आसमान में सजा एकादशी का चाँद कभी दिखता, कभी डालियों के पीछे या आसमान में बिखरी बदलियों के नीचे ऐसे छिपता जैसे सिर के ताज पर जड़ा रत्न साम्राज्य की किस्मत के साथ चमकता-बुझता है.

जंगल पथ पर बढ़ते आदमियों के उमंग भरे दिल गाते, आदमी खुद ज़ोर से गाते. उनकी चौकस और तेज़ आँखें रात्रि के पर्दे खिसकाती जाती और कभी अकड़ते कभी इतराते वे चलते जाते. कोई फ़कीर का ज़िक्र करता, तो अनेकों हँस देते, मस्ती में जाँघें पीटने लगते. कोई घूम कर नाच देता. और जब दूर से, दाहिनी ओर से, किसी गधे की रेंकने की आवाज़ सुनाई पड़ जाती तो सभी ज़ोरों से ठहाका मार कर हँस देते.

जानवरों और चिड़ियों की अंधकारमय दुनिया को चीरते हुए वे बढ़ते जा रहे थे. फ़िरंगिया के ध्यान में अचानक फूलसा आया. बड़ी देर से उसकी आवाज़ नहीं सुनाई पड़ी थी. रात के सफर में ये अक्सर तीन या चार गुटों में बँट कर ही चलते थे. फूलसा आदतन सबसे आगे वाले गुट में रहता था. आसपास साथियों से ज़रा पूछताछ कर के पता चला कि आज भी वो उस अग्रम गुट में था. इस वक्त जंगलों में होगा, एक कोस की दूरी पर.

मेहमान अब अजनबी नहीं रहे थे. सर्राफ़ की टोली का हर अदद अपनों को भूल मेज़बानों के तीन या चार के गुट में शामिल हो गया था. एक दूसरे के कंधों में बाहें डाल, दोस्त चले जा रहे थे. दाँत कटे रोटी वाली दोस्ती हो गई थी इन में. अभी एक साथ बस एक रात ही बीती थी, लेकिन हरेक दूसरे के जीवन के दुखड़े, डर और अभिलाषाएँ जान चुका था, सहानुभूति करता था, दिलासा देता था, उत्साहित करता था. बस सब बड़े खुश थे.

वन में कई कोस अंदर घुस आए थे जब आगे लोगों में मरमराहट सुनाई पड़ी. कुछ देर में फ़िरंगिया को ढूँढते-ढूँढते कुछ आदमी ये बताने के लिए आए कि आगे, आधे कोस तक रास्ता यूँही पठारी रहेगा फिर सड़क नीचे नदी की ओर ढलने लगेगी. आदमियों ने बताया कि रास्ते का वो भाग पथरीला है, रपटन वाला है, "सावधानी बरतिएगा." ये भी बताया कि नदी गहरी नहीं है, आसानी से पार की जा सकती है. जाते-जाते कहते गए कि "बिला" भी वहीं है. सबों को घोड़ों पर से उतरने को कहा गया और जानवरों को ध्यान से आगे के भाग में ले जाया गया. बैलगाड़ियों

पर भी और आदमी तैनात कर दिए गए कि कहीं संकरे और फिसलने रास्ते पर बैल घबराना शुरू कर दें तो उन्हें शांत करने में आदमी काम आएँ. गाड़ियों को सम्हालने के लिए भी और हाथों की ज़रूरत थी.

इस तरह जब सर्राफ़ की नींद खुली सभी काम में जुटे पड़े थे. लेकिन सर्राफ़ गुस्से में आग-बबूला हो रहा था. गाड़ी से सिर निकाल कर अंधेरे में घूर रहा था, कुछ देर तक किसी जाने-पहचाने चेहरे को खोज रहा था. जब मांधाता को देख पाया तब गुर्राते हुए बोला, "तो ये था तेरा आसान रास्ता, बनिये? रास्ते में इतनी धड़-धड़ आज तक नहीं हुई. मेरी तो कमर टूट गई, लगता है पीठ भी जाती रहेगी. और ये हम धीरे-धीरे काहे जा रहे हैं?"

"बस ये भाग ज़रा ऊबड़-खाबड़ है. उसके बाद सब ठीक हो जाएगा, इत्मीनान रखिए, भाई-साहब." मांधाता आसपास के प्रबंध में लगा था. लिहाज़ से सर्राफ़ को भी जवाब दे रहा था. फिर भी सर्राफ़ का भनभनाना कम नहीं हुआ.

"मालूम है मुझे सबसे ज़्यादा चिढ़ कब मचती है? तब जब बातें बिप्रीत बताई जाती हैं. अरे मक्कार आदमी, तूने कहा न था कि रास्ता आसान होगा. आखिर इस गलतबयानी का मतलब?"

तभी सर्राफ़ को अपना नौकर दिखाई दे गया. आसपास की मेहनत और कोशिशों से पूरी तरह बेपरवाह सर्राफ़ ने नौकर को फ़ौरन रौशनी का इंतज़ाम करने का हुक्म दिया. बत्ती जला दी गई, तो वो फिर गाड़ी में गद्दियों पर टिक गया. लेकिन इस बार उसे कोई आराम नहीं मिल पा रहा था. वो देख रहा था कि लालटेन की रौशनी गाड़ी की छत पर अजीब-सी परछाईयाँ फेंक रही है. उसके लिए सुस्ताना नामुमकिन सा हो गया था. मन में ये तमाम सफ़र एक खराब मज़ाक का रूप ग्रहण करने लगा.

रास्ता नदी की तरफ़ ढल रहा था और सब बड़े ध्यान से धीरे-धीरे आगे को खिसक रहे थे. बेसब्री किसमें नहीं थी? लेकिन ऐसे कठिन रास्ते में और किया भी क्या जा सकता था? सिर के ऊपर डालियों पर निरी बेलें लिपट कर दूसरी तरफ़ कटीली झाड़यों में जो जा मिल रही थीं, चंदवा सा बना रही थीं. चाँदनी तक छन कर नहीं आ पा रही थी, सो अंधेरे में बढ़ते जा रहे थे. हवा थमी थी, बदबूदार थी, जैसे

किसी बंद गुफ़ा में हो. हर आदमी आगे चलने वाले आदमी से लग-लग कर चल रहा था. नीचे की तरफ़ से कंकड़ीले तले पर पानी बहने की आवाज़ सुनाई पड़ रही थी, यानि नदी पास थी.

फिर रास्ता मुड़ा और आसमान भी खुल कर दिखने लगा. झाड़ियों के नीचे नदी एक लम्बा चमकदार अजगर लग रही थी. फिर एक-एक कर हर आदमी, जानवर या गाड़ी पकड़ कर, नदी पार करने में लग गया.

फ़िरंगिया जो पूरे समूह के पिछले छोर में था, ऊँचाई पर खड़ा नज़ारा देख रहा था. पत्तियों पर पड़ी ओंस की बूँदे मोतियों की तरह चमक रही थीं. कदमों पर नदी ऐसे पड़ी थी जैसे धरती माँ का लम्बा आँचल बिछा पड़ा हो. कई नदी पार कर चुके थे, खुले मैदान में अँगड़ाई लेते हुए, या जानवरों को सम्भालते हुए या नदी के पानी से अपने को ताज़ा करते हुए दिख रहे थे. कई और सम्हल सम्हल कर नदी पार कर रहे थे. बाकी, जिनमें वो था, उसका बाप मांधाता था, और अब तक गाड़ी में विराजमान सर्राफ़ था, नदी पार करने की अपनी बारी का इंतज़ार कर रहे थे. कुछ अन्य आदमी भी थे, सर्राफ़ का ख़ास नौकर भी साथ इंतज़ार कर रहा था.

फिर बड़ी नम्रता से मांधाता ने सर्राफ़ से गाड़ी से निकलने का निवेदन किया. नदी में उतार मुश्किल था, खड़ी ढाल थी. सर्राफ़ बाहर निकल तो आया मगर खींज उसमें ऐसी भरी थी कि मांधाता की ओर एक नज़र तक न फेंक रहा था. बस कभी ऊपर चमकते चाँद को देखता, या नीचे खनखनाती नदी को.

पौ फूटने में अब ज़्यादा समय बाकी नहीं था. ध्रुव तारा उत्तरी आकाश की इकलौती आँख के समान साफ़ दिखलाई दे रहा था. फिर एक मंद हवा जो बही अपने साथ बाकी की बदलियाँ भी उड़ा ले गई. चाँद फिर सामने आ गया. लगा कि गहरे नीले लिबास पहने कोई महारानी ज़मीन का तमाशा देखने को निकली है. फ़िरंगिया ने नदी पार करते आदमियों के रास्ते पर तेज़ नज़र फिराई, नज़रों से धरती को तेरह जगह छुआ. फिर जो लम्बी पुकार मारी – "जय काली" - उस पल घुनघुनाता सर्राफ़, काम करते आदमी, नदी के किनारे सभी – दोस्त, जानवर - निश्चल से हो गए. और अगला पल जो आया उसमें रात में पनपी दोस्ती दगा दे गई. तीन-तीन आदमी एक पर टूट पड़े, दो ने मेहमान दोस्त को पकड़ा, तीसरे ने अपना पटका खींच उसकी गर्दन पर कस डाला और देखते-देखते तेरह जन सिकुड़ कर

आँटे की थैलियों के समान ज़मीन पर गिर गए. बिना आवाज़ के, बिना दर्द महसूस किए सर्राफ़ और उसके आदमी धरती में अपनी दयनीय जीवन से विदा ले देवी-माँ के दामन में जा गिरे.

12. नहा-धो कर तैयार हो गुल-महक चंदा बाई के लिए उबटन तैयार करने आँगन में आ गई. ज़ालिम सिंह भी उसके पास खिसक आया. गुल-महक उबटन कूटने में लग गई और करवट लिए पड़ा ज़ालिम सिंह ऊखल में पौधे-पत्तियाँ डालने लगा. साथ में बतियाता भी रहा.

"उठती जवानी में चटकी कली है तू, महक. जब देखो उड़ती रहती है, चढ़ती पहरी होवे या उतरती, देखता न हूँ क्या? तेरा ये नाजुक बदन कभी यूँ मुड़ता है, कभी यूँ ऐंठता है. कभी इधर, कभी उधर. तू काम बहुत करती है. काश कि मैं तुझे आराम की ज़िंदगी दे पाता."

गुल-महक मूसल मारती चली गई, ज़ालिम सिंह भी उठ कर बैठ गया. पत्तों के ढेर से एक बैंगनी टहनी उठा कर उसे होटों से छू लिया. ऊखल में डाल कर धीरे-धीरे गुनगुनाने लगा, "रसीली, छबीली, बनी तंग और चुस्त ... हए."

फिर आवाज़ ऊँची कर के बोला, "तुझे मालुम है न, दिल दे बैठा हूँ तुझे."

वो चुपचाप ऊखल पर आघात पे आघात किए जा रही थी.

"और अब तो नींद भी जाती जा रही है. भूले-बिसरे जब आती है, तो सपनों में तुझे साथ ले कर आती है. ये हो क्या रहा है मुझे?"

अचानक पत्तों के ढेर को देख कर उसका ध्यान गया कि वो बेसन लाना तो भूल ही गई थी. उठ कर ले आई. वापस बैठ कर जो कूटना शुरू किया, वो फिर बोलने लगा, "हम दोनों के बीच भी क्या अजब खिंचाओ है, दिल की कशिश है, एक जज़्बा है. अजी मान भी जाईए महक रानी, सब जाने हैं कि इश्क और मश्क छिपाए न छिपते हैं. मन ही मन तो आप भी तड़पती हैं हमारे लिए. ये हम दोनों शादी क्यों नहीं कर लेते?"

मूसल ज़मीन पर रख कर वो उसे घूर-घूर कर देखने लगी.

"बहुत खूब. एक कमसिन लड़की को बहुत बढ़िया बातें सुना रहे हो. तुम्हारी बातें सुनकर मेरे मन में ऐसा गुस्सा उठा कि मैंने पूरा का पूरा लेप ज़ोर से दबा डाला.

उबाल मार रहा है अब. बाई जी तो गुस्से से बेकाबू हो जाएँगी. हाय, अब सब कुछ फिर बनाना पड़ेगा."

"अरी मूरख, ये तेरा गुस्सा नहीं, हमारा प्यार उबाल ला रहा है. चल और चारा ले आ, फिर तैयार किए लेते हैं." हँसते हुए ज़ालिम सिंह ने हाथ के एक ही लपेट में ऊखल खाली कर दी.

"ये बता, तू जा पाएगा मेरे अब्बा-अम्मी के यहाँ, दोहरा पाएगा ये नीच बातचीत जो इत्ती देर से तू मेरे साथ कर रहा है. खबर है तुझे तेरे ये गंदे लव्ज़ क्या असर करेंगे उन पर. इस मूसल से तेरा ये बचा-खुचा सर पीस डालेंगे. खबरदार जो ऐसी बेहुदी बातें फिर कीं!"

ज़ालिम सिंह ज़रा मुस्कुराया. फिर से एक बैंगनी टहनी उठाई, इस दफ़ा उसे देखा मात्र, चूमा नहीं, और ऊखल में फेंक दी.

"मेरी जान. किसी को किसी के अब्बा-अम्मी के यहाँ जाने की जरूरत नहीं है. और ये तू कमसिन किसे कह रही है. तू, और कमसिन? यानि, मुँहबंध कली? अरी मनचली, तू अब जवान हो गई है. माना कि देखने में मैं सिकुड़ा सा हूँ, गुनियैत* हूँ. लेकिन तू मेरी शक्ल पर क्यूँ जाती है, मेरी अक्ल भी तो देख. ये मेरी अक्ल ही तो है, कि जहाँ दुनिया का हर आदमी ज़मीन पर घिसटते फिरता है, मैं अकेला आसमान में उड़ानें भरता हूँ. मालुम है मेरी मीठी ज़ुबान और दिलकश अफ़सानों से कितने नवाब-रईस हैरान हो चुके हैं. और ये न भूल कि उस कारीगर की नज़र में, जिसने एक मुट्ठी ख़ाक से दुनिया की सभी सूरतें तैयार की हुई हैं, उसकी नज़र में हम सब – सुंदर हों या भयानक - बराबर हैं. न, तू मेरी डरानी सूरत न देख, मेरा धड़कता सीना छू. मेरे मनभावन लव्ज़ों के लिए अपने कान खोल कर रख. मैं तुझे अपने दिलचस्प अफ़साने कभी दिन में सुनाऊँगा, कभी रात में, या हर रात सुनाऊँगा, जब तू कहेगी तब सुनाऊँगा, कहानी सुना-सुना कर तेरा पूरा जीवन उजागर कर दूँगा, बस, मेरा यही वायदा है." इतना कहते-कहते वह लेटे से फठकर पालती मार कर बैठ गया. अपनी तर्जनी पर चढ़े लाल मणि जड़े छल्ले को एक चक्कर घुमा दिया.

"तेरी बातें सुन कर मुझे ऐसा सख्त गुस्सा आता है न कि तू बस पूछ मत." इस बार वो बड़े ध्यान से पत्तियाँ कूट रही थी. "अरे पगले, तेरी डरानी शक्ल के आदि तो हम तेरे यहाँ आने के पहले हफ़्ते ही हो गए थे. वो तो तेरी जिन हरकतों ने तुझे ये

डरानी सूरत दी हैं, वे सताती हैं मुझे. तू जुर्मी है, हत्यारा है, ज़ालिम आदमी है ... वो सब बातें भूल गया क्या? न, मैं तुझ जैसे से शादी हरगिज़ नहीं कर सकती."

गुल-महक की बात सुनकर वो खीस निकालने लगा. पास पड़े लेप से ज़मीन पर अपने नाम की तीन लकीरें खींच डालीं, फिर उँगली चूस कर साफ़ कर के बोला, "मेरा नाम ज़ालिम ज़रूर है, लेकिन मैं ज़ालिम आदमी नहीं हूँ, महक. और तू मुझे जुर्मी भी न कह. हाँ, अगर तेरे प्यार की धुन में मेरा बेकाबू हो जाना जुर्म है तो वो अलग बात है. लेकिन इस जुर्म की इत्ती बड़ी सज़ा कि तू मुझसे बात करते वक्त अपनी आवाज़ से मिठास ही हटा दे, ये भी तो बेइन्साफ़ी है."

"ज़ालिम सिंह, ज़्यादा बन मत. सब जानते हैं, तू ठग है, सैकड़ों जानों को बुझाने वाला, बेदर्द हत्यारा."

"बेदर्द हत्यारा नहीं, काली का सेवक, बस." वो ज़मीन पर पीठ के बल लेटा हुआ था. एक पैर को दूसरे पर टिकाए ऊपर फैले नीले आकाश की शान आँक रहा था.

"बेदर्दी से बूढ़े-बच्चों को मार डालना, जाने-बूझे उन मेहनत करने वाले लोगों का गला घोंट देना जिनने कुछ पल तुम्हारे साथ बैठ कर अपने दुख-दर्द बाटे, जिनकी तुमने दिली आसें जानी, आँहें सुनी, ये सब करना तुम्हें कैसे गँवारा हो गया, मुझे तो ये ही समझ नहीं आ पाता है. इन सब बातों को सोच कर मेरा मन एकदम विकल हो जाता है." अपना काम समेटते हुए वो बोले जा रही थी.

उसके बेचैन विचारों ने ज़ालिम का जी छू लिया और पलट कर वो उसकी तरफ़ मुड़ा और कहने लगा, "महक, मेरी परी. अपने मन में ऐसे दुखदाई ख्याल क्यों लाती है? पहली बात तो अब मैं ठग ही कहाँ रहा, तुझे तो मालुम ही है. लेकिन बात हो ही रही है तो ये भी बता दूँ कि ठग कहीं अपनी मर्ज़ी से लोगों को मारते हैं? न! सब देवी की करनी होती है, हम ठग तो सिर्फ़ उसके हाथ-पैर हैं. उसके सामने आदमी की एक नहीं चलती. हम तो वही करते हैं जो हमें बताया जाता है. माँ हमें शगुन दिखा-दिखा कर हमसे बातें करती है और जिस वक्त शगुन अच्छा होता है हम समझ जाते हैं कि जो मुसाफ़िर हमारे पल्ले पड़ा है उसे हमें मारना ही पड़ेगा. न मारें तो देवी माँ का परिकोप न चढ़ेगा? पूरे के पूरे ठग परिवारों का नाश हो जावेगा. न, मेरी परी, माँ का आदेस तो किसी हाल में नहीं ठुकराया जा सके है."

गुल-महक बड़े ध्यान से ज़ालिम सिंह की बातें सुन रही थी. उसे उसकी आवाज़ में सच्चाई महसूस हो रही थी, बातें भी कुछ मोहक सी लग रही थीं. उसने लेप का कटोरा पंखा-झड़ने वाली लड़की को दे दिया था. अब उसकी आवाज़ में भी कोमलता आ गई थी. "तो क्या तुम लोगों को उन मरे हुए लोगों के प्रेतों से डर नहीं लगता?"

वो उसके सामने फैल कर लेटा था, उसे आँख भर कर देख रहा था. "सुन, मेरी महक. अपने ठगी के पूरे दौर में मैं एक ठग भाई को नहीं जानता हूँ जो इन बलाओं से सताया गया हो. फिर भी," वो ज़रा सोच में डूब गया, हाथ सिर के चिकने फैलाव पर फेरता हुआ अपने गालों तक ले आया.

"फिर भी इस बात का मुझे कोई शक नहीं है कि जब आदमी किसी को खत्म कर डालता है, तो उसके सिर पर मरे जन का देओ तो आ ही जाता है. मैं तो ऐसे आदमी से मिल चुका हूँ जिसके ऊपर पचास देओ मंडरा रहे थे. पगला गया था बेचारा," वो बड़ा मज़ा ले कर बता रहा था. "लेकिन ठग लोग खूनी-हत्यारे थोड़ी होते हैं. क्या जिन-जिन को हम मारते हैं माँ की आज्ञा के पालन वास्ते नहीं मारते हैं? फिर वे मर कर सीधे स्वर्ग भी तो पहुँच जाते हैं. उनके भूत भला हम को क्यों कर तंग करेंगे?"

गुल-महक के सवेरे के सारे काम पूरे हो चुके थे, वो ज़रा आराम कर सकती थी. वहीं, औंधी लेटी, हवा में पैर झुलाते-झुलाते बड़े ध्यान से उसकी बातें सुन रही थी. "और मैंने सुना है – ज़ालिम – क्या ये सच है ... तुम लोग वहीं उनके मुर्दा तन के पास या उनकी कबर के ऊपर बेफ़िक्र सोने जा सकते हो या भरपेट खा-पी सकते हो."

"हमारा खाना, पीना, सोना – सब - वैसा का वैसा ही रहता है."

ऐसा कहते हुए उसने लाल मणि की अँगूठी को फिर एक चक्कर घुमा दिया.

पचास घोड़े-गाड़ियों में चंदा बाई का सम्पूर्ण गुट रास्ता तय करता था. गुल-महक अक्सर ज़ालिम सिंह की बगल में जगह पा लेती थी. उस शाम को भी दोनों गाड़ी में एक साथ बैठे थे. सूरज सामने था, ढलने को था. गुज़रते जंगलों के पेड़ों की ऊपरी शाखाओं से मैनाओं के झुंड गाजर की आकार के बादल बन कर आसमान

में उठते हुए जा रही थीं. ज़ालिम उन्हें देख रहा था. गुल-महक ने अपना हाथ उसके हाथ में डाल दिया था. रह रहकर अपना गाल उसके कंधे से छुआए जा रही थी. गुज़रते जंगलों की ओर इशारा करके वो बोला, "जंगल शांत थोड़े ही है, जंगल में तो बड़ी सारी फुसफुसाती आवाज़ें बसी हुई होती हैं. कहीं पर भी खोद के देख ले, सैकड़ों दर्द भरी दास्तानें गड़ी मिल जाएँगी."

थोड़ा सोचकर फिर बोला, "कुछों की ही तबाही ठगों के हाथ हुई पाएगी. बाकी सब ... महक, कोई कभी दुनिया को बेरहम क्यों नहीं कहता?"

थक के चूर, मरने को तैयार, शाम पश्चिम की ओर अलसाए कदम उठा रही थी. दुनिया उसका नाम याद रखे, न रखे, कोई परवाह न थी. इधर गाड़ी में बैठे ज़ालिम सिंह संसार के वक्ष पर सूरज का सिर गिरते हुए देख रहा था. शाम की बेटी, संध्या, गुलाबी-नारंगी कपड़े पहने पूजा करने खड़ी हुई थी. एक हाथ में रौशनी के लिए उसने सूरज टांगा हुआ था. दूसरे हाथ में चंदन, सिंदूर और पानी से सजा पूजा का थाल पकड़े हुई थी. नई-नवेली बालिगा, न जाने अचानक क्यों लजा गई. चेहरे पर उसके लालिमा फैल गई. शर्म से उसने अपना चिराग गिरा दिया. थाल भी गिरा दिया.

टकटकी बाँधे ज़ालिम सिंह ये हाल देख रहा था. उसके मुँह का छेद खुला का खुला रह गया था. वो देख रहा था कि कैसे उसके चारों तरफ़ दुनिया ओंस से भीगे जा रही थी, आसमान रंग बदल रहा था, आकाश में बिखरे बादल अंगारे से चमक रहे थे और शाम की मंद हवा सब ओर चंदन की प्यारी महक फैला रही थी.

इधर गाड़ी के डोलने से गुल-महक की आवाज़ में भी एक सपनीली सी मिठास आ गई थी. बड़ी कोमलता के साथ वो पूछ बैठी, "क्या कभी अपशकुन की वजह से तुमने शिकार को जाने दिया?"

उसके यों अचानक सवाल से वो चौंक गया. जब ज़रा सम्भला तो बोला, "ऐसा हो चुका है, ऐसा बिलकुल हो चुका है. माँ तब तक हमारा साथ देती रहीं जब तक हमने उसके हुक्मों का पालन किया, शगुनों पर पूरा-पूरा ध्यान दिया. लेकिन एक समय ऐसा भी आया जब हमने शगुनों पर अमल करने में लापरवाही दिखानी शुरू कर दी. तब माँ ने भी हमारी हिफ़ाज़त करना बंद कर दिया. एक बार तो हम एक सौ तीस थे और सब के सब पकड़े गए. हम में से कुल चार आदमियों को मैनपुरी के

फ़ौजदार के सामने बुलवाया गया. चार में एक मैं था. हाय महक, क्या बताऊँ, कैसा हरयाला, डहडहाता, फाँकड़ा जवाँ-मर्द था मैं. आँखें, नाक, कान, पुट्ठे सब अपनी जगह थे. दूसरी तरफ़ बस एक इकलौता रत्ती राम था, उसे बुलवाया गया. वो गवाही देता, और हमारी शामत आती. लेकिन गवाही देते वक्त वो ऐसा घिघिआया कि गंगा जल का प्याला उसके हाथ से ही छूट गया. बस, हम बच गए और ये भी समझ गए कि माँ ने ही हमें ये बालों-बाल बचाया है. उसके बाद से हमने शगुनों को ले कर कभी लापरवाही नहीं बरती. इस बात को अब तेरह बरस गुज़र चुके हैं. तू तो शायद पैदा भी न हुई थी तब, महक."

"अरे हटो. जब देखो असली बात से मुकर जाते हो. चलो, ठीक से सुनाओ."

ज़ालिम सिंह ने अपनी लाल मणि की अँगूठी को ज़रा छुआ और बोला, "मेरी जान, ये गोली* मुझे उस ही दौरान हासिल हुई थी. तू मुझसे एक बार हाँ कह कर तो देख, ये फुल्ली* मैं तेरी उँगली पर डाल दूँगा. हए ... मेरे दिल का कमल खिल कर फूला नहीं समाएगा."

फिर एक लम्बी आह भर कर वो ख्यालों में कुछ खोजने लगा.

"ये तब की बात है जब पिंडारियों ने मुसाफ़िरों का निकलना दुश्वार कर दिया था. दकन से नर्मदा के दोनों तरफ़ के रास्तों में उनने ऐसी दहशत और तबाही मचा रखी थी कि पूना, हैदराबाद और नागपुर से गंगा की पसर* में आने वाले सभी यात्री सरगूजा और सम्बलपुर का रास्ता पकड़ने लगे थे. तो बस वही रास्ते हम ठगों ने भी अपना लिए थे. एक साल तो उस रास्ते में ठगों की ऐसी भरमार थी, पूरे छह सौ थे, और इनमें से चालीस जाने-माने जमादार थे. उई माँ, ये वही साल तो था जब मैं पहली बार बक्शी जमादार से मिला था, वही बक्शी जमादार, जिनका सालों बाद कटा सिर फ़िरंगी ख़ास विलायत अपने बादशाह को दिखाने ले गए थे. तो उस साल अनेकों यात्री हमारे साथ लग गए थे और हरेक को माँ के हुक्म अनुसार हमने दूसरी तरफ़ पहुँचा दिया था. तब ये अँगूठी मुझे इनाम हुई थी."

ये कहते हुए उसने उस लाल मणि को चूम लिया.

"फिर एक शाम को जबलपुर से बंदा जाने वाले चार मुसाफ़िर हमारे पल्ले पड़े. रात हुई, एक ताल के पास हमने उन्हें भी ठाप* डालने को राजी कर लिया. फिर खोतब* में जो उन्हें लाधनें* की सोची तो एक सुस्से ने आकर पहले हमारा रास्ता

43

काटा, फिर ज़ोर के चीख दे मारी – धाहिया*, ये, मेरी रानी घोर अपशकुन होता है. माँ की ओर से एक जबरदस्त संकेत, कि इस माल को जाने दो. सो हमने उन यात्रियों को छुआ तक नहीं. वापस सोने चले गए. सुबह जब उठे तो देखते क्या हैं, यात्री तो कब के चल पड़े थे, साथ में हमारा माल भी लूट ले गए थे. मेरी ही उँगली से उतार कर ये लाल वाली अँगूठी भी चुरा ली थी, हरामियों सालों ने."

उसकी काली शक्ल पर नाक तो थी नहीं. होती तो उस वक्त उसके नथुने गुस्से में ज़ोर से फड़फड़ाते हुए दिखते. लेकिन तब उसका चेहरा उसकी खोपड़ी के समान चिकना दिख रहा था. बस बदन थरथर काँप रहा था. उसे काबू में लाने के लिए गुल-महक को उसकी बाजू कस कर पकड़नी पड़ रही थी.

"तुम भी जब देखो कुछ न कुछ फाँकते रहते हो. ये रही तुम्हारी उँगली, ये चढ़ा तो है उस पे छल्ला. मुझे तो जैसे मूरख समझ रखा है, नाटकबाज़ आदमी."

ज़ालिम सिंह अपनी अँगूठी को बड़े लाड़ से देख रहा था.

"इसको छल्ला क्यों कहती है, महक, ये छल्ला थोड़ी है. बड़ी अनोखी चीज़ है ये. बड़ी कहानियाँ छिपा रखी हैं इसने अपने भीतर. अगर ये बोल पाती न, तो अपनी कहानियों का पिटारा खाली करके ही चुप होती."

"उई माँ, लेकिन ये बोल कहाँ पाती है. तुम बोल पाते हो, तो तुम ही सुनाओ न."

"ये बेशकीमती नगीना मेरी उँगली पर वापस कैसे आया, ये मैं तुझे ज़रूर बताऊँगा. लेकिन पहले होशियार कर दूँ कि ये भी एक काली और दर्दभरी कहानी है. शाम ढल चुकी है और आसमान के सब रंग उड़न-छू हो कर अमीरों के महलों में समा बाँध रहे हैं. तो सुनसान जंगलों के बीच, रात के अंधियारे में हम और तुम जो बढ़ते जा रहे हैं, ऐसे में बेहतर न होगा कि तू तनिक निकट आ कर मेरी बाह के वीरान घेरे को भर दे."

बिना आवाज़ किए गुल-महक उस के पास खिसक आई और हौंले-हौंले ज़ालिम सिंह ने उसकी कमर पर अपना हाथ लपेट लिया.

13. पूर्वाह्न का नीलम आकाश, पास खेतों की मिट्टी की सौंधी गंध और पीछे निकलते आम के झुरमुट घोड़े पर सवार फ़िरंगिया को वापस खींचे जा रहे थे. लेकिन उसे जल्दी लौटना था, उसका इंतज़ार जो हो रहा था. फिर भी अलसाई,

अध-खुली आँखें किए, वो घोड़े को अपनी रफ़्तार पकड़ने दे रहा था, और खुद आसपास दुनिया की आवाज़ें सुन रहा था. उसे तो खबर ही नहीं थी कि देर से कोई लड़की उसके पीछे-पीछे दौड़ी चली आ रही थी.

"फ़िरंगिया जी, मेरे राजा. रुकते क्यों नहीं हैं, जी?"

इस बार अपना नाम सुन उसका लड़की पर ध्यान चला गया. घोड़े की कदम चाप धीमी हुई और वो मुड़ कर पीछे देखने लगा.

"भगवान के लिए, ज़रा रुक भी जाईए," लड़की बोले चले जा रही थी, लेकिन उसका दौड़ना कुछ धीमा पड़ गया था.

वो लड़की को बड़े ध्यान से देख रहा था, जानी-पहचानी तो नहीं लग रही थी. बड़ी फ़ुर्ती के साथ दौड़ती हुई वो उसकी तरफ़ बढ़ रही थी, और आश्चर्य-चकित वो उसे देखे जा रहा था. पास पहुँच कर वह रुक गई और कुछ पल के लिए ज़ोर से हाँफ़ती रही. फिर बोली, "हए, मैं फिसल जाती तो? ऐसे कैसे चौकड़ी मारे चले जा रहे थे? मालुम है, वहाँ गाँव पर दुकान से दौड़ी चली आ रही हूँ."

"काहे दौड़े चली आ रही है? कोई काम-धाम नहीं है. कैसा देस है ये? लड़कियाँ बाहर घूमती फिरती हैं, आदमी क्या घर बैठ कर चिमटा-बेलन चलाते हैं?"

उसे लड़कियों के मुँह लगने की आदत नहीं थी और इस लड़की के बोलने का तरीका भी उसे बेढंगा सा लग रहा था. "और ये बता तूने मेरा नाम कैसे जाना?"

"कैसे अजीब आदमी हैं जी? इत्ती जल्दी कैसे भूल गए, उस दिन मिले नहीं थे हमारी मालकिन से?"

इतना कह कर वो अपनी लम्बी चोटी हवा में गोल-गोल घुमा कर हँसने लगी.

"चंदा बाई से? कह के तो गए थे कि अगर भगवान चाहे और हम मिलें तो अपने नाम के पीछे क्या कहानी है, बताएँगे."

बोलते-बोलते वो अपने पल्लू से मुँह का पसीना सुखाए जा रही थी. फिर पल्लू को घुमाने-मरोड़ने लगी. अचानक फ़िरंगिया ने चंदा बाई की नौकरानी को पहचान लिया. वो बड़बड़ बोले चली जा रही थी.

"लेकिन अगली बार जो मिलना हुआ तो देखो कैसे दबे-दबे पाँव करके चलते बने. पंछी की तरह फुर्र कर गए. आप तो बड़े दगाबाज़ निकले, हाँ.ठ

45

ठमैंने तुम्हें देख नहीं पाया था." वो बड़बड़ाते हुए बोला. "और कैसे लोग हो तुम लोग. एक रात में बारह कोस पार कर लिए?"

उसकी बात सुनकर लड़की चुहचुहाते हुए बोली, "बस, ऐसे ही हैं हम लोग. कित्ती मज़ेदार बात है न. चलो, चलें बाईजी के पास? तुम्हारा गाँव में इंतज़ार कर रही हैं. वहीं, दुकान के बाहर. उनको ज़्यादा इंतज़ार नहीं कराना चाहिए. क्या तुम्हारा टट्टू मेरा भार भी सम्भाल सकता है? इतना दौड़ने के बाद, अब और चला नहीं जाता."

"चल भाग. क्यों मेरा वक्त बरबाद कर रही है?"

वो अपने घोड़े को बढ़ाने लगा.

"मेरे पास तेरी बाईजी से कहने को कुछ भी न है. जा के कह दे उनसे ..."

उसकी बात पूरी तरह मुँह से निकली भी न थी कि गाँव की ओर से घोड़ों की टापें सुनाई देने लगीं. मुड़ कर देखा, तो दो घुड़सवारों समेत चंदा बाई आ रही थी. उसे देख उसे पिछली शाम का सर्राफ़ का वर्णन याद आया और वो अकबका गया. अपने घोड़े से उतर गया. हकलाते हुए उसने उसका स्वागत किया.

"अभी एक दिन भी नहीं गुज़रा और देखो हम फिर मिल गए."

चंदा बाई का घोड़ा धीमी गति से बढ़ता जा रहा था और फ़िरंगिया उसके पीछे-पीछे चल रहा था. बाकी दो घुड़सवार पीछे ही रुक गए थे. फ़िरंगिया की हैरान दशा को देख कर वो बोली, "क्यों, मैंने तुम से कहा नहीं था कि मैं सिकंदर साहब से मिलने आगरा जा रही हूँ. हम यहीं, तोतलाडोह में, ठहरे हैं. कैसी बेकार की जगह है ये! लेकिन एक गाँव से और उम्मीद भी क्या की जा सकती है? फिर भी हमारे जाने से पहले ज़रा एक बार मुझसे मिलने ज़रूर आना."

"बुरा न मानिएगा, बाईजी, लेकिन आपसे कोई वायदा नहीं कर सकता."

"हाँ, मुझे याद है. ज़ुबान को तुम अपने पूरे शरीर का सबसे पवित्र अंग जो मानते हो. वैसे, क्या मेरी बात के बारे में तुमने कुछ सोच पाया?"

"कौन सी बात? वो, आपकी सेना में भर्ती होने वाली बात? माफ़ कीजिएगा, बाईजी, लेकिन मैं सैनिक नहीं हूँ. मैं तो अपने बाप और भाई की तरह ..."

"व्यापारी हो, यही न? तन और मन, दोनों को बेच डाला है तुमने. शायद तुमने कभी किसी बसी-बसाई नगरी को उजड़ते हुए नहीं देखा है, अपने चारों तरफ़ लोगों की बोटी-बोटी होते हुए नहीं देखा है, वरना तुम देश के प्रति ऐसी बेरुखी नहीं रख पाते."

उसे गुस्से में देख फ़िरंगिया हँस दिया. बोला, "बाई जी, इत्ता गुस्सा काहे करती हैं. मैं तो आपकी सेना में केवल इक्यावनवाँ आदमी हूँगा. इस देश के लाखों में आपको जब चाहें कहीं भी अनेकों सेवक मिल जाएँगे."

उसके आदमी अब काफ़ी पीछे छूट गए थे. चंदा बाई ने अपने घोड़े की टाप रोक दी और बड़े ध्यान से फ़िरंगिया की बात पर ग़ौर फ़रमाने लगी.

"नहीं, फ़िरंगिया, तुम केवल इक्यावनवे आदमी नहीं होगे. मुझे तुम्हारे जैसे बहादुर जवानों की ज़रूरत है. मैं आदमियों में शेरों को ढूँढ रही हूँ."

"वाह, सीधा शेर तक पहुँच गईं." हँसते हुए वो बोला. "हर बार हमारे राजे-महाराजे अपनी बड़ी-बड़ी सेनाएँ लेकर जो आक्रमण के लिए बढ़ते हैं, तो बिला वजह जंगल के जंगल साफ़ कर जाते हैं. जंगल के शेरों को भी साफ़ कर जाते हैं. ये देस – ये मातृभूमि – बड़ी रफ़्तार से अपने शेरों को खो रहा है. बाईजी, बुरा न मानिएगा, देस का हाल देख कर मैं तो यही कहूँगा कि जीतने के लिए आपको शेरों की नहीं, साँपों की खोज करनी चाहिए."

अब उसे बात करने में मज़ा आने लगा था. वो बोलता चले जा रहा था और चंदा बाई भी ध्यान से उसकी बातें सुन रही थी.

फिर अचानक उसे रोक कर बोली, "ऐसा भी तो हो सकता है ... ऐसा क्यों नहीं हो सकता है ... तुम्हारे जैसा आदमी ... मैंने देखा था रामटेक में तुम्हे तलवारबाज़ी करते हुए. फ़िरंगिया तुम तो पैदाईशी सैनिक हो, ये खरीदने-बेचने के चक्कर में कैसे फँस गए."

लग रहा था वो खुद से बातचीत कर रही थी. फ़िरंगिया ने महसूस किया कि देर से चंदा बाई अपने ही ख्यालों में बंधी थी.

"अब मेरी बात ध्यान से सुनो, फ़िरंगिया. ये बात मुझे पहले भी सूझी थी, लेकिन अब मैं बिना किसी संदेह के कह सकती हूँ, सुनो. मैं तुम्हें अपना सेनापति चुनना चाहती हूँ. तुम मेरे आदमियों का नेतृत्व करोगे, मेरे साथ. हाँ, ऐसा ही होगा. मुझे इस

बात को सोचने में कोई मुश्किल नहीं हो रही है. मैं तुमसे वादा करती हूँ, मेरे आदमी तुम्हारा नेतृत्व खुल कर स्वीकार करेंगे."

फ़िरंगिया को यकीन नहीं हो पा रहा था कि उसने चंदा बाई के शब्द सही सुने थे. वो उसे अविश्वास से देख रहा था. उसे अपने पाँव तले ज़मीन खिसकती सी महसूस हो रही थी.

"बाई जी ... ये बात ... मुझे आपकी बात ... मैं अजनबी ..."

उसने फ़ौरन अपने हाथ जोड़े और बोला, "बाई जी, आज्ञा दें. मेरा जाना बहुत जरूरी है."

उसके सामने घोड़े पर एक ज़बरदस्त शक्सियत सवार थी. उसका सिर चकरा रहा था. लग रहा था कि ये सब एक सपना है, उसे विचलित कर रहा था.

"सुनो फ़िरंगिया." उसने आह भरते हुए कहा. "ये मैंने बहुत बड़ा बीड़ा उठा लिया है. मैंने एक सपना देखने की जुर्रत कर ली है, जो, हाँ, सम्भव है. फिर भी कई बार मैं डगमगा जाती हूँ."

डगमगा तो फ़िरंगिया रहा था. कमरबंद में गुड़ की थैली जो बँधी थी वो उसकी जाँघ से टकरा गई. पड़ाव में सब उसका इंतज़ार कर रहे थे. उसी ने गाँव से तपौनी* का गुड़ लाने के लिए खुद जाने का प्रस्ताव रखा था. सिर झुका कर वो बोला, "बाई जी, मेरी यही दुआ है कि आपके जो भी जतन हैं उनमें आप कामयाब हों. मुझे आपकी बात समझ नही आ रही हैं. माफ़ करें, मैं आपके काम का आदमी नहीं हूँ. और अब मेरे जाने में ही भला है. मेरा इंतज़ार न करिएगा."

अगले पल उसका घोड़ा हवा से बातें कर रहा था. "कबूतर बा कबूतर, बाज़ बा बाज़."

लहर की तरह ये चेतावनी बार बार मन में उठने लगी. उधर घोड़े की टापें ज़मीन को पीट रही थीं, इधर वही चेतावनी उसके ख़्यालों में मंत्र बन गई थी. टापें मन में उठता एक अन्य विचार पीटे जा रही थीं.

जैसे घमर-घमर फिर कर मथनी मक्खन ऊपर उठा ही लाती है, वैसे ही मन का वो पिटा हुआ उदास सा ख्याल भी उठ आया, "वो मेरा जी लुभाती है."

फिर क्या था, एक ख्याल के उठते ही अनेकों नए ख्यालों के पुल बंधने शुरू हो गए.

पहला चोर की तरह दुबक कर आया - चंदा बाई के कसे हुए सुगठित तन के चित्र के रूप में.

घोड़े की रफ़्तार ऐसी तेज़ हो चली थी, हवा में फ़िरंगिया के बाल सैकड़ों भालों की तरह खड़े हो गए थे और मन के विचार और दबंग होने लगे थे.

वो हुक्म देती चंदा बाई के सुडौल तन के घुमावों के ख्याल से मंत्रमुग्ध हो रहा था. उसे बनाते वक्त किसी उल्लासमय भाव में विश्वकर्मा-देव ने उसके उस सुगठित, सुडौल तन में जो तिलस्मी तार डाला होगा, बस उसी के कमाल थे वे लाजवाब घुमाव.

उसके विचारों की इस धारा ने गाँव में इंतज़ार करती बीबी और प्यारी बेटियों की यादें धुँधली करनी शुरू कर दीं, जैसे वे सब केवल किसी अनबसे देश के वासी हों, असल में हों ही न, तभी जाकर तो संकोच और मर्यादा के रोढ़े मुलायम हो पाए.

वो चंदा बाई के भाव और अदाएँ याद करने लगा, कैसे बातें करने के दरमियान उसके हाथ चलते थे.

हाथ थे कि नाज़ुक सीप, और हाय, उन हाथों से जुड़ी वो सोहनी उँगलियाँ.

या फिर यक-ब-यक उसे उसके रत्न जड़े कान के अचानक झमकने का ख्याल आता. कान भी तो उसके एक सुंदर शंखों का जोड़ा थे.

मन के ताबदान में उसे एक और झलक दिखी, उसकी लम्बी चोटी की, नित दिन जिस में उसकी सेविकाएँ बड़े प्रेम से सफ़ेद और पीले चमेली की लड़ियाँ गूँथती थीं. कितना अच्छा होता अगर हाथ बढ़ा कर उन फूलों को वो तनिक छू भर पाता.

पड़ाव दिखने में आ रहा था और उसे लग रहा था कि उसकी दाहिनी ओर खेतों में कुछ सितार सा पड़ा हुआ था. सिर घुमाया तो देखा चंदा बाई पड़ी उसका इंतज़ार कर रही थी. वो अपने घोड़े से फ़ौरन उतर गया और सिर में पागल विचार भरे खेतों में उसके पास भागने लगा. आज तो वो इस सितार पर हज़ारों दीवनगी भरे राग छेड़ेगा. पहुँचा तो देखा कि वहाँ कुछ भी न था, बल्कि सामने पड़ाव पर उसके पिता और कुछ अन्य बुज़ुर्ग बेताबी से उसका इंतज़ार कर रहे थे, उसे अचम्भे से देख रहे थे. उसे फ़ौरन अपनी पागलपंती का एहसास हुआ. खुद पर खूब गुस्सा आया.

"मूरख हूँ मैं. कबूतरों और बाज़ों की बात कैसे भूल गया ..."

14. "काली माँ! सबसे शक्तिशाली देवी! हम, तुम्हारे सेवक, तुम्हारा बताया काम निपटा कर तुम्हारी शरण में वापस आए हैं. तुमसे निरंतर सुरक्षा की भीख माँगते हैं. हमें न त्यागना और हम भी तुम्हारी इच्छाओं के पालन करने की प्रतिज्ञा करते हैं."

सब खेत में घेरा बनाए आसमान को घूर रहे थे. पूजा की वेदी के नाम पर ज़मीन में एक गड्ढा खोद उनने अपने औज़ार बिछा दिए थे – मार डालने के लिए रूमाल और मरे को छिपाने के लिए फावड़ा. औज़ार देवी के ही तो दिए थे, उसी को आसमान में खोज रहे थे. वेदी पर गुड़ की बौछार कर, पानी छिड़क कर प्रार्थना के शब्द जप रहे थे. डेढ़ सौ पुरुष जी खोलकर बिलख रहे थे, देवी से मिन्नतें कर रहे थे, मन में ये अडिग विश्वास रखे थे कि माँ चाहे उनकी खोजती नज़रों से ओझल रहें, मगर प्रार्थना के शब्द अनसुने न करेंगी.

पूजा समाप्त करने के बाद सबमें गुड़ बाटा गया. माँ का प्रसाद ग्रहण कर हर आदमी बड़ी श्रद्धा अनुभव कर रहा था. गुड़ का मीठा स्वाद मुँह में फैलते ही फ़िरंगिया के दिल में जो भक्ति भाव उत्पन्न हुआ, उससे उसे अपने एक घंटे पूर्व मन की विकलता पर शर्मिंदगी महसूस होने लगी. कैसे? कैसे उसके मन में माँ के प्रति विरक्ति का ख़्याल उठ भी पाया? ऐसे विचार वो फिर न उठने देगा, हरगिज़ नहीं.

15. दिनांत था. पड़ाव से वो अकेले निकल पड़ा. जंगल के किनारे टहल रहा था. जंगल की अपनी ही सिसकियाँ थीं, सरसराहटें थीं. शाम भर गिरोह के साथी शेखी बघारने में लगे थे, बेसुध बोले चले जा रहे थे, गा रहे थे, नाच रहे थे. अब उनकी आवाज़ें दूर रह गई थीं. एक धीमी मरमराहट उसके कानों में गूँज रही थी, "तू मेरा सेवक है, जैसा मैं कहूँगी, करेगा."

धूपबत्ती की महक सुलगने के बाद भी कमरे में ठहर कर रह जाती है. उसी तरह माँ की आवाज़ दिन भर उसके मन में बसेरा डाले हुए थी.

"माँ, मैं सदैव तुम्हारा सेवक रहूँगा," वो भी कई-कई बार जवाब दे चुका था.

वो जंगल की ओर रवाना हो गया. आँखें सहसा सितारों से सजे आसमान पर पड़ी और वो चलते-चलते रुक सा गया. उसके लिए सितारों का नक्शा वैसे था जैसे गाँव के छोकरों के लिए गलियों का हर कक्कड़-नुक्कड़, गाँव का चप्पा-चप्पा. लेकिन आज उसे लगा कि उस जाने-माने नक्शे में उसे एक नया आकार भी दिखा

था. हवा में उँगली फेर कर वो यही समझने की कोशिश कर रहा था कि बस सितारों का वो आकार फिर सामने आ गया. वो एक संदेश था जिसे पढ़ते ही उसने फिर रफ़तार पकड़ ली.

"कई बार मैं डगमगा जाती हूँ," आसमान चंदा बाई की बात दोहरा रहा था.

सुबह चंदा बाई से मुलाकात के बारे में सोच वो इसी नतीजे पर पहुँचा था कि वो महिला कमज़ोर नहीं थी. वो तो एक ज़बरदस्त हस्ती थी, शक्ति थी, एक निहित तूफ़ान थी. उस से दूर रहना ही मुनासिब था.

"इतनी रात गए कहाँ जा रहे हो?" खेमों के पास खड़े मांधाता ने आवाज़ लगाई.

"पुराने मंदिर!"

"ठहरो, मैं भी चलता हूँ." ये दूसरी आवाज़ जीताजी की थी. फूलसा के साथ अभी गाँव से लौटा था. दोनों अपने-अपने घोड़ों पर सवार थे, साथ लग गए.

"ये हम बार बार पूजा क्यों करते हैं? आज सुबह फिर पूजा कर रहे थे." अपने घोड़े को धीमी टाप में रखते हुए फूलसा बोल पड़ा.

"क्यों, इतनी जल्दी भूल गए. कल शाम को बाँसुरी में तेरे जीताजी मामा ने सुर फोड़े थे, न. बस भगवान से ज़रा रहम की मिन्नत कर रहे थे कि ऐसा दुबारा न हो."

"अरे! कल शाम की तो बात ही न करिए. मैंने भी तो इत्ते सारे गाने गाए थे उस मोतीराम सर्राफ़ के लिए. कहा नहीं था उसने कि ढेर सा इनाम देगा. इनाम-विनाम तो कुछ दिया नहीं, चला गया, साला. अच्छा, वो गया कब?"

कुछ पल दोनों खामोश रहे. ज़ुबान पर जैसे मोहर लग गई. फिर जीताजी ही बोला, "हाँ बेटा, वो तो चला गया."

"हैं, सच में चला गया! मुझे तो पहले से ही वो आदमी ठीक नहीं लग रहा था. हरामजादा."

"फूलसा! ऐसी बोली कहाँ से सीखी तूने. वैसे मैं देख रहा हूँ कि आजकल तू कुछ ज़्यादा फ़िरंगिया मामा के आगे-पीछे फिरने लगा है."

लेकिन गुस्से में फूलसा कहाँ किसी की सुनने वाला था. बोला, "गाना गाने का इनाम तै हुआ था. हुआ था या नहीं हुआ था? मैंने अपना गाना गाया, मगर इनाम देने के वक्त वो मुकर गया. मैं कहता हूँ सर्वनाश होना चाहिए ऐसे आदमी का!"

दोनों आदमी कुलकने लगे. "अबे, तू अब कित्ते साल का हो गया है, फूलसा. मुन्ना सा था, ये छलांग लगा के बड़ा कैसे हो गया?"

"मामा, पूरे ग्यारह सावन और भादों फड़ाफड़ा चुका है ये दिल."

"अरे वाह, तू तो एकदम कड़क-बाँका बन गया है, लेकिन वो अच्छा वाला, अपने जीताजी मामा की तरह."

"नहीं, अपने बापू की तरह." जीताजी ने फ़ौरन फ़िरंगिया की बात काट कर कहा. "लेकिन तेरी माँ मुझसे बड़ी नाराज़ होगी, फूलसा. ये ले, सर्राफ़ तेरे गाने के लिए दस रुपए दे के गया था. बहुत ज़्यादा हैं, इन्हें सम्हाल के रख. इतने पैसे तो मैं साल भर काम करूँ तब ही जमा कर पाता हूँ."

अगले कुछ पल शांति में बीते. इन लोगों के लिए जंगल में बिना आवाज़ किए चलना आसान काम था. टहनी तक चटकने की आवाज़ पर चौकन्ने हो जाते थे.

उस वक्त वे बड़ी देर तक दो चिड़ियों की लगातार चहचहाहट सुन रहे थे.

"ले साँस भी आहिस्ता कि नाजुक है बहुत काम ..." जंगल की शांति में भांजे को उकताते हुए देख जीताजी धीरे से बोला.

अपनी चोचों में घास-फूस दबाए दो चिड़ियाँ उड़ कर निकल गईं.

"मालुम है, जंगल की ये कंटीली झाड़ियाँ रुकावटें हैं बस इंसान के लिए. चिड़ियों और जानवरों को तो जंगल पूरी आज़ादी से घूमने देता है. रोकता है तो बस हमें." फ़िरंगिया ने भी फूलसा का मन लगाने की कोशिश की. और कुछ ही देर में फूलसा की फुर्ती फिर वापस आ गई और घोड़े को रफ़्तार दे वो अपने दोनों मामाओं के आगे पीछे मंडराने लगा, वापस अपनी काल्पनिक दुनिया में खो गया.

"सुबह गाँव में बड़ी देर लगा दी थी. चचा गुस्सा हो रहे थे. और अब यों अकेले-अकेले, चुपचाप, बिन बताए निकलना. हमें भी तो पता चले ये किसकी तलाश में निकला जा रहा था."

"आज गाँव में बड़ी अजीब बात हुई." विचारमग्न, फ़िरंगिया बोला. "मुझे चौक में चंदा बाई मिल गई."

उसकी बात सुन जीताजी ज़रा हैरान हुआ, लेकिन फिर तुरंत बोला, "मुझे तो ये चंदा बाई तेरी मन-गढ़ंत लगती हैं."

चलते-चलते वे घने जंगल में पहुँच गए थे, सामने मंदिर दिख रहा था. मंदिर अगल-बगल खड़े दो बरगदों से कहीं पुराना था, लेकिन अब दोनों पेड़ बढ़ कर इतने विशाल हो गए थे कि लग रहा था कि दो स्नेह में लिप्त जटाधारी माता-पिता मिल कर बाहों के पालने में अपने नवजात शिशु को झुला रहे हैं. गुमबज को चीरते हुए वो बरगदों की मोटी-मोटी डालें थीं जो मंदिर को गिरने से सम्भाले हुए थीं. मंदिर के चारों तरफ़ जंगली झाड़ियाँ उग आईं थीं और उसके सम्पूर्ण ढाँचे पर घनी बेलें चढ़ गई थीं.

लालटेन जीताजी के हाथ में थी. जो उसने उठाई तो रात के अँधियारे से भी गहरा माँ का नाखुश चेहरा रौशन हो गया. आँखों में जड़े नग उन्हें गाड़ कर देख रहे थे, मुँह पर एक असंतुष्ट मुस्कान खिंची हुई थी. किनारे से लाल बूंदे छिटक रही थीं. माँ का ये डरावना रूप देख फूलसा झट फ़िरंगिया के पाँव से लिपट गया और दबी आवाज़ में बोल बैठा, "ये तो बड़ी डरावनी हैं. ये हमें प्यार कैसे कर सकती हैं?"

"हर माँ अपने बच्चे को प्यार करती है." अपने मामा के ये शब्द सुनकर भी उसे आश्वासन नहीं मिला. उल्टे उसने अपना चेहरा फ़िरंगिया की जाँघ में छिपा लिया. अपनी बाहों से उसे जकड़ कर वो घिघियाने लगा. चुपचाप फ़िरंगिया ने उसे गोद में उठा लिया.

"अब वापस चलते हैं," उसने फ़िरंगिया के कान में फुसफुसा कर कहा.

फ़िरंगिया फूलसा को डाटने को हो रहा था लेकिन तभी जीताजी ने हाथ के इशारे से उसे आगे कुछ बोलने से रोक लिया, फिर बुदबुदाते हुए ठग भाषा, रमसी, में बोला, "चेतो*, तील* है, झवार* दे रहा है."

16. कहीं अपने बिल में छिप कर कोई साँप उन्हें देख रहा था, दोनों आदमियों को इस बात का एहसास हो रहा था. सबसे पहले साँप को बाहर निकालना ज़रूरी था. दोनों सावधानी बरत रहे थे. दोनों के हाथ अपनी तलवारों की मुठ पर थे. जीताजी ने मंदिर की सीढ़ियाँ चढ़ना शुरू कर दिया था.

"बाहर निकलो!" उसकी तीखी आवाज़ हाथ की तलवार की धार से टक्कर खाती हुई थी.

फूलसा फिर अपने पैरों पर खड़ा था. उसने फिर फ़िरंगिया की टाँग पकड़ ली. टाँग पकड़ कर गिड़गिड़ा रहा था.

"लड़की है क्या?" अब की बार फ़िरंगिया ने उसे झिड़क कर कहा.

"तुम पर माँ का साया है. डरने की कोई बात नहीं. बाहर निकलो!" मंदिर के चौखट से कुछ कदम दूर खड़े जीताजी ने फिर धमकाते हुए कहा.

"नहीं, मैं लड़की नहीं हूँ, मगर मुझे वापस ले चलो." फूलसा रोने लगा और अपना गीला चेहरा फ़िरंगिया की धोती में छिपा दिया.

फ़िरंगिया ने उसे गोद में उठा लिया. "ऐसा चलता रहा तो कभी सैनिक नहीं बन सकता." अपनी आवाज़ ऊँची करते हुए बोला, "वो डरपोक होते हैं जो छिप के जीते हैं."

फिर जीताजी से बोला, "चल, हम ही कायर को खींच कर निकाल लाएँ."

उसका इतना कहना था कि अंदर के अंधेरे से दो आकार उठते हुए दिखाई पड़े. डर के मारे फूलसा ने फ़िरंगिया की गर्दन कस कर भींच ली और बिना आवाज़ किए उसकी बाहों में ज़ोर से डोलने लगा. उसी वक्त दोनों दोस्तों को आभास हुआ कि मंदिर में उठती आकारें दो औरतों की हैं.

"हमें हाथ लगाने का खयाल भी न लाना. हमारे पास हथियार हैं और उनका इस्तेमाल करना भी हमें खूब आता है. ये बात आगे खड़ी औरत बोल रही थी."

उसकी आवाज़ में खलखलाहट थी, दम भी था. उसे सुनते ही फ़िरंगिया का सिर चकरा गया.

"क्या ये ... क्या आप चंदा बाई हैं?"

17. "मुझे तो अपनी आँखों पर यकीन ही नहीं हो रहा था. मुझे लगा काली-माँ की मूर्ति मंदिर से चल कर बाहर आ रही है."

चंदा बाई की बगल में घोड़े पर सवार फूलसा आगे बढ़ा जा रहा था. भाग कर जीताजी उन दोनों के साथ लगे रहने की कोशिश कर रहा था.

"ए-जी, सुनिए न?" चंदा बाई की नौकरानी पीछे से चिल्ला रही थी. "इत्ता तेज़ काहे भगे चले जा रहे हैं?"

केवल फ़िरंगिया पीछे अकेला चल रहा था. त्योरी में बल पड़ा था, सिर नीचे किए सोच में डूबे चले जा रहा था. कुछ देर बाद जीताजी साथ चलने लगा. थोड़ी देर दोनों चुपचाप चलते रहे, फिर उसने आवाज़ धीमी रखते हुए पूछा, "तो इसलिए इतनी रात गए निकला था?"

फ़िरंगिया के पास इस वक्त सवाल-जवाब और पैरवी के लिए सब्र नहीं था. "मैं कुछ भी बोलूँ, क्या फ़र्क पड़ेगा? तू तो वही सोचेगा न, जो सोचना चाहेगा."

"न दोस्त, सफ़र में ऐसे इत्तफ़ाक अक्सर हो जाते हैं. मैंने तो यूँ ही पूछा था."

सामने खेमों की धुँधली बत्तियाँ दिखने लगी थीं. चंदा बाई और फूलसा पड़ाव के पास पहुँचने को थे और मांधाता और कुछ अन्य बुज़ुर्ग बाहर खड़े होकर बड़ी उत्सुकता से उन की ओर देख रहे थे. चंदा बाई का ठीक से परिचय कराने के लिए जीताजी दौड़ने को हुआ. जाने से पहले इतना फ़िरंगिया से कहता गया, "किस्मत आदमी के सामने क्या लाती है, क्या उसे पता होता है. मगर एक दिल की लगाम तो हमारे हाथों ही होती है. बस उसे न खो देना."

18. कुछ साथियों को साथ ले कर जीताजी गाँव से चंदा बाई के सभी आदमियों को वापस लिवाने निकल पड़ा. और मुसाफ़िर तो जुटा नहीं पाए थे और आगे बढ़ना भी ज़रूरी था. अगले ठिकाने, सिवनी, के लिए दो दिनों लम्बा रास्ता तय करना था. चंदा बाई की दमदार मौजूदगी, उसकी देश-भक्ति और ऊँचें आदर्शों से सभी बुज़ुर्ग प्रभावित हो गए थे. फ़िरंगिया की सहमति लिए बगैर उनने चंदा बाई को सिवनी तक उनके साथ रहने का न्यौता दे दिया. इस तरह अगले कुछ दिन काली के भक्त, मार कर नहीं बल्कि बचा कर अपना फ़र्ज़ अदा कर रहे थे. ठगों के लिए औरतों को मारना वर्जित था, और खास तौर पर शक्तिशाली औरतों को सुरक्षा देना सम्मान की बात थी.

वो रात और अगले दिन का बहुतेरा भाग फ़िरंगिया ने बड़ी बेचैन अवस्था में काटा. चंदा बाई औरत नहीं, शक्ति थी, उसकी समझ के एकदम बाहर. न जाने उसके आसपास रह कर उस में क्या जज़्बात उठ जाएँ? यही डर उसे मेहमानों से अलग रखे हुए था.

19. जंगल को पीछे छोड़, दो गाँवों को पार कर, तालाब के किनारे पेड़ों का एक झुरमुट था. अगली रात ठगों ने वहीं डेरा डाला.

देर रात हो चुकी थी, धीरे-धीरे पड़ाव में शांति फैलने लगी थी. अंधेरे में टटोलते हुए फ़िरंगिया चला जा रहा था. ज़मीन पर पड़े जगह-जगह पर बुझते अंगारों के ढेर उसके लिए गढ़े खेमों का नक्शा खींच रहे थे. फिर भी जो अंधेरा उस के चारों तरफ़ फैला हुआ था, केवल जंगल का भयानक अंधेरा नहीं था. कोई और डर उसे भीतर से खाए जा रहा था ...

फूलसा अब तक चंदा बाई के खेमे में था. वहीं पड़ा परियों, दानवों और बेआस कर देने वाले श्रापों के किस्से सुन रहा था. इधर जीताजी कुछ ज़्यादा थक गया था इसीलिए उसने फ़िरंगिया से फूलसा को वापस लाने को कहा था. इतनी देर चंदा बाई से छिपे रहने के बाद, जैसे भँवरा सूरजमुखी को देखने के लिए तरसने लगता है, फ़िरंगिया को इस काम को करने में हिचक नहीं हो रही थी. चंदा बाई के गुट के खेमे पड़ाव के दूसरे छोर पर तालाब के किनारे गढ़े थे. चाँदनी पानी में झलक रही थी, साथ में उसका खेमा भी दिखा रही थी. खेमे के बाहर अलाव से एक ऊँची आग झूम रही थी और उसके चारों तरफ़ चंदा बाई के आदमी बैठ कर धीमे स्वरों में बातें कर रहे थे या फिर बैठे बैठे ऊंघ रहे थे. ज़रा और पास आने पर उसे अंदर से फूलसा की किलकारियाँ भी सुनाई देने लगीं.

"फूलसा!" बाहर खड़े खड़े उसने आवाज़ लगाई और फूलसा का इंतज़ार करने लगा. किलकारियाँ रुक गईं. "बाहर आओ, फूलसा. देर हो चुकी है."

कुछ क्षण चुप्पी साधने के बाद फूलसा बोला, "मैं वापस नहीं आने वाला. मैं तो बाई जी के साथ ही सोऊँगा और तब तक सोता रहूँगा जब तक हम घर नहीं पहुँच जाते." उसने अपनी बात कहनी अभी खत्म भी नहीं की थी कि अंदर से कम से कम तीन या चार लड़कियों के खिलखिलाने की आवाज़ें आने लगीं.

"घर पहुँचने में तो अभी बड़ा वक्त है. इत्ती देर लड़कियों के साथ रहने से कहीं तू खुद लड़की न बन जाए."

फूलसा बाहर आ गया और फ़िरंगिया का हाथ पकड़ कर उसे खेमे के अंदर ले गया. बहुत हो गई थीं बातें खेमे के आरपार. फ़िरंगिया ने अंदर कदम बड़ी हिचक के साथ बढ़ाए.

चंदा बाई का खेमा बड़ा था, ज़मीन पर मखमली कालीन बिछे थे, और अंदर दस चाँदों की रौशनी थी. ऊपर से उस की आँखें चंदा बाई का सुंदर रूप देख कर चुँधला रही थीं. एक बड़े मसनद का सहारा लिए, हरी ज़रीदार साड़ी में लिपटी, वो एक शानदार पेड़ की तरह आराम फ़रमा रही थी. सब कुछ वैसे ही तो था जैसे वो पहले देख चुका था. मोरछल पकड़े पास खड़ी लड़की पंखा झड़ रही थी. दो गाय समान सीधी लड़कियाँ बैठी एक बड़े से कनात के कपड़े पर कुछ रंग-बिरंगा सा काढ़ रही थीं. वो नकटा, कनकटा आदमी पालती मारे उन दोनों के पास बैठा था.

खेमे के दरवाज़े के पास टिका हुआ तोता ज़ोर से चीख मारने लगा, "वो आ गया, वो आ गया." चीखते चीखते वो हवा में पंख फड़फड़ाने लगा.

फूलसा ने उसे अपने हाथ पर ले लिया और तुरंत कस कर उसकी चोंच बंद कर दी. फिर फ़िरंगिया से बोला, "क्यों मामा, हैं न सुंदर चंदा बाई?"

अपने भानजे का मुँह हाथ से ढंक कर कुछ पल के लिए वो इसी सोच में डूब गया कि क्या ये वही लड़का है जिसे कुछ माह पूर्व तक उसकी चचेरी बहन, जीताजी की सगी बहन, राधा, अपने पल्लू से बाँधे रखती थी. पति की अचानक मौत के बाद, बेटा फूलसा, पाठक परिवार के अलंकृत वृक्ष का एक उदास फूल जो बन कर रह गया था. फूलसा का वो हाल देख जीताजी ने भी ठान लिया था कि इस साल इस लड़के को तो वो दक्षिण के दौरे में साथ ले कर ही जाएगा. लेकिन राधा थी जो मान कर नहीं दे रही थी. "इसलिए ले जाना चाहते हो कि मैं अपनी आखिरी चीज़ भी खो दूँ?" फिर भी समय आने पर दिल पर पत्थर रख आखिर उसने अपने बेटे को उनके साथ जाने दिया. अब अपने बेटे को देख वो क्या सोचेगी. गर्व से छाती नहीं फूलेगी उसकी जब अपने इस जी उठे फूल को फिर अपने पास पाएगी. हमउम्र साथी, बीहड़ जंगलों का हू का आलम और घुड़सवारी फूलसा के लिए अनुकूल रहे थे और अपने भानजे की ये नई उन्मुक्त अवस्था देख फ़िरंगिया को बेहद खुशी मिल रही थी.

"पेंच के वनों में हिरण के शिकार में आपका मज़ा भंग हो गया, इसका मुझे काफ़ी खेद है, बाईजी." न चाहने पर भी उसकी नज़र चंदा बाई के चेहरे पर चिपक कर रह गई थी.

"बैठ जाओ, फ़िरंगिया," कहकर, पंखा झड़ने वाली लड़की से चंदा बाई बोली, "वो अंग्रेज़ी मदिरा तो लाना."

फ़िरंगिया को देख कर बोली, "अब, आखिरकार, मैं तुमसे खुल कर बातें कर सकती हूँ."

फूलसा फ़िरंगिया की बाहों में सटकर झबकियाँ ले रहा था और खुद फ़िरंगिया मसनदों के बीच जम चुका था. चंदा बाई की बात सुनकर वो ये सोच रहा था कि ये तो मेरा अपना ही पड़ाव है, यहाँ मुझे किस बात की फ़िक्र. सो वो चुप ही रहा. "आएँ, सुने, मोहतरमा कहना क्या चाहती हैं."

हाथ में जो पैमाना था, खुशबूदार था, मृदुल था, स्वाद से लदा हुआ. अंग्रेज़ों की लाल मदिरा थी, उसने एक-आध बार चख चुकी थी. प्याला बढ़िया, सोने के काम की बारीक नक्काशी वाला था. फूलसा ने प्याले में उंगली घुमाई और चाट ली और फ़िरंगिया ने उसे झिड़क कर गाल पर हल्का सा चाटा धर दिया. साथ ही उसे अपनी छाती के करीब ले आया. कुछ देर बाद वो उसकी छाती की धकधक अपनी छाती पर महसूस करने लगा. बच्चे की आँखों में नींद भर आई थी. फ़िरंगिया का सिर भी हल्के से फिरने लगा था, अंग ढीले महसूस हो रहे थे. उसने सम्भाल के फूलसा को गद्दियों पर लिटाल दिया, खुद मसनद का सहारा ले कर फैल कर बैठ गया, चंदा बाई की बातें सुनने के लिए पूरी तरह तैयार हो गया.

20. "जब मैं छोटी थी मेरे पिता पेशवा के दरबार में तबलची थे. जवानी उठने तक मैं अगले पेशवा बाजी राव का खास सुहाता बन चुकी थी. आज ये बाजी राव की ही बदौलत है कि मैं एक मालदार औरत हूँ. मैंने ये पद कुछ आसान कदम उठा कर पाया, तुम अगर ऐसा सोचो तो मैं तुम्हे दोषी नहीं ठहराऊँगी. लेकिन मेरे दोस्त, सच ये है कि अपने बचपन के पेशवाई दरबार में संगीत की एक शाम से बाजी राव के बिस्तर की रेशमी चादरों तक पहुँचने में मेरे जीवन ने काफ़ी लम्बा रास्ता नापा है. आज शाम, मेरे इस लम्बे सफ़र के बारे में सुनने की मुझ पर मेहरबानी करोगे?"

अंग्रेज़ी शराब असर दिखाने लगी थी. सिर में हल्का सा खुमार चढ़ने लगा था. फिर भी उसे अच्छी तरह सर्राफ़ की कही ये बात याद आ रही थी कि चंदा बाई न केवल खानदानी रईस है बल्कि पेशवा बाजी राव की मुँहबोली बहन भी. मुँहबोली बहन तो दूर, यहाँ तो मोहतरमा ही अपने मुँह से कुछ उलटा बोल रही थीं. भाड़ में जाएँ वो जो सुनी सुनाई बात को आगे फैलाते हैं. ठीक ही कहा था फूलसा ने, सत्यानाश हो उस सर्राफ़ का. पहुँचा दिया न साले को उस पार. इन्ही तरह के विचारों में खोए हुए वो मुस्कुरा दिया.

चंदा बाई जवाब की प्रतीक्षा में थी. उसका कुछ कहना ज़रूरी हो गया. "मैं? और आप पर मेहरबानी? ये कैसी बात करती हैं, बाईजी. मेरे कान खुले रखने के लिए तो आपकी मदिरा ही काफ़ी है. मुझे बस इस बात का डर है कि इतनी बढ़िया चीज़ कहीं आप ग़लत आदमी पर तो जाया नहीं कर रही हैं."

अब तक चंदा बाई उसे बड़े ध्यान से देख रही थी. वो उठी और उसके सामने आकर बैठ गई. गहरी साँसे भरते, नींद में धँसे, फूलसा बीच में पड़ा था. उसने उसके घनी लटों को उँगलियों में लपेट कर कहा, "कितना प्यारा बच्चा है," कहकर अपनी आँख से काजल ले कर उसके टीका लगा दिया. उसे गोद में ले कर नौकरानी को थमा दिया. फूलसा को वापस उसके खेमे में पहुँचाने के निर्देश दिए. साथ में, "ज़ालिम सिंह तुम्हारा साथ देगा," कहकर उसे भेज दिया. फिर उसने कढ़ाई करने वाली लड़कियों को दफ़ा किया. पंखा झड़ने वाली से कहा, "मुझे बात करने के लिए खामोशी चाहिए, तोते को ले के तू भी अब सोने चली जा."

हांलाकि अब तक मदिरा के प्रभाव से फ़िरंगिया के सिर में विचार लड़खड़ाते हुए उठ रहे थे, वो साफ़-साफ़ सोच नहीं पा रहा था, फिर भी खेमे से जिस फुर्ती से सब बरखास्त कर दिए गए थे, उससे वो कुछ चकित तो हुआ.

चंदा बाई ने उसका प्याला फिर भर कर कहा, "तो अब बताओ मुझे, फ़िरंगिया. मेरे बारे में तुम्हारे क्या विचार है?"

जवाब में उसे एक शब्द भी नहीं सूझने पा रहा था. ऊपर से वो एकदम सामने जो बैठी थी. "मैं क्या कहूँ, बाईजी. मैं आपको जानता ही कितना हूँ?"

"क्यों? मैं वैश्या हूँ, बाजी राव की रखैल रह चुकी हूँ, अभी तो बताया था." एक भौं उचका कर वो बड़ी बारीकी से उसके चेहरे के भाव बूझने की कोशिश कर रही

59

थी. फ़िरंगिया ने प्याले से एक चुस्की ली, लेकिन चुप रहा. कुछ देर तक जब यूँ ही चुप्पी बनी रही तब चंदा बाई ने फिर बोलना शुरू किया.

"तो चलो, सुना ही दूँ तुम्हें अपने जीवन की कहानी. क्यों न उस हादसे भरी शाम से शुरू करूँ, उस दशहरा की शाम से जब फिर पेशवा माधवराव बड़ी मायूस अवस्था में था. दरबार में गाने-बजाने वाले उसकी मनोदशा सुधारने की कोशिश में लगे थे. माधवराव जवान था. पेशवा था, मगर राज करने की असली बागडोर उसके एक ताकतवर मंत्री के हाथ थी. इसलिए हर दूसरे-तीसरे दिन पेशवा को मायूसी का दौरा पड़ता था. लेकिन उस शाम ये दौरा तो जानलेवा ही बन गया. हमारी ज़िन्दगी भी बदल गई."

वो उठ खड़ी हुई और खेमे में आगे-पीछे टहलने लगी, एकदम से बीती दुनिया में खो गई.

"मैं तब बारह वर्ष की थी, अपने बाबा के करीब खड़े हो कर मंजीरे बजा रही थी. गाने-बजाने वाले तो अपना काम ज़ोरों-शोरों में कर रहे थे, लेकिन वहीं गलियारे पर खड़ा हो कर पेशवा नीचे बगीचे में छूटते फव्वारे को ऐसे देख रहा था जैसे किसी सड़े पानी से भरे कुँए में झाँक कर देख रहा हो. शायद हमारा संगीत उसकी मायूसी और बढ़ा रहा था क्योंकि जैसे ही हमने अंतरे पर पहुँच कर सुर चढ़ाए, उसने आँगन में छलांग लगा ली. गिरने से उसे बहुत भारी चोटें आईं जिनकी वजह से कुछ दिन बाद जान से हाथ धोने पड़े. लेकिन फ़िरंगिया, पेशवा की वो दर्दनाक मौत मेरे परिवार के लिए बड़ी महंगी पड़ी. मेरे बाबा पेशवा के सबसे निकट बैठे थे, तबले पर ताल दे रहे थे. शायद उनने पेशवा का इरादा भाप लिया था क्योंकि उसके नीचे कूदने के कुछ ही क्षण पूर्व वो उसे रोकने के लिए दौड़ उठे. फिर भी माधवराव को रोक न सके. वो तो गिरा ही, साथ में बाबा को भी लेता चला. दोनों फव्वारे की पानी उछालती नली पर गिरे. नली लोहे की थी. पहले वो मेरे बाबा के शरीर में घुसी फिर माधवराव के. ऊपर गलियारे के जंगले पर खड़ी मैं दहाड़ें मार के रो रही थी ... देख रही थी कि कैसे सब सैनिक और नौकर माधवराव को सम्भालने में लगे थे, लेकिन मेरे बेचारे बाबा वहीं नली से भिदे दर्द में तड़प रहे थे. किसी का उन पर ध्यान ही नहीं जा रहा था. मैं सोच रही थी क्या अपने बाबा को बचाने के लिए मुझे भी वैसे ही

कूद जाना चाहिए जैसे वे पेशवा को बचाने के लिए कूदे थे. लेकिन उससे फ़ायदा क्या होता? उनके साथ, मैं भी जाती. इसलिये बस वहीं खड़े खड़े चीखती रही ... और उन दिनों तो मुझे बगीचे तक पहुँचने का रास्ता भी नहीं मालुम था."

ये कह चंदा बाई ज़ोर से हँसने लगी. फिर फ़िरंगिया के सामने बैठ गई और अपने दोनो हाथ उसके सामने कर के कहने लगी, "अब तो मैं उस जगह को वैसे जानती हूँ जैसे कि अपने इन दो हाथों की रेखाओं को."

चंदा बाई उसे अपनी हथेलियाँ दिखा रही थी, फिर हाथ पलट कर दिखाने लगी. फ़िरंगिया का ध्यान उसकी बहुमूल्य अंगूठियों पर गया. एक पचरंगिया अँगूठी ने उसका ख़ास ध्यान बाँध लिया. वो उसके कान के बेहतरीन झुमकों से मेल खाते हुए था.

"आज तक मन में ये विचार उठता है कि जाते-जाते मेरे बाबा क्या सोच रहे थे. उस पूरे दौरान जब मैं चिल्लाए जा रही थी, ये जानते हुए कि वे बचेंगे नहीं, उनकी आँखें मुझ पर गढ़ी हुई थीं. क्या सोच रहे थे वे? क्या सोच रहे थे?" कहते कहते उसने अपने आँख से गिरता हुआ आँसु पोंछ डाला.

"और मालुम है, कुछ ही थे जो बाबा की करनी की दाद दे रहे थे. शहर में तो ये अफ़वाह फैल रही थी कि बाबा पेशवाई-दुश्मनों के आदमी थे, उस शाम वहाँ बस पेशवा को मारने के लिए ही मौजूद थे. फिर क्या था, उसी रात माँ मुझे ले कर पूना छोड़ कर भाग गईं. हम एक किसानों, कुम्हारों और जुलाहों के अनजाने से गाँव में छिप कर रहने लगे. वहाँ आने से पहले गाँव की ज़िन्दगी से ही मुझे घिन आती थी. लेकिन उस अभागे गाँव में बिताए हुए उस साल ने मुझे साफ़-साफ़ सिखा डाला कि हमारे देश के गाँव इतने पिछड़े क्यों हैं. हाँ, अब मैं खूब अच्छी तरह समझती हूँ कि हमारा देश इतना गरीब क्यों है. उस साल जाड़ों में सिंधिया अपनी सेना ले कर हमारे गाँव से गुज़रा. गुज़रे क्या, सब कुछ तहस-नहस कर के आगे बढ़ गए. बाद में मालुम पड़ा कि यही इनका हर साल का रिवाज़ था. सैनिकों को वेतन देने के बदले रास्ते के गाँवों से अनाज, पानी हड़प लेने का अधिकार दिया गया होता था. अनाज तैयार हुआ होता या नहीं, हर साल सैनिक खेत उजाड़ देते. गाँव के जानवर लूट ले जाते थे. जाते-जाते खलियान खाली कर के जाते. छप्पर पर फूँस भी न छोड़ते. जो साथ नहीं ले जा पाते, जला देते. सैनिकों के जाने के बाद हर गाँव वाले का हाल हम माँ-बेटी

61

जितना बुरा हो गया था. फिर भी रबी की फसल के नाश के बाद खरीफ़ उगाने का साहस कहाँ से आता, पता नहीं. क्योंकि सावन में फिर दूसरी मराठा सेना गुज़रती, फिर वैसी ही तबाही मचाती. गाँव वालों का सब जुटाया फिर जला दिया जाता. इस बार लूटने को कम होता, तो गुस्से को गाँव की इज़्ज़त लूटकर ठंडा करते. ये कैसे राजा हैं हमारे? प्रजा के लिए नफ़रत के अलावा और कोई भावना नहीं है इनमें ... मेरी माँ ने तब एक और समझदारी का निर्णय लिया."

फ़िरंगिया का प्याला अभी खाली भी नहीं हुआ था, चंदा बाई ने उसे फिर भर दिया. भरने के बाद वो उठ कर दरवाज़े के पास खड़ी हो गई. दरवाज़े का पल्ला उठा कर बाहर अंधकार में ऐसे घूर रही थी लग रहा था ख्यालों के पन्ने पलट रही हो. अपनी कहानी को आगे बढ़ाते हुए बोली, "ये सोच कि लुटने वाले से बेहतर लुटेरे की गत होती है, माँ सैनिकों के साथ लग गई. सैनिकों के पड़ाव में माँ ने निर्वाह कैसे किया, तुम समझ सकते हो. आने वाले साल हमने गाँवों को उजाड़-उजाड़ कर बिताए. लूटा हुआ माल सैनिकों और उनके परिवारों के साथ बाट कर बिताए. जब लूटने को ज़्यादा न होता तो माँग कर काम चलाते, भीख माँगते, अजनबियों की कृपा पर निर्भर हो जाते. माँ के दो और बच्चे हुए और भाईयों की देखभाल करना मेरे पल्ले पड़ा. वो साल जब देश में आकाल पड़ा था, उस साल को तो मैं चाहने पर भी भुला नहीं सकती. दाने भर के लाले पड़ गए थे, लूटना या माँगना कहाँ काम आता. हम हमेशा भूखे रहने लगे. माँ ने हमें पड़ाव के जानवरों की गोबर और लीद से अनपचे अन्न बटोरना सिखाया. उफ़, उस जीवन से मैं तंग आ गई थी. कितने दिनों से खाया ही नहीं था, कब से एक बूंद पानी के लिए तरस रहे थे, मुँह में जीभ सूख कर घूम गई थी, होंट हर दम चटके रहते थे, गला यों जैसे किसी ने हाथ घुसेड़ कर रेत मल दी हो और खाली पेट दर्द से हमेशा अकड़ा सा रहता था. एक बार मेरा छोटा भाई मेरी गोद में वैसे ही टिका बैठा था जैसे कुछ देर पहले फूलसा तुम्हारी गोद में था. मैं भी किसी खंबे पर सिर टिकाए बैठी थी ... नहीं, वो खंबा नहीं था, एक सैनिक की गाड़ी का पहिया था ... बड़ी दिनों से वो सैनिक मुझ पर डोरे डाल रहा थी, मैं ही थी बेवकूफ़ जो अपने को बचाए हुई थी किसी सुनहरे भविष्य के लिए. ख़ैर, उस दिन, पड़े-पड़े मैं आसमान की सफ़ेदी पर हैरान हो रही थी. सोच रही थी कितनी क्रूरता भरी थी आसमान की सफ़ेदी में. कब से हमें तपाए जा रहा था. हमें तपाने में

ही उसका मज़ा था. सच, विकृत केवल आदमी थोड़ी होते है, तब देखा था न मैंने साफ़-सुथरे आसमान का भी टेढ़ापन. इन्ही सोचों में डूबी थी, कि मुझे अपने पेट पर कुछ गर्माहट महसूस हुई. भाई को उठाया तो देखा कि उसने मुझ पर मूत दिया था. मेरे गुस्से में पारा चढ़ गया और मैं उसे उसी वक्त ज़मीन पर पटकने को हो गई, लेकिन तभी मैंने देखा कि उसकी तो साँस ही रुक गई थी. बिना चूँ किए मेरे भाई ने जीना ही बंद कर दिया था. बस, घबरा कर मैंने उसे गिराया, और ज़ोर से उस सैनिक को हिलाने लगी. पड़ा हुआ था कुत्तों की तरह अपनी गाड़ी के नीचे वो. सो रहा था. 'अभी के अभी मुझे पूना ले चलो,' मैं चिल्ला रही थी, उसे हिला रही थी. पंद्रह साल की थी. उस रोज़ मैं उस कुत्ते को भगोड़ा बना कर पूना ले आई."

वो फिर फ़िरंगिया के पास बैठ गई थी. "तब तक बाजीराव पेशवा बन चुका था. तुम्हें मालुम है, पूना में मेरा बाजीराव तक पहुँचने का सफ़र माँ के साथ उन कठिन सालों से कहीं छोटा था. ज़रा कोशिश से मैं पूना की मशहूर नर्तकी बन गई. फिर कुछ ही समय में पेशवाई दरबार के एक अधिकारी की पत्नी. औरतें राजनीति के खेलों और कूट युक्तियों में आदमियों के टक्कर की होती हैं. और मैं इन सब में सबसे बहतरीन थी."

कुछ देर से वो अपनी लम्बी चोटी को ठह ठह कर बातें कर रही थी. धीरे धीरे उसके बाल खुल कर उसके चेहरे के चारों तरफ़ बिखर गए. क्षत्रिया सुंदर औरत में बदल गई थी. उसका वो आकर्षक रूप देख कर फ़िरंगिया मुस्कुरा दिया. उसने तय कर लिया कि अब जो होगा, उसका वो हाथ बढ़ा कर स्वागत करेगा. मोहतरमा अपनी कहानी बताने को उतावली हो रही थीं, तो वो भी उसे सुनने को पूरी तरह तैयार था. आगे बिना कुछ सोचे उसने चंदा बाई के कंधे पर गिरती लटें अपनी उँगलियों में लपेट लीं.

और वो अपनी कहानी कहती गई.

"जब बाजीराव अपने अधिकारियों से नाखुश होता था तब उसके पास एक सीधा सा उपाय होता था. वो उस अधिकारी की बीबी को अपने पास बुलवा लेता था. भाग्य - उसका मेरे पति से अलगाव हो गया और उसने फ़ौरन मुझे बुला भेजा."

चंदा बाई का चेहरा सूरज की तरह दमकने लगा. "फ़िरंगिया, उस दिन मेरा भाग्य जाग गया. बाजीराव का दिल तो मुझ पर नज़र पड़ते ही अटक गया था. उसने

मुझे वापस लौटने नहीं दिया. मुझे भी वो बेहद पसंद था. वो विद्वान था, रसीला आदमी था. उसी ने ही मुझे घुड़सवारी सिखाई, अस्त्रों का ज्ञान दिया. वो युद्ध-विद्या में भी कुशल है. गुण तो असल में सभी थे. बस बहादुरी नहीं जुटा पाया. फ़िरंगियों से लड़ने का हौसला नहीं था उसमें. क्यों नहीं था? क्या मालुम. शायद उसे हारने का डर था. लेकिन क्या युद्ध में जो जीतता है उसे पहले से ही मालुम होता है कि वो जीतेगा ही? हाँ, एक और बात थी. उसे किसी पंडित ने बताया था कि मेरा साथ उसे फ़िरंगियों के शिकंजे से बचा कर रखेगा. शायद इसीलिए उसने मुझे वो सब विद्याएँ सिखाईं. शायद इस वजह से भी मैं उसकी इतनी चहेती बन पाई."

वो अचानक खड़ी हो गई. फ़िरंगिया को अपने से उसकी दूरी एक साथ असहनीय लगने लगी और लड़खड़ाते हुए वो भी खड़ा हो गया.

"बाजीराव तो चला गया. हिंदुस्तान में आराम की ज़िन्दगी से खुश है. अब चंदा बाई वो करेगी जो बाजीराव को करना चाहिया था."

इतना कह कर वो अपनी मखमली शय्या की ओर बढ़ कर बैठ गई.

फ़िरंगिया भी उसके पीछे-पीछे चलने लगा और बिछौने के पास ज़मीन पर गिर पड़ा. बोलने को हुआ तो शब्द लड़खड़ाते हुए निकले.

"क्या आप – पहुँच कर – आप हिंदुस्तान पहुँच कर - मिलेंगी – बाज्जी – राव से?"

"नहीं, मैं अपनी फ़ौज जुटाऊँगी और हिंदुस्तान पहुँच कर अपने समान ध्येय रखने वाली शक्तियों के संग समझौता करूँगी. देश के भाग्य में मेरी कोई ज़रूरी भूमिका तो है, वरना किस्मत मेरे सामने इतने सारे हादसे क्यों पेश करती. न! न तो मुझे बाजीराव से कोई जवाब चाहिए, न ही मैं दुनिया से किसी तरह के इंसाफ़ की अपेक्षा करती हूँ. गरीब और शक्तिहीनों को नज़र-अदाज़ करने की किस्मत की आदत को भी मैं भली-भांति समझती हूँ. मैं तो दुनिया से अपना हक छीन कर ले लेने जा रही हूँ."

शराब से या चंदा बाई की बातों से, न जाने किससे फ़िरंगिया का सिर भिन्नाने लगा था. उसने अपना सिर मखमली बिछौने में धँस दिया.

"अब तुम मेरे बारे में सब कुछ जान गए हो."

चंदा बाई की आवाज़ में अचानक मिठास भर आई. "अब भी मेरे बारे में अपनी राय मुझे नहीं बताओगे?"

फ़िरंगिया ने अपना चकराता हुआ सिर ऊपर उठाया. देखा कि वो जवाब का इंतज़ार कर रही थी. साथ में अपनी साड़ी की चुन्नटें भी खोल रही थी. उसे टकटकी बाँधे देख वो हँस दी और बोली, "अब ये न कहना कि तुमने मुझे सज्जन औरतों की तरह समझा था, सती-सावित्री समझा था."

उसकी जीभ मुँह में भारी पड़ी थी, एक शब्द भी नहीं बोल पा रहा था. सिर भी था कि घूमना बंद नहीं कर रहा था. उसने फिर अपना सिर बिछौने पर गिरा दिया. अपने सिर पर कुछ हलका सा गिरता हुआ महसूस हुआ. चंदा बाई अपनी साड़ी त्याग चुकी थी. जैसे-तैसे साड़ी को उसने अपने सिर से हटाकर हाथों में भींच लिया. फिर चंदा बाई को देखने लगा. बढ़िया दरियाई चादर पर, गद्दियों के बीच, एक लम्बे मसनद पर वो टिक कर लेटी हुई थी. वो बस मुस्कुरा पाया, जवाब न दे पाया.

उसकी चुप्पी देख चंदा बाई ने एक लम्बी आह लेते हुए कहा, "फिर भी मैं एक अच्छी औरत हूँ, फ़िरंगिया. महत्वाकांक्षी हूँ, बस यही एक खोट है. इसलिए मैं चाहती हूँ कि तुम मेरे सेनापति बनो, और इसीलिए मैं तुम्हें अपनाना चाहती हूँ."

उसके शब्द सुनकर फ़िरंगिया का दिल उलट गया. गुट का मुखिया, गृहस्थ आदमी अपना आपा खो बैठा. थका हुआ भी था, लेटना चाहता था. इसलिए जब उसने चंदा बाई के अगले शब्द, "अब क्या शुभ मुहूर्त का इंतज़ार कर रहे हो?" सुने, तो अपना सम्पूर्ण संकल्प भुला, खुद को चंदा बाई के बगल में फेंक दिया.

भाग 2

... यही तो हमारी बदकिस्मतियों की वजह है

-ठग फ़िरंगिया, तकरीबन 1830

1. मालकिन का दिल अटक गया था और जैसे ही फ़िरंगिया उनके तम्बू में अकेला आया, उन ने सब नौकरों को बरखास्त कर दिया. गुल-महक गोद में सोते हुए बच्चे को पकड़े हुई उसके खेमे में उसे पहुँचाने जा रही थी. ज़ालिम सिंह उसके साथ चल रहा था. उसे सहारा देने के लिए अपना हाथ उसकी कमर पर डाले हुआ था. लग रहा था मिया, बीबी और बच्चा चले जा रहे हैं.

"हमारा परिवार कित्ता भला दीखेगा." सपनीली आवाज़ में उसका गपना शुरू हो दिया. "चल जा कर निकाह की तारीख़ तय करियाएँ."

ज़ालिम सिंह की बात सुनकर गुल-महक का मुँह बन गया और वो झल्ला के बोली, "तो अब तुम मेरे आशिक बन गए. ज़रा बताना तो, ये तुम्हे खुले आम मुझसे बेहुदी बातें करने की छूट किसने दी?"

"हैं! ये तेरा यकबयक भावों का पलटना कैसे हो गया?"

वो हैरान था, कुछ क्षण सोच में डूबा रहा. गुल-महक की बात में न कोई तुक थी, न तर्क.

"यों अचानक इस अभागे से तू नाखुश कैसे हो गई? क्या अब भी तुझे मेरे भीतर जलती हुई प्रेम की ज्वाला नहीं दिखलाई पड़ती? अरी, जित्ता भी मैं इस ज्वाला को अपने आँसुओं के नीर से बुझाने की कोशिश करता हूँ, उत्ता ही ये बढ़ कर दुगुनी भड़कने लगती है. ये तुझे दिखलाई कैसे नहीं दे पाता? रहम कर, महक. मेरे इस दयनीय हाल पर तरस खा."

"अरे बस भी करो! बहुत सुन लीं तुम्हारी खुशामदी बकवाद." गुल-महक फुंकार कर बोली. "अब तुम्हारी ये चिकनी-चुपड़ी बातें मुझ पर कोई असर नहीं करने वालीं. सुनाना ही है तो जा के सुनाओ ये खोखिले शब्द उन पंखे-वाली को."

"किन को?" उसकी बात सुन ज़ालिम सिंह का कलेजा धुकड़-पकड़ करने लगा.

गुल-महक इस बीच तालाब के किनारे चल रही थी. बच्चे को गोद में लिए उसके हाथ दुखने लगे थे. कुछ देर साँस भरने के लिए किनारे की सीढ़ियों पर बैठ गई. जोश में वो इतनी ज़ोर से चिल्ला पड़ी थी कि उसे डर था कि गहरी नींद से कहीं बच्चा जाग न जाए. ज़रा दम में दम आया. फिर शुरू हो गई.

"मैं तो तेरा गुलाम बन गया हूँ. तू मेरी खाल को उधेड़ के उसकी जूती बना कर मुझे पहन ले, मैं चूँ भी न करूँगा." मिमियाती आवाज़ में वो बोल रही थी. "कल रात बगीचे में यही बोल तो तुम ने कूं-कूं कर के उस पंखे-वाली के कान में डाले थे न?" वो सिसकियाँ लेने लगी. "और झुठलाने की कोशिश न करना. मैं वहीं पीछे खड़ी-खड़ी खून के घूँट पी रही थी. उफ़, उस चुड़ैल के पास खड़े हो कर दम घुटा जा रहा था मेरा! जैसे बुलबुल को कौवे के साथ पिंजड़े में बंद कर दिया गया हो." वो फूट-फूट कर रोने लगी.

ज़ालिम सिंह वहीं खड़े-खड़े सिर पीछे झटक कर पिछले दिन की वारदात याद करने लगा. "हाय महक!"

धीरे धीरे वो उसके चारों तरफ़ चक्कर काटने लगा. "ये मैंने क्या कर डाला! हद दर्जे की गलतफ़हमी तैयार कर डाली."

वो बोलता जा रहा था, सोचता जा रहा था, साथ में छोटे-छोटे कदम ले कर चलता जा रहा था.

"और अब तू मेरा यकीन न करे तो इसमें तेरा कोई कुसूर न होगा. मैं तो सिर्फ़ ये कहूँगा कि अंधेरा था और मैं उस पंखे-वाली को अपनी महक समझ बैठा था. अब

जा कर ही मुझे समझ आ पा रहा है कि क्यों वो बिना कुछ कहे खिलखिला कर भाग गई थी."

वो अब भी उसके चारों तरफ़ चक्कर काट रहा था. तीसरा चक्कर पूरा हुआ और वो उसके कदमों पर गिर पड़ा और बिलख कर कहने लगा, "मेरे साथ जो सुलूक करना चाहती है, कर, मगर अपने कदमों पर पड़े रहने दे."

कुछ पल शांत रहने के बाद, वो सुबकते हुए बोली, "मुझे तो ये ही समझ नहीं आ पाता कि तुम्हारा यकीन भी करना चाहिए या नहीं. अब इस अँगूठी को ही लो. तुम्ही ने कहा था कि अँगूठी सोते में चोर चुरा कर ले गए थे, कहा था कि नहीं? लेकिन वो है न सजी पड़ी तुम्हारी उँगली पर. जब अँगूठी चोरी हो गई थी तो अब तुम्हारी उँगली में क्या कर रही है?"

"फिर अँगूठी. ये अँगूठी की बात शैतान की आंत बनती जा रही है."

वो अपने हाथ अपने चेहरे पर फेरने लगा. धीरे-धीरे उँगलियों से अपने चेहरे के उतार-चढ़ाव खोजने लगा.

"हम आदमी लोग भी बड़े बेवकूफ़ होते हैं. बेकार में प्रेम पाने लिए लाल-गुलाबी बातें बनाते रहते हैं जब तुम गुल-बदनों को कामना सिर्फ़ काली और डरावनी बातें सुनने की होती है. क्या सच में प्यार के अफ़सानों की नींव बेईमान बातों में पड़ी होती है?"

उसकी बात सुन गुल-महक चिढ़चिढ़ाने लगी थी. कहने लगी, "तो बताओगे मुझे इस अँगूठी का सच या फिर से मुझे शब्दों के लपेट में डाल कर इस बात को गुल कर जाओगे."

बड़ी संगीन आवाज़ में आखिर वो बोला, "हाँ महक, बताता हूँ. सब बताता हूँ. तुम्हारे लिए इस अँगूठी की कहानी जानना ज़रूरी जो है. तो सुनो. चोरी हुए सालों बाद भी इस अँगूठी का जाना मुझे नागवारा रहा. कुछ साल हुए, हम ग्वालियर की राह पकड़े जा रहे थे. हम – पचास – वो भीका, वो कायम खान, रुस्तम, और अरे ओ-हो- वो खुदा बक्श, नत्थी, और भरजी – सब के सब, एक से एक बढ़कर माहिर ... उमदा ठग ... पर मैं तुम्हें ये नाम क्यों बता रहा हूँ? तुम्हें इससे क्या हासिल होगा? ख़ैर, हम सब जयपुर की एक सराय में ठहरे थे. वहाँ एक खूबसूरत नौजवान, बना-ठना, तमीज़दार, आया. उसके साथ में दो पुरोहित थे और दो नौकर. तो नत्थी –

पिछले साल जिसे सौगढ़ में सूली चढ़ा दिया था – वो हमारा सोठा* था, माल बझाना खूब जानता था. दो मीठी बातें कर के उसने नौजवान को उलझा लिया. मैं भी ऐरागैरा लग गया उन के साथ. नौजवान और नत्थी के बीच बेहतरीन बातचीत हो रही थी. लड़के के लव्ज़ों से ज्ञान टपक रहा था, ये बात मेरी नज़र से नहीं जाती रही. लेकिन वो उसकी उँगली पर पड़ी अँगूठी थी जिसने मेरा ध्यान बाँध लिया था. वो ये ही अँगूठी थी, महक, जो कई साल पहले मेरी उँगली की शान थी. अब ठाठ से वो पहने घूम रहा था. मेरे कुतूहल का तो पारा ही चढ़ता चला गया. फिर भी, वो कहते हैं न, उताओला, सो बाओला, इसलिए मैंने सब्र से काम लेना मुनासिब समझा. बड़ी खुश-अदाएगी के साथ उससे पूछा कि हुज़ूर कुलवंत का भला नाम क्या है. उसने भी बड़ी मिठास भरके अपना नाम सिओपुर के फ़ौजदार भजन लाल का बेटा बंसी लाल बताया. जल्द ही हम दोनों के बीच भी अच्छे ताल्लुकात हो गए और बड़ी नज़ाकत बरत कर मैं और आगे पूछताछ कर पाया. मुझे मालुम पड़ा कि वो अँगूठी उसके फ़ौजदार बाप का उसको दिया गया तोहफ़ा थी और अब वो खुशनुमा नौजवान पुरोहितों के साथ अपने ससुराल गौना लाने जा रहा था. गाँव पहुँच कर उसका इरादा वो अँगूठी अपनी सास को देने का था. मेरी अँगूठी और इतने सारे अजनबी हाथों के बीच उसकी अदला-बदली! मेरा तो इस ख्याल से ही दिल फट गया. लेकिन मैं कर भी क्या सकता था? आखिर मैं था कौन अपनी अँगूठी के लेन-देन और गमनागमन पर काबू रखने वाला ... वो लड़का हमारे साथ दो दिन तक रहा. हम सब जितना समय संग बिताते गए, उतना वो हमारे और करीब होता गया. और जहाँ जहाँ हम रुके - हर मंज़िल, दुकान और सराय – हर उस जगह के रखवाले हमें भली-भांति जानते थे. सब के सब उस लड़के और उसके साथियों को बनिज समझ आँखों ही आँखों से हम को अपने भाग का अधिकार याद दिलाते जाते, साथ में हँस हँस कर उस लड़के की खातिरदारी में लगे रहते. कोई उसे लतीफ़े सुनाकर खुश रखता, कोई खिला-पिला कर. दुलहन लिवाने जा रहा था, सब उसे दामाद साहब, दामाद साहब कह कर बुला रहे थे. लड़के को क्या मालुम था कि ये ही लोग जो उस पर इतना प्यार बरसा रहे थे असल में बड़ा काला दिल रखे बैठे थे. उसे तो अपने चारों तरफ़ सिर्फ़ प्यार नज़र आ रहा था ... प्यार ही प्यार, बेशुमार! ... महक, एक लड़के के जीवन में सत्रवाँ साल बड़ा प्यारा साल होता है. वो तो अपने

को दुनिया का लाड़ला समझता है. दुनिया की हर चीज़ और बंदे को वो प्यार की नज़र से देखता है. उस पर पूरा ऐतबार करता है. अरे, मैं तुम्हें अपना बताऊँ, जब मैं इस प्यारी उम्र से गुज़र रहा था, तो ..."

"उस लड़के का क्या हुआ? अपनी जवानी के बारे में बताने का तुम्हारे पास बहुत वक्त है."

"उस लड़के का क्या हुआ मतलब? तुम्हे क्या लगता है? वो लड़का उतनी ही आयु ले कर आया था. काली का हुक्म तो मानना ही था न? जिस रात भीका को पक्का* करने के लिए अच्छी जगह मिली – धुर्दो* के रेवरू* पर – हम पौ फूटने से पहले जाग गए."

उसके कदमों से हट कर ज़ालिम सिंह सीढ़ियाँ उतर कर पानी में चलने लगा. कुछ देर में वो पेड़ के कटे तने की तरह पानी में लेट गया और हवा की सनक के अनुसार खिसकने लगा. यों लेटे-लेटे गुल-महक को नौजवान दूल्हे के आखिरी लम्हों की दास्तान सुनाने लगा.

"और क्या चाहती है तुझे बताऊँ? हम नदी के किनारे पहुँच गए, ज़रा नहा धो लिया जाए कह कर वहाँ रुक गए. किसी ने दूल्हे बाबा के लिए कालीन बिछा दिया, जिस पर वो पुरोहितों के संग बैठ गया. नौकर उसके ज़रा दूरी पे सामने ज़मीन पर बैठ गए. फिर हर आदमी के संग एक बुकोट* बैठ गया और हर उस आदमी के पीछे दो और ऊरवाले खड़े हो गए. दूर से कोई देखता तो बड़ा सुंदर नज़ारा दिखाई में आता. वो क्या नाम है अकबराबाद में प्यार के मकबरे का, हाँ ताज, दूर से हमारा जमाव एकदम ताज वाला महल लग रहा था. भीका लड़के के संग बैठा था और मैं भीका का ऊरवाला*, ठीक पीछे खड़ा था ... कुछ अजब तो हुआ था उस सवेरे. भोर का वक्त बड़ा शांत होता है, अगर चिड़ियों की चकचक को हम नज़रअंदाज़ कर पाएँ तो. लेकिन उस पल जो हवा चली अचानक तूफ़ानी बन गई. दूर खड़ा रुस्तम उस दिन चुटिया* था, हवा के इस बदलाव को देख, उसने फ़ौरन आवाज़ लगाई, अगर लड़के आ गए हों तो तम्बाकू लाया जाए. उसका इतना कहना था और हम सब अपने अपने आदमी पर टूट पड़े. ज़मीन में दो कटोरे* खोदे गए, दोनों में वे पाँचों ठीक बैठ गए, दो एक कटोरे में और तीन दूसरे में. जहाँ तक हमारी बात थी, हम में से हरेक को सत्रह रुपए का फ़ायदा हुआ. उन सत्रह में पाँच मैंने जैसे तैसे

जुगाड़ लगा कर सब को दिए थे, जिससे कि ये अँगूठी फिर से मेरी उँगली में आ जाए."

ज़ालिम सिंह पानी में पालती मारे खिसक रहा था. लग रहा था योगी आसन कर रहा है. गुल-महक की गोद में बच्चा अब भी सो रहा था और वो स्वयं चुप्पी साधे भौचक्की सी बैठी थी.

"इस ताल में तैरना कितना अच्छा लग रहा है." कुछ देर बाद वो फिर बोल पड़ा. "सपाट पानी, निरी चुप्पी. लेकिन जब बेचैन सागर के बारे में सोचते हैं, तो वो भी मन को छू जाता है ... जब हज़ारों बेचैन लहरें धरती पर लगातार माथा पीटती जाती हैं लेकिन नुक्सान फिर भी नहीं कर पातीं."

"अपनी घिनौनी हरकतों के व्याख्यान के बाद तुम्हे लहरों और बेचैन मन की सूझ रही है. अल्लाह करे तुझे शैतान का धक्का लगे."

"वो काम था, मेरी जान. काम तो सभी को करना पड़ता है."

"तुम इतनी दुष्टता बरदाश्त कैसे कर लेते हो?"

"मैं और कर भी क्या सकता हूँ? दुनिया को बदलना मुझे नहीं आता."

"बस सत्रह रुपए के लिए तुमने एक खूबसूरत जान खत्म कर दी."

वो पानी से बाहर निकल कर आ गया. "सच कहा तुमने. और वो सत्रह रुपए और भी कम हो गए, जब दुकानदारों, दरोगाओं और ज़मीनदारों को उनका हिस्सा बाँटना पड़ा. मालुम है, राजा तक ठगों से सालाना माँगता है. लेकिन ये खूबसूरत तुम किसे कह रही हो? महक, मुझे तुम इसलिए पसंद हो क्योंकि एक तुम हो जो मुखौटे को चीर के आरपार देख सकती हो."

सुबकियाँ लेते लेते वो बोली, "अरे, कमबख्त आदमी! वो अपनी दुलहन लिवाने जा रहा था और तुमने उसका सब कुछ नाश कर डाला. उस मासूम ने तुम्हारा क्या बिगाड़ा था?" इतना कह कर फूट-फूट कर रोने लगी.

"तुम्हारा कहा हर शब्द मैं ग़लत साबित कर सकता हूँ, मगर तुमसे मैं सिर्फ़ इतना कहूँगा कि वो मासूम नहीं, नाजुक दिल वाला था और ऐसे लोगों को वो तोहफ़े तो कुबूल नहीं करने चाहिए जिनके आगे-पीछे अनेकों अजीब कहानियाँ छिपी पड़ी होती हैं."

ये कह कर अपनी अँगूठी पर उसने पहले एक प्यार-भरी नज़र फेरी, फिर अपनी उँगली फेर ली और जब गुल-महक को देर तक चुप पाया, तो लड़के को अपनी गोद में ले कर और गुल-महक को तालाब के किनारे छोड़ कर चला गया.

2. दुलारी को फ़िरंगिया के माँ-बाप ने चुना था. वो भली औरत उसकी पत्नी थी और उसके बेटे और दो प्यारी बच्चियों की माँ. बच्चियों में बड़ी बच्ची, जिसके पाँच वर्ष हाल में पूरे हुए थे, अपने पिता की लाड़ली थी. फ़िरंगिया का तो जैसे दिल ही उसके नन्हे हाथों में कैद था.

पंद्रह लोगों के घर के कामकाज में रोज़ाना - दिन भर - दुलारी फ़िरंगिया की माँ और जीताजी की पत्नी का हाथ बटाती थी. सीधी-सादी, मुस्कान के अलावा उसके चेहरे पर कभी किसी ने और कोई शिकन नहीं देखी थी. घर में सब उसे बेहद चाहते थे, इसीलिए उसका नाम भी दुलारी रख दिया गया था. ये नाम भी फ़िरंगिया की माँ ने चुना था. उसका असली नाम अब किसी को याद न था. शायद पुष्प-लता था.

फ़िरंगिया अपनी शादीशुदा ज़िन्दगी से खुश था, उसे सम्भाल कर रखने में पूरी ऐतियात बरतता था. छह छह महीनों की उसकी ग़ैर-हाज़िरी में घर में जितनी तड़पें और अभिलाषाएँ पैदा हो जाती थीं उनसे वो भली प्रकार अवगत था.

उसके लिए तो आँखें मूंदना ही काफ़ी था, घर के आँगन का वो मधुर दृश्य तुरंत मन की खिड़की में उतर आता था, जिसमें मांधाता और जीताजी अपनी अपनी चारपाई पर विराजमान होते, और हर एक की गोद में एक बच्चा होता. खुद वो अपनी माँ की चारपाई पर बैठा होता, उसकी सबसे छोटी बच्ची उसकी गोद में उसकी मूछों के बाल खींच-खींच के उसके सिर का खिलौना बना देती और बड़ी कंधों पर चढ़ कर अपने को घोड़े पर सवार समझती. जीताजी के संग उसकी चारपाई पर बैठी होती उसकी विधवा माँ, और सिर्फ़ अपना हक जमाने के लिए उसी खटिया के किनारे पर उसकी बीवी भी टिकी-टिकी सी बैठी होती. बाकी के सब अपने तोहफ़ों के इंतज़ार में इन तीनों चारपाईयों को घेरे खड़े होते. बस एक दुलारी वहाँ न मौजूद होती, वो इसलिए कि घर आए नवागतों के लिए मट्ठा तैयार करवाने के लिए किसी को चौके में भी तो तैनात होना होता.

चौके में आँगन पर खुलती खिड़की की कड़ियों पर सिर घुसाए वो खड़े-खड़े नौकर को डाँट-डाँट कर मट्ठा तैयार करवाती, साथ में ये मनाती कि किसी तरह आँगन में बैठे उसके मर्द की आँखें उसकी दुल्हनिया वाली आँखों से चार हो जाएँ.

दोनों एक साथ संसार में तीन बच्चे डाल चुके थे फिर भी औरों की मौजूदगी में एक दूसरे के समीप रहने में लजाते थे. लेकिन वो उसके प्रति बेसुध न थी. फ़िरंगिया तो भली प्रकार जानता था कि दिन भर काम करके अपने को थकाने के बावजूद वो जो अपने अंदर एक प्यारी सी ज्योत हमेशा जलाए रखती है, कैसे वो महीनों के इंतज़ार में ज्वाला में बदल जाती थी. और वो ज्वाला अपनी सम्पूर्ण भभक लिए उसके घर लौटने के पहले दिन ही उसके सामने आ जाती थी.

वो ऐसे, कि लौटने के पहले लम्बे दिन की अंतिम अंधेरी घड़ियों में जब आखिरकार सब मिलना-जुलना निपटा कर वो ऊपर छत पर सितारों के लम्बे, टिमटिमाते अवलोकन में अपने पलंग पर फैल कर लेटता था, तब दुबक कर, दबे पाँवों से वो भी ऊपर चढ़ कर आ जाती थी. तुरंत उसकी बगल में गिर, अपनी टाँग और हाथ के लपेट में कस कर उसे बाँध लेती थी.

शांत औरत जादुगरनी बन जाती और वो खुशी-खुशी अपनी रानी को अपने शरीर पर जादु करने देता. फिर करवट ले कर वो जब उसके कपड़े खींच कर उतार देता जैसे कि कोई आदमी अपने बहुमूल्य नगों की पेटी को खोलने को बेकरार हो, तब उसके सामने एक अलग ही खूबसूरत दुनिया निखर कर आ जाती थी.

उसका दिल अपनी दुलारी की आँखों की दो छुरियों के बीच में अटका पड़ा था, और कम से कम इस जीवन में उसके शरीर और आत्मा, दोनों, पत्नी के पल्ले से अच्छी तरह सिल चुके थे.

दुलारी से उसका प्यार सीधा पलंग से शुरू हुआ था. घर की किला-नुमा ऊँची दीवारों के पीछे दोनों एक साथ बंदी थे, स्नेह कैसे न होता?

लेकिन चंदा बाई को उसने खुले, अबद्ध जंगल में पाया था. अंधेरे में उनका प्यार मुकम्मल हुआ, वापसी में उस औरत ने कुछ न माँगा. ऐसे प्यार से उसे कोई शर्म नहीं महसूस हो रही थी. उसे तो ये प्यार ऊँचा, सच्चा और महान लग रहा था. कई दिनों से इन दोनों के जीवन घुमावदार राहें पकड़ रहे थे, जो उमड़ घुमड़कर इन्हें

एक दूसरे के करीब खींचे ला रहे थे. क्या ये मुमकिन था कि दोनों बिना जान कर भी एक दूसरे को ही खोज रहे थे. अब दोनों मिल चुके थे.

शादी से पहले उसने कई औरतों को चाहा था, मगर अपने सम्पूर्ण जीवन में उसे चंदा बाई जैसी कोई भी औरत नहीं मिली थी. वो बेहतरीन आदमियों से भी बेहतर थी. उसके जितना उसने किसी को नहीं चाहा था.

और अब ... अब अगर चंदा बाई को जाना पड़े, तो वो सब कुछ छोड़, कुत्ते की तरह उसके पीछे लग जाएगा, नहीं तो वो दिमाग से जाता रहेगा.

3. सुबह एक चिड़िया का गीत उसे नींद से खींच लाया. रात चंदा बाई के संग आवेग में काटी थी. अब उसके अंदर एक अनंत शांति समा गई थी. वो उसे सिर से पाँव तक देख रहा था.

उसकी आँखें अधखुली थीं, लेकिन उसे मालुम था कि वो सो रही है. उसके बालों के लम्बे तार उसके सिर के चारों तरफ़ फैले थे और उस पर पड़ी रेशमी चादर कहीं उसके बदन के घुमावों पर उतर-चढ़ रही थी कहीं उन्हें दर्शा रही थी. एक देवी अपने पलंग पर आराम फ़र्मा रही थी. एक आखिरी बार उस पर नज़र फेर कर वो बाहर आ गया.

बाहर चिड़ियों का राज था, हांलाकि सामने फैला धोखेबाज़ जंगल अब भी अंधकारमय था. उसके सीधे हाथ पर तालाब का पानी उसे पुकार रहा था – 'सच्चे आदमी के मन जैसा साफ़ पानी'. वो तालाब में कूद पड़ा. पानी में तैरते समय उसकी नज़र फिर जंगल की ओर गई. किनारे पर बांस का झुरमुट खड़ा था और उसके पीछे एक टूटा सा मंदिर. जगह कुछ जानी पहचानी सी लग रही थी.

कुछ देर बाद वो सब के साथ था. रात भर वो अपने खेमे से गायब था, इस बात पर पड़ाव में किसी को ध्यान न गया था. खेमे में वो जीताजी और फूलसा के साथ सोता था.

सभी चंदा बाई के आने का इंतज़ार कर रहे थे. मांधाता और कुछ अन्य बुज़ुर्ग तो उसके खेमों की ही दिशा में देख रहे थे. फिर उनका समूह आता हुआ दिखाई दिया. एक पालकी भी साथ आ रही थी, मगर वो खाली थी. शानदार दिखती हुई चंदा बाई

अपने दक्खनी घोड़े पर सवार थी. बस उसकी एक झलक पाने कई लोग भाग कर उसकी ओर बढ़े, फ़िरंगिया पीछे ही खड़ा रहा. वो वहाँ से जाने को हो रहा था, मगर रुका रहा, 'ज़रा कुछ सुन लें.'

चंदा बाई ने रात वाली हरी सुनहरी साड़ी नहीं पहनी थी. आज गुलाबी साड़ी पहनी थी और साड़ी का पल्ला अपने चेहरे पर ऐसे लपेटा था कि सिर्फ़ उसकी आँखें दिख रही थीं. कमर पर एक तलवार लटक रही थी. सब हाथ जोड़े उसे घेरे खड़े थे.

"बाई जी, मुझे वो दिन साफ़ दिखाई दे रहा है जब आप हमारे विशाल देश की महारानी बनेंगी." फ़िरंगिया को अपने पिता की आवाज़ सुनाई दी. "जब तक आप हमारी मेहमान हैं, हमारे आदमी आपके सेवक रहेंगे."

फ़िरंगिया का हृदय गर्व से भर गया. अपने पिता की श्रद्धा में उसे पिता की स्वीकृति भी महसूस हो रही थी. अब उसके लिए अपने सीने की उस खामोश धधकती आग को स्वीकार करना आसान हो गया था.

सबने चलना शुरू कर दिया था. सफ़र लम्बा था, गर्मी झुलसाने वाली. उसे तो अब ही से सूरज ढलने का इंतज़ार था. सोच में मग्न वो एकदम पीछे रहा. शीतल तालाब के उस ओर का जंगल सदियों से ठगों का ठहराव था. वहाँ अनगिनत अतृप्त सपने दबे पड़े थे, अनगिनत प्रेम, व्यथाओं और आशाओं की गाथाएँ छिपी पड़ी थीं. पेड़ अगर बोल पाते, तो आदमी के हज़ारों भाव बता डालते. दबी हुई सिसकनें, प्यार, पीड़ा, अत्याचार, निराशा और अभाव की चीखें – दुनिया का वो सब चिट्ठा धरती की इन मैली बगलों में, इन वीरान जंगलों में दबा पड़ा था.

अचानक उसे समझ आ गया कि वो जगह उसे जानी-पहचानी क्यों लगी थी. वो अपने गुट से अलग हो गया. पास हैरान आदमी से ये कहते हुए कि बढ़ते चलो, मैं अभी साथ लगता हूँ, वो दूर मंदिर को, मंदिर से पानी में उतरती सीढ़ियों को निहारने लगा. अब तो सब कुछ जंगली बेलें निगल गई थीं. कभी यहाँ शायद कोई शहर था, लोग थे. आज अपार, भयानक जंगल सब खा गया था. हाँ, यहाँ वो आ चुका था. कई साल पहले, जब वो सत्रह वर्ष का था. उसे सब याद आ रहा था ...

छह राग, छत्तीस रागिनियाँ हाथ बाँधे खड़ी थीं. गाना थम गया था. नाच जो शुरू हो गया था. मजीरे झनझना कर ताल दे रहे थे.

संगीत के झोखों में कलाई पर बंधी हथेलियाँ कमल की पंखुड़ियों की तरह फड़फड़ा रही थीं और दो पैर ताल में मचल रहे थे ... 'तात्-धिन्-आ-दिन, तत्-तत्-ता'.

ढोल भी थे, उठते, गिरते, दबे-दबे, तेज़, चेतावनीपूर्ण.

उँगली की पोर अँगूठे से मिल कर कभी ओंस की बूँद बनाती, कभी भागते हिरण का सिर. जब उसने चपल आँख बनाई, तब जा कर नर्तक का चेहरा फ़िरंगिया के मन की खिड़की के सामने आ गया.

वो नर्तक, एक स्त्रैण आदमी, बड़ी देर से नाचते हुए उस के साथ आँखें लड़ा रहा था और नौजवान फ़िरंगिया बुरी तरह से शर्मिंदा हो रहा था.

हाँ, वही नर्तक था ठग फ़िरंगिया की पहली बलि.

ख़ैर बहुत बढ़िया नाचा था वो नर्तक उस रात. इसी जंगल में दबा पड़ा था.

वापस मुड़ कर फ़िरंगिया कारवाँ की ओर बढ़ने लगा. बड़ी देर तक हँसता रहा. ये अनजान जगह उसके जीवन का एक अनोखा मंच बनते दिख रही थी. उसके जीवन के कई महत्वपूर्ण स्वाँग यहीं खेले गए थे और उसे लगने लगा कि चंदा बाई को उसके जीवन में किसी प्रकार की दैविक योजना ही लाई थी.

4. वो पहली घटना तेरह साल पहले घटी थी. क्या वाकई में इतना वक्त गुज़र चुका था?

माँ के सेवा-पथ में उतरने के वो प्रारम्भिक दिन उसे याद आ रहे थे. तब उसे अपने लोगों के इस व्यवसाय के बारे में भनक तक न थी. उसे तो बस इतना मालुम था कि उसके पिता हर दिन मन तोड़ते हुए जीते थे. ऐसा लगता मानों गाँव की नीरस ज़िंदगी उन्हें काटने को दौड़ती हो. शायद गाँव के और आदमी भी वैसा ही महसूस करते थे क्योंकि हर साल गाँव के सभी मर्द व्यापार के दौरे में निकल जाने की योजना बनाने में लग जाते थे. फिर छह छह महीनों के लिए बड़े समूह में निकल पड़ते थे, दूर देशों से नया सामान खरीदने और अपना सामान बेचने. जब वापस

लौटते तब एकदम नया आदमी बन कर, निखरे हुए और बहुत खुश लौटते, जैसे की सूखा घड़ा खुशी के पानी में डुबकी मार के निकला हो.

वो फ़िरंगिया का सोलहवाँ साल था जब जीताजी, उसका चचेरा भाई और जिगरी दोस्त, गाँव वालों के साथ लग गया और जब लौटा तो बदला हुआ लौटा. फ़िरंगिया को यूँ लगा जैसे कि अचानक उन दोनों के बीच एक गहरी खाई खुद गई हो. औरों से तो जीताजी ठीक तौर से पेश आता मगर सिर्फ़ उसके आगे अटपटा महसूस करने लगता. उसके साथ से कतराता. जब वो उस से इस बारे में कुछ पूछता, तो वो एकदम गूँगा बन जाता था. ये बात उसे इतना परेशान कर रही थी कि एक दिन उसने सीधा जा कर अपने पिता का सामना किया. "आप जीताजी को अपने साथ ले गए लेकिन मुझे छोड़ गए. क्यों? क्या मैं आपका बेटा नहीं हूँ?"

उसका इतना पूछना था कि देखते ही देखते उसे लगा जैसे किसी खुश गाँव में दुख के काले बादल इकट्ठे होने लगे हों. मांधाता के चेहरे पर परेशान लकीरें खिंच आईं. फ़िरंगिया को लगा उसका पिता किसी डरावनी समस्या से जूझ रहा है. अपने सादे से सवाल पर ऐसी प्रतिक्रिया देख वो भौचक्का गया. फिर भी वो सच जानने के लिए अड़ा रहा.

आखिरकार उसके पिता कुछ बोलने को हुए.

"तुमको मालुम होना चाहिए बेटा कि मैं तुमसे कितना प्यार करता हूँ. ऐसा हो नहीं सकता कि ये बात तुम्हें मालुम न हो."

मांधाता उससे ये शब्द बोल तो रहा था, लेकिन उसे आँख मिला कर देख नहीं पा रहा था, बस अपने दोनों हाथों को घूर-घूर कर देखे जा रहा था.

"बेटा, तुम मुझसे एक बहुत कठिन सच उगलवाने को कह रहे हो, लेकिन ये मैं तुम्हें ज़रूर बताऊँगा."

वो हर शब्द बड़े नाप नाप कर और धीरे-धीरे बोल रहा था.

"बस ये जान लो कि एक बार सच सुनने के बाद तुम्हारी ये ज़िन्दगी हमेशा के लिए बदल जाएगी. इस सच को समझने के लिए तुम्हें बहुतेरे सब्र, हौंसले और श्रद्धा की ज़रूरत होगी. और सबसे बड़ी बात - सच सुनने के बाद तुम्हारा मेरे लिए प्यार ही हम दोनों को एक साथ रख पाएगा. वो सच मैं तुम्हें कल ही बताऊँगा."

पिता के विचित्र शब्दों ने फ़िरंगिया को बेचैन कर दिया था और उस रात उसने अपने जीवन की सबसे लम्बी रात काटी.

अगला दिन उसके जीवन में एक नया ज्ञान ले कर आया. उसे पता चला कि उसके पिता और दादा और उनके पिता और दादा, उसके पूर्वजों की पीढ़ी-दर-पीढ़ी, काली माँ की सेवा में बँधे थे. उसके पिता जाने-माने ठग थे, एक घोषित हत्यारे, और सब हत्याएँ जो वो या उनके ठग-संगी करते थे, विनाश की देवी, माँ के आदेशानुसार करते थे. माँ की सेवा करना तो एक वृत्ति थी, एक प्रवृत्ति, जिसको नज़र-अंदाज़ करना उसके पिता के लिए या दादा के लिए या उनसे पहले आए हुए उसके सब पूर्वजों के लिए नामुमकिन था. काली की सेवा करना उनकी रगों में दौड़ रहा था.

इस सच ने फ़िरंगिया को चकित कर दिया था. हर समय चबड़-चबड़ करने वाले लड़के की बोलती बंद हो गई थी.

"तुम्हें बेहद चाह कर भी, बेटा, मैं इस बात को तो नाकारा नहीं कर सकता न कि तुम्हारी रगों में वही खून नहीं बह रहा है," मांधाता बोलता गया. "हमने तुमसे ये बात कभी नहीं छिपाई कि तुम्हें हमने गोद लिया था. और अब मैं तुम से विनती करता हूँ कि ये आदमी जो तुम्हारे सामने तुम्हारे पिता का भेष धरे खड़ा है, इसका सच जान कर कहीं इसे बुरा न आँक लेना."

फ़िरंगिया का मन विचलित हो गया था और वो कुछ सोच नहीं पा रहा था. वो अपने पिता के चेहरे की थकी लकीरों को देख रहा था. वही तो थीं, प्यार से भरीं.

"क्या माँ को ये सब स्वीकार है?" उसने पूछा.

"तेरी माँ को इस बारे हरगिज़ नहीं पता चलना चाहिए."

"और जीताजी? क्या वो खुश है?"

"जीताजी एक ठोस, साहसी और खरा नौजवान है. इस दौरे में तो उसने अच्छे-अच्छों को मात कर डाला. उसने तो मेरी सब उम्मीदें ही पार कर लीं. उसे देख मेरी छाती खुशी से-" मांधाता ने देखा कि किस तरह फ़िरंगिया उसके हर शब्द को सोख रहा था. तुरंत बात वहीं काट कर वो आगे बोला, "ये बात तुम खुद जीताजी से क्यों नहीं पूछते. रही बात मेरी, ये जान लो कि अपने लिए चाहे जो राह तुम चुनो, तुम सदैव मेरे आँखों के लाल रहोगे."

78

उस वक्त फ़िरंगिया अपने पिता के चरणों पर गिर गया था. उसके पैरों को कस के पकड़ के बोला, "मुझे भी अपने साथ ले चलो, बाबा. मैं भी इस रास्ते चलना चाहता हूँ. ऐसा ही होना लिखा है. देखिएगा, आपको कोई शिकायत न होगी, मैं वादा करता हूँ."

वो सैनिक बनना चाहता था. सैनिक बनने के लिए अनुकूल भी था. लेकिन सैनिक तो शासक के हाथों एक मोहरा होता है और उसके देश के शासक आलसी और आत्मलीन थे, इस बात का वो अपने को यकीन दिलाने लगा था.

इस तरह दशहरा के शुभ दिन जब नए कार्यों की शुरुआत की जाती है – जब सेनाएँ अपनी कूच शुरू करती हैं और शिक्षक नए विद्यार्थी ग्रहण करते हैं – वो समय जब बरसात का मौसम थमने लगता है, जब हवा नई सम्भावनाओं से लदी होती है, ऐसे सुअवसर पर फ़िरंगिया, जिसने बेधड़क अपनी जीवन वृत्ति चुन ली थी, उस को अपनी दीक्षा मिली.

"ये पुरातन और देवी के आदेश से चलाया हुआ व्यवसाय आज से तुम्हारा है..."

उस दिन बुज़ुर्गों के सामने फ़िरंगिया को पेश कर के मांधाता ने ऐलान किया.

"तुमने इस व्यवसाय में वीर और ईमानदार होने की शपथ ली है, इसे गोपनीय रखने की शपथ ली है, बिना भय के हर उस मनुष्य को नष्ट करने की शपथ ली है जो तुम्हारे रास्ते संयोग से आया है, या तुम्हारे फुसलाने से आया है. हमारे व्यवसाय के नियमों के अनुसार जिन लोगों को मारना मना है, उनको कतई न मारने की शपथ ली है. इस व्यवसाय के नियम आज से तुम्हारे लिए पूज्य हैं."

"मैं अंतिम दम तक आपका सेवक हूँ."

तेरह वर्ष पूर्व, उस शाम उसने सबके सामने ये शपथ ली थी.

अब उसके तीस वर्ष पूरे हो लिए थे, एक ज़िम्मेदार आदमी, अपने व्यवसाय में वो इतना माहिर था कि अपने गिरोह का मुखिया बन गया था.

एक तरह से वो जीवन को जीना महज़ तालाब की सतह पर लिखाई करने जितना अस्थिर समझता था. क्षणभंगुर समझता था. इतने जीवन जो नष्ट कर चुका था.

हांलाकि, हर आने वाला दिन, बीते हुए दिन को दोहराता हुआ दिखता है, फिर भी, वो ये बात भी समझता था, कि आने वाला दिन बाज़-दफ़ा कुछ नई चीज़ लाने की ताकत भी रखता है, या किसी प्रिय जन को हमेशा के लिए हटा ले जाने की क्षमता रखता है. जैसे कि अब हो रहा था ...

अब तक उसके और उसकी दुलारी की हज़ार-पा जकड़ के बीच कुल एक माह खड़ा था. लेकिन चंदा बाई के आने से सब बदल गया था, उसका जीवन अस्त-व्यस्त हो गया था. ऐसा उसने होने कैसे दिया? उसे मालुम था कि अब हर रात वो चंदा बाई के पास वापस लौटेगा. नहीं तो बेहाल हो जाएगा.

5. बिना कुछ कहे, देर तक वो फ़िरंगिया को खुल के देखती रही.

सुबह का वो बेढंगा नकाब उसने कब का हटा दिया था. आसपास गुज़रते लोग उसकी ओर खुद ही नहीं देख रहे थे. कुछ थे जो लिहाज़ में उससे नज़र मिलाने से कतरा रहे थे, मगर ज़्यादातरों को ऐसा करने में अपने ऊपर ही भरोसा न था कि न जाने इतनी खूबसूरती देख कर हम पर क्या बीते. वैसे भी घोड़े पर वो ज़रा देर ही सवार रही थी, बाकी का सफ़र पालकी में ही रही.

बात आगे उसकी नौकरानी ने बढ़ाई, "तो आखिर आपने हमारे यहाँ पधारने की कृपा कर ही ली?"

ये बात सच थी कि पूरी सुबह मन के ऊबड़-खाबड़ उठते ख्यालों को सुलझाने के लिए फ़िरंगिया कारवां के पुछल्ले छोर पर ही रहा था. मध्याह्न आते-आते जब उसकी जिज्ञासा फिर जागी, तो वो अपना घोड़ा आगे की तरफ़ बढ़ाता, चंदा बाई की एक झलक पा, वापस लौट जाता.

सारे रास्ते अपने दोस्तों को भूल कर फूलसा लगातार चंदा बाई के पास-पास ही रहा. घोड़े पर सवार, पालकी के पर्दे से वो अंदर उससे बड़े मज़े में बतिया रहा था. जीताजी ने ज़रा दूरी रखी हुई थी, फिर भी चंदा बाई के गुट के आसपास ही मंडरा रहा था. इस बात से फ़िरंगिया के मन में ईर्ष्या पैदा हो रही थी, मगर जब उसने जीताजी को उसे पालकी से उतरने में मदद करते हुए देखा, तब उससे रहा न गया.

एक बड़े से पेड़ की छाया में मखमली कालीन पर मोरपंख से अपने को हवा देते हुए अब चंदा बाई देर से चुपचाप फ़िरंगिया को देख रही थी. दोपहर को ज़रा आराम

के लिए रुके थे. जीताजी पहले ही कालीन के किनारे उकड़ू बैठे पास बैठी लड़कियों के साथ अठखेलियाँ कर रहा था. लड़की ने उससे कुछ पूछा था और फ़िरंगिया जानता था कि चंदा बाई उसके जवाब का इंतज़ार कर रही थी. लेकिन सारी सुबह सोचविचार में बिताने के बाद अब उसके दिमाग ने सोचना ही बंद कर दिया था, उसको कुछ सूझ नहीं रहा था. बदले में जीताजी बोल पड़ा, "इनसे ज़रा सम्भल कर ही बात करें, बड़ी परेशानियाँ पाले हुए हैं ये."

"परेशानियाँ? कैसी परेशानियाँ?"

चंदा बाई का पंखा झड़ना और तेज़ हो गया.

"हाँ, परेशानियाँ, वो भी अजीब किस्म की परेशानियाँ. कभी ये तड़पते है, या बिना बात के उदास रहने लगते हैं, या फिर देर रात वीरान जंगलों के उजड़े मंदिरों में फिरने चले जाते हैं. परेशानियाँ नहीं तो और क्या कहेंगे इसे. सारा-सारा दिन अकेले आँहें भर कर गुज़ारते हैं. इनकी तो ज़रा सी आह भी जंगल के जंगल भस्म कर सकती है, हमें तो भैया डर लगा रहता है."

जीताजी का बोलने का लहज़ा फ़िरंगिया को पसंद नहीं आ रहा था, फ़ौरन बोला, "ये कैसी नुमाईशी बातें कर रहा है तू?"

"नुमाईशी बातें? क्यों सही नहीं कह रहा हूँ? आजकल आप मिलते कहाँ हैं? कल रात की ही बात करें, कहाँ थे आप?"

उसका ये प्रश्न सुन कर वो हल्के से मुस्कुरा दिया और बोला, "कल रात फिर एक देवी के दर्शन को पहुँच गया था."

फूलसा भी तभी आकर फ़िरंगिया से चिपट गया, और बोला, "रात मुझे वापस क्यों ले आए, मामा? मैंने कहा था न मुझे बाई जी के साथ ही सोना था."

लड़के को झुलाते हुए फ़िरंगिया बोला, "बाईजी के पास क्या और काम नहीं हैं? मेहमानों के ऊपर क्या कोई अपने को ऐसे थोपता है?"

चंदा बाई की तरफ़ उसने एक दौड़ती नज़र फेंकी. अब वो टाट पर कढ़ाई करने वाली लड़कियों के काम में तल्लीन दिख रही थी, फिर भी उसे यकीन था कि उसके कान उनके वार्तालाप से ही चिपके हुए थे.

"माफ़ कीजिएगा, आपके दोस्त की परेशानियों के बारे में सोच के ज़रा परेशानी हो रही थी. साहिबजी, मुझे तो ये दिल की बीमारी के लच्छन दिखते हैं, यानि कि

प्यार के लच्छन. क्या ये मुमकिन है साहिब जी कि आपके दोस्त को प्यार हो गया है." इतना कह कर वो खिलखिला कर हँसने लगी.

खिलवाड़ के इस माहौल ने फ़िरंगिया को ज़रा आश्चर्यचकित कर दिया था. बड़े सम्भल कर वो बोला, "मैं हैरान हूँ कि कोई प्यार को बीमारी बतला सकता है. वीरान रेगिस्तान में खानाबदोश घूमने वाले मजनू को दुनिया वाले क्यों कर याद करते अगर प्यार का जादू उस पर सवार नहीं हुआ होता."

अपने-अपने हुक्के लिए मांधाता और अन्य बुज़ुर्ग भी आ गए और वार्तालाप फिर चंदा बाई पर केन्द्रित हो गया.

"आगरा पहुँचने तक देखिएगा, बाई जी, आपकी सेना खूब बढ़ जाएगी," कोई बुज़ुर्ग बोल रहा था.

"और यदि बाई जी के पचास में हमारे डेढ़ सौ और जुड़ जाएँ तो," मन ही मन फ़िरंगिया सोच रहा था.

मगर उसे मालुम था कि ये निर्णय लेना केवल उसके हाथ में न था.

उसके आसपास कोई हुक्का गुड़गुड़ा रहा था, कोई चंडू के दो छींटे उड़ा रहा था, बातों का उड़ाव-चढ़ाव भी यही बता रहा था. "हम आप इस वक्त साथी हैं, बाई जी," कोई और अपने पिनक में बोल रहा था. "हमारे जीवन के सपने, हमारे इरादे, वो अलग हों तो क्या हुआ ..."

फ़िरंगिया के खुद के ख्याल अब उड़ान भरने लगे थे और उसने बातचीत पर ध्यान देना बंद कर दिया था. कुछ और पल बीते और उसने देखा कि कढ़ाई करने वाली लड़कियों में से एक उठकर सब को अपनी कढ़ाई दिखा रही थी. बताया कि वो मोर की आकार काढ़ रही थी. चंदा बाई ने बताना शुरू कर दिया कि ऐसी बारह पट्टियाँ काढ़ी जाएँगी, तब जा कर पूरा मोर कढ़ पाएगा. सब पट्टियाँ मिलकर उसके खेमे के बाहर लटक कर खेमे की शोभा बढ़ाएँगी.

हुक्के से लम्बा कश खींच कर कोई बोला, "सुभान-अल्लाह."

मोर की छाती तो लगभग कढ़ गई थी, आगरा पहुँचने तक उम्मीद थी कि मोर भी तैयार हो जाएगा. लम्बा व्याख्यान करते करते चंदा बाई ने मोरपंख झड़ना बंद कर दिया था. पंखे को ज़मीन पर धर दिया था. धुआँ था, सब उसकी बात सुन रहे थे, कश खींच रहे थे, सिर हिला रहे थे. फ़िरंगिया की आँख रह-रह कर उस मोरपंखे पर

लौट रही थी. चंदा बाई के पैरों के पास ही तो पड़ा था. दिमाग में अजीब से ख्याल उठ रहे थे. जैसे, जब सब जाने को उठेंगे, और वो भी उठ कर जाने लगेगी, नौकर भी संग लौटने लगेंगे, शायद वो पंखा वहीं छूट जाएगा. तब वो वहाँ जाएगा और ज़मीन से पंखे को उठा लेगा, उसकी यादगार की तरह हमेशा उसे अपने पास रखेगा.

6. नशे में गर्क या सुस्ती में, दोपहर भर मांधाता और उसके साथी अपनी-अपनी गाड़ी में पड़े रहे और फ़िरंगिया ने आगे बढ़ने का हुक्म दे दिया. फिर वो कारवाँ के पुछल्ले भाग में पहुँच गया. धीरे-धीरे दिन ढलने को होने लगा, और जंगल के हरे और भूरे रंग अंधियारे की धुमलाई में खोने लगे. उस नीरस से, अपार जंगल की दहलीज़ पर ही रात का पड़ाव डालेंगे, ऐसा तय किया गया.

और जब तम्बू गाड़ दिए गए थे और सब खा-पी कर, नाच-गा कर थक कर चूर हो चुके थे और अपने बिस्तर ढूँढ कर उस पर गिर पड़ने लगे थे, वो हज़ारों आवाज़ें जो शाम होते-होते जंगल में ऊधम का माहौल ले आई थीं, वो भी अचानक चुप हो गईं, जैसे कि उन शोर मचाने वाले हुड़दंगबाज़ों पर कुछ भयानक सा आन पड़ा हो. हवा में सिर्फ़ खुशबू बची रह गई थी. और जैसे-जैसे अंधेरा गाढ़ा होता गया, सन्नाटा बढ़ता गया, खुशबू हवा को चीरती गई. ऐसे अलौकिक पल में पश्चिम से अचानक एक आँधी मुआईना करने उड़ कर आ गई. एक काला बादल जो देर से ऊपर टिका सा था, उड़ भागा. आँधी कुछ देर हवा में धूल उड़ाने लगी. कोई अगर अब भी बाहर होता, तो अँधिया जाता. पत्तियाँ डालियों से उखड़ पड़ने को उतावली होने लगीं. वृक्ष के वृक्ष खतरनाक तौर से डोलने लगे. लग रहा था आँधी विलाप कर रही है और जंगल साथ देने को रो रहा है. पेड़ों और खेमों के बीच से दौड़ती हुई आँधी चिंघाड़ मारते हुए आगे भाग गई. पीछे अपनी रजाईयों में लिपटे आदमियों को इस अचम्भे में पड़े छोड़ गई कि ये ज़बरदस्त आँधी हमारे लिए कहीं कोई संदेश ले कर तो नहीं आई थी. बस उस वक्त जब मन ही मन लोग आँधी के संदेश को समझने में उलझे पड़े थे, फ़िरंगिया चंदा बाई के खेमे में घुस गया.

7. दो दिन बीत गए थे, गुल-महक ज़ालिम सिंह की ओर देख तक नहीं रही थी. जितनी तेज़ी से आँधी उठी थी उतनी ही तेज़ी से थम भी गई. ज़ालिम सिंह खिंझा-खिंझा सा घूम रहा था, बाहर अलाव तैयार कर, कुछ शांत लम्हें बिताने बैठ गया. हाथ तप गए तो घूम कर ज़रा पिछवाड़ा तापने को हुआ ही था कि देखा कि तभी पंखा झड़ने वाली लड़की भी वहाँ बैठने आ रही थी.

"अरे तुम! हाय, इत्ती देर गए. अंधेरे में. आओ ...बैठो." वो ज़रा बौखलाया हुआ था. पीछे कढ़ाई करने वाली लड़कियाँ भी आ गईं. एक के कंधे पर तोता चढ़ा बैठा था.

"और तुम दोनों भी. हाँ-हाँ, आओ. कढ़ाई कहाँ छोड़ आईं?"

"रात के बारह बज रहे हैं. ये तोता सोने जाए तो मैं सोने जाऊँ." लड़की चिढ़ कर बोल रही थी. "तोता न हुआ, बच्चा हो गया. चल ज़ालिम, अब हमें कहानी सुना."

ज़ालिम सिंह अपनी रजाई को अपने चारों तरफ़ लपेटने में लग गया. फिर ज़रा साँस ले कर ही बोला, "अरे बीबी. हर रात तुम सब की सब किसी न किसी बहाने मेरे पास आ जाती हो और बातों में लगा देती हो. आज ज़ालिम थक गया है. आज उसे अपने हाल में छोड़ दो."

"अरे कैसे छोड़ दें." दूसरी तरफ़ बैठी पंखे वाली ने तुनक कर कहा. "दिखता नहीं है, हम सब घबराई पड़ी हैं. उस आदमी पर कैसे ऐतबार कर लें जो अंदर घुसा बैठा है?" वो चंदा बाई के खेमे की ओर आँखें गाढ़ के कह रही थी. "तो चलो कोई बात ही कहो जो रात कटे."

लड़की का इशारा देख ज़ालिम सिंह फिर थका सा महसूस करने लगा. "अरी लड़कियों, तुम उस आदमी पर अब भरोसा नहीं कर पा रही हो जब वो एकदम अकेला है, मगर जब वो सारा-सारा दिन अपने सब साथियों के संग हमें जहाँ कहीं चाहे ले जाता है, तब तुम लोगों को उससे डर नहीं लगता?"

उसका चेहरा कुम्हलाए छुआरे की तरह लग रहा था. पंखे वाली की ओर मुड़ कर वो बोला, "एक पते की बात तुम्हें बतलाऊँ, समझ पाओ तो समझो. औरत इतनी निर्बल नहीं होती जितना कि तुम सोचना चाहती हो. दूसरे, आदमी पर बिला वजह शक करना तुम औरतों की सबसे बड़ी खराबी है."

उसकी बातें सुन लड़कियाँ चुप ही रही, सो वो बोलता गया. "ये बात भी कान खोल के सुन लो. जब औरत इच्छुक ही न हो तो दुनिया का कोई आदमी उसे फुसला नहीं सकता."

लड़की की बात ने उसे भड़का क्या दिया, उसका बोलना ही बंद न हुआ. "और ये भी बता दूँ कि अगर औरत ही प्रेम पाने के लिए उतावली हो जाए, तो कोई ताकत उसकी पूरी तरह से चौकीदारी नहीं कर सकती. लो, अब सुना ही देता हूँ तुम को एक योगी और उसकी धूर्त पत्नी की कहानी. योगी था तो देश-भ्रमण का शौकीन, लेकिन अपनी बेईमान पत्नी को अकेले छोड़ने का हौसला नहीं रखता था. तो इसलिए उसने अपनी योगिक शक्ति इस्तेमाल कर के अपने को हाथी का रूप दे डाला. फिर बीबी को पीठ पर बंधे हावड़े पर बिठा कर, टुकड़े खाए, दिन बहलाए, शुरू कर दिया इतमीनान से घूमना फिरना. एक जंगल से दूसरे जंगल में घुस, नदियाँ चीर, रेगिस्तान पार कर देख डाले अनेकों नगर-महानगर. एक बार हुआ ये कि एक यात्री मस्त हाथी को अपनी ओर आते हुए देख कर डर गया और हाथी से बचने के लिए झट पेड़ पर चढ़ गया. पेड़ पर से यात्री की नज़र हावड़े पर आराम फ़रमाती सुंदर औरत पर पड़ी और फ़ौरन वो उस औरत से मंत्रमुग्ध हो गया. ज्यों ही वो हाथी पेड़ के नीचे से गुज़रा, आदमी कम से कम हरकत किए हावड़े में उतर आया. हाथी को कानों-कान खबर न होने पाई. नीचे हाथी का रूप धारण किए योगी आराम से आसपास के नज़ारे देखने में लगा था, और ऊपर अलग मौज-मस्ती और गहमागहमी हो रही थी. प्यार-भरी खिलवाड़ का काम-क्रीड़ा में बदलने में ज़्यादा समय भी न लगा. लेकिन कुछ देर बाद सुंदरी का अपने प्रेम पुजारी से मन उकता गया. वो उठी, अपने गले में बंधी कई गाँठों वाली डोरी उतारी, उसमें एक गाँठ बाँध कर मन ही मन मुस्कुराई और उस आदमी से बोली, 'अब अगला पेड़ आने पर तुम चलते ही बनना. इस में तुम्हारी ही भलाई होगी.' इत्ते मज़े के बाद अचानक इस तरह छुट्टी पा कर आदमी हक्का-बक्का रह गया. और सुंदरी से प्यार हो गया था सो अलग. बड़े बिलखते हुए वो बोला, 'ठीक है, मैं चला जाऊँगा मगर मुझे ये तो बताओ ये काला तागा है किस बात का और इसमें गाँठ बाँध कर तुम इत्ती खुश क्यों हो गई.' औरत ने भी बड़ी प्यारी सी मुस्कान छोड़ते हुए उसे बताया कि हर बार वो जब

किसी आदमी से प्यार जताती है तो उस तागे में एक गाँठ बाँध देती है. उस रोज़ उसने सौ गाँठें पूरी कर ली थीं, बस इसी बात से उसकी बाछें खिल गईं थीं."

ज़ालिम सिंह तन कर बैठ गया और पंखे वाली से बोला, "आदमी और औरत के बीच का सिलसिला औरत की नीयत भी तय करती है, समझी?" एक लम्बी आह भरी और हाथों को ऐसे पीटने लगा जैसे धूल झाड़ रहा हो.

"ये कहानी तुम्हारी और कहानियों से ज़रा अलग थी." कढ़ाई करने वाली लड़की आखिर बोल पड़ी.

"अलग यों थी कि एक तोते ने मुझे सुनाई थी," कहकर उसने बड़े सम्भाल कर लड़की के कंधे से तोते को उठाया और जा कर पिंजड़े में डाल दिया. पिंजड़े को चादर से ढक ही रहा था कि अंधेरे में से उसे गुल-महक आती दिखाई दी.

उसी वक्त पंखे वाली को भी कुछ कहने की सूझी. "आदमी हर चीज़ के लिए कैसे लार टपकाता है. पैसे के लिए पागल सा हुआ जाता है. ऐसे ही औरतों के पीछे भी पड़ जाता है. लेकिन लौट फिर कर दोष पड़ता है तो औरत पर. हाय हम औरतें!"

उसकी आवाज़ सुनकर गुल-महक की आँखों में गुस्से की आग भर गई. मुँह के किनारों से पान की पीक जो गिर रही थी लग रहा था खून बह रहा हो. ये सब ज़ालिम सिंह को दिखाई दे रहा था. उसके चेहरे पर आवारा सी एक मुस्कान दौड़ आई. मन खुशी से उछल पड़ा. एक एक करके उसने मशालें जलानी शुरू कर दीं. न जाने क्यों शाम फिर रंग दिखाते हुए लगने लगी थी? वो फिर आग के सामने उन औरतों के बीच आ कर बैठ गया.

"क्यों? औरतें नहीं भागती हैं पैसे के पीछे?" अपनी आवाज़ कुछ ज़रूरत से ज़्यादा ऊँची करके वो बोला. "लेकिन एक बात बताए दूँ, औरत दगा दे सकती है, पैसा कभी दगा नहीं देता. फिर भी तुम्हारी बात के जवाब में एक बात और बताए दूँ और वो ये कि मेरे पुराने भाई लोग, ठग लोग, पैसे के लिए वो सब मार-धाड़ नहीं करते थे. पैसा हमारे लिए कतई ऊँचा दर्ज़ा नहीं रखता था."

"क्या कहा?" कढ़ाई करने वाली लड़की ठहाका मार के हँसने लगी. "तुम लोगों को गला घोट के मार देते थे और वो भी पैसे के लिए नहीं. क्यों भई, हम भी ज़रा सुने फिर काहे मार देते थे?"

“तुम जानना चाहती हो तो अभी बताता हूँ.” वो अपनी रजाई चारों तरफ़ समेटने में लग गया. जब तक पूरी रजाई ठीक से सिमट पाई उसके दोनों हाथ अंदर बंद हो चुके थे, बस चेहरा दिख रहा था. आग के सामने बैठा वो एक बड़े से पत्थर की तरह लग रहा था. फिर पंखे वाली को देख कर बोला, “जानना ही चाहती हो तो सुनों, ये पैसा नहीं है जो हमें ठग बनाता है, ये तो एक तरह की हवस है जो ...”

“क्या कहा? हवस! रुको, आज तो मेरी कुर्ती की सिलाई उधड़ के रहेगी,” इतना कहकर कढ़ाई करने वाली लड़की जो ज़रा वज़नदार थी दहाड़ मारके हँसने लगी. साथ में ऐसा भारी हाथ मारा कि बेचारा ज़ालिम पंखे वाली के ऊपर लुढ़क गया. पंखे वाली घबरा कर चिल्ला उठी, “ज़ालिम, तुम भी हाँ - बार बार मेरे साथ ठिठोलेबाज़ी करने से बाज़ नहीं आते हो जी?”

इधर कढ़ाई करने वाली औरत हँसते-हँसते लुढ़क गई थी, उधर ज़ालिम जो अब भी पंखे वाली के ऊपर लुढ़का पड़ा था, गुल-महक को चिंघाड़ते हुए रोढ़ों को लाँघते हुए उनकी ही ओर दौड़ते देख रहा था. वो तो कढ़ाई करने वाली औरत ने उसे सही वक्त खींच के उठा लिया, वरना उसका अपना आग में आहुति दे बैठना निश्चित ही था. खींच के वो उसे वहाँ से लिए जा रही थी और खिंचते-खिंचते वो देख रहा था कि उसकी महक पंखे वाली के ऊपर चढ़ कर वार पर वार करने में लग गई थी. थूक और पीक मुँह से बहे जा रहा था, आँखें शोले बन गईं थीं. आज उसकी महक साक्षात काली बन पंखे वाली के कपड़ों की धज्जियाँ उड़ा रही थी.

दो काँटेदार बाँस और शहतीर पर टिका हुआ एक कम्बल – ये था उसका खेमा. इसी में लेटे हुए वो शराब की चुस्की ले रहा था. “ये कोई आम चीज़ न है. बीच घड़े से निकाला फूल है. कहाँ से लाई इसे, मेरी जान.” अपनी बगल में पड़ी कढ़ाई करने वाली औरत से ज़ालिम सिंह पूछ रहा था.

“अजी हटो! कैसी बात पूछ डाली? इत्ता भी नहीं मालुम कि मैं कोई उफनी हुई झाग पीने वालियों में से न हूँ. सीधा अंदर का माल रखती हूँ. ये इंग्रेजी शराब खास अपने इस जलेबी यार के लिए निकाल रखी है. अब और वक्त नष्ट न कर. फ़ौरन वो वाली बात सुना जो बतानी शुरू की थी वहाँ, अलाव पर.”

"कौन सी वाली बात, मेरी जान?" 'जलेबी' का ख़िताब उसे कुछ पच नहीं पा रहा था.

"हए राम! तुम आदमी लोग कित्ती जल्दी सब कुछ भूल जाते हो. मैं तो बस उस हवस के बारे में जानना चाहती हूँ जो तुम ठगों को ठगी करने के लिए उतावला कर देती है. फ़ौरन ठीक से बताते हो या नहीं. जल्दी कर, इस शराब के दो ही प्यालों में मैं उत्तू हुए जा रही हूँ."

उसकी दरख्वास्त से वो ज़रा हैरान तो हुआ, खेमे में अंधेरा जो था वो उसके चेहरे का भाव पढ़ नहीं पा रहा था. ऊपर से उसकी लाई हुई दारू पी रहा था, तो उसने कहना शुरू कर दिया.

"मेरी जान! तू सुनना ही चाहती है, तो ले सुन. ठग आदमी को क्यों मारता है?"

रात की खामोशी में उसकी धीमी आवाज़ सरसराती सी निकल रही थी.

"ठग आदमी को लूट के वास्ते थोड़ी मारता है, चाहे आदमी कितना ही मालामाल क्यों न हो. हम तो ये तक मालुम करने की कोशिश नहीं करते हैं कि आदमी की जेब में एक फूटी कौड़ी भी है या नहीं. वो तो ठग के अंदर बसी मारने की जो आग उसे सताती रहती है, बस उसे बुझाने के वास्ते वो लोगों को मारने निकलता है. ठीक वैसी आग ही तो शेर के पीछे भागने वाले शिकारी के सीने में जल रही होती है. शिकारी क्या करता है, तब तक शेर का पीछा करता रहता है जब तक मार के उसे अपने कदमों पर न देख ले, यही न. कोई पूछता है इन शिकारियों से कि तुमने बिना बात के इस शेर को क्यों मार डाला."

करवट लिए वो मीठी आवाज़ में आगे बोलता गया.

"हमारा कोई और मकसद नहीं होता था. मारे जाने वाले के मज़हद में भी हमें कोई दिलचस्पी नहीं होती थी. अकसर हममें बड़ी घनी दोस्ती हो जाती थी."

वो बाहर के अंधेरे खालीपन को देख मुस्कुरा रहा था.

"और सबसे ज़्यादा गुरूर हमें अपनी गिनतियों पर होता था. मालुम है, तुम्हारा ज़ालिम कम से कम पाँच सौ जानें नष्ट कर चुका है."

उसने बोलना बंद कर दिया. न कोई आह सुनने में आई, न विस्मयपूर्ण सराहना, न ही किसी तरह का जवाब. उसने अपने बोलने का अंदाज़ बदल कर कहा, "देखो तो कैसे बकर-बकर किए जा रहा हूँ, और तुम हो कि सब्र से इंतज़ार कर रही हो."

बड़े दुलार से उसने अपनी बाँह उसकी कमर पर डाल दी और बोला, "बेसब्री से प्रेमी का नाता कौन नहीं जानता. चल ..."

उसकी ओर से कोई प्रतिक्रिया न पा कर वो उसके कान में बड़बड़ाते हुए बोला, "अरमानों भरी रात को यों न ज़ाया होने दें."

वो सो गई थी. ज़ालिम सिंह को उसका धीमे-धीमे साँस लेना सुनाई पड़ रहा था. वो शांत हो गया, कुछ पल गुज़र जाने दिए. उसके सोने से वो ना-उम्मीद नहीं हुआ, उल्टा मन में बार-बार वही झलक उठ के आने लगी जिसमें गुल-महक लगातार बेचारी पंखेवाली का मार-मार कर भुरकस निकाल रही थी. वो मुस्कुरा दिया. गुल-महक के दिल में उसके लिए एक कोना खाली पड़ा है, इस यक़ीन के साथ वो सोने को हो गया.

8. दिन भर सोचने-विचारने में गुज़र चुका था. सोचने का वक्त ख़त्म हो चला था. अब और सोचना सिर फोड़ रहा था. सामने जन्नत थी, ज़रा वहाँ का आब-ओ-रंग भी देख लिया जाए. यही सोच फ़िरंगिया ने चंदा बाई के खेमे में अगली रात बिताई.

पौ फूटी. चंदा बाई को बाहों में लिए, अपनी मुट्ठियों में उसके बाल भींचे औंधे सिर किए अर्धनिद्रावस्था में फ़िरंगिया उसके बिस्तर में पड़ा था.

"आखिरी बार हिरदय लगा लो!" आह भरते हुए वो बोल उठी.

सोते में सुनी बात जैसे अक्सर सपने में कही गई लगती है, सो वो हिला नहीं. फिर अचानक आँखें खोल कर उसका चेहरा अपने पास ला कर बोला, "क्या कहा?"

"आज सिवनी पहुँच कर हम-तुम अलग रास्ते चले जाएंगे. बस यही कहा था." उसके आग़ोश में बंधे बंधे वो करुणामय हँसी हँसने लगी.

वो उठ गया. धोती बाँधते हुए बोला, "मैंने तुम्हारे साथ चलने का फ़ैसला कर लिया है."

वो लेटे हुए उसे देख रही थी. हाथ बढ़ा कर उसके होंट छुए और उँगलियों को चूम लिया. धीमे से बोली, "मेरे प्यार!" लेकिन फिर चुप रही और ध्यानमग्न हो गई.

एक हाथ में अपनी पगड़ी पकड़ और दूसरा उसकी रजाई पर धर – मन तो उसका फिर चंदा बाई की लट भींचने का कर रहा था – वो घुटनों के बल बैठ गया.

जब कुछ देर चंदा बाई कुछ न बोली तो वो ही बोल पड़ा, "तो जाता हूँ मैं. अपने पिता से आज्ञा माँगने जाता हूँ."

"क्यों न हम आगरा तक तुम्हारे साथ ही चलें." ख्यालों से निकल कर वो बोली. "तुम्हारे लोग जैसा करते हैं अपना व्यापार करते चलें, हम तुम बाकी का रास्ता यूँ ही एक साथ बिताएँ. किसी को अपने बारे में अभी कुछ बताने की ज़रूरत नहीं. आगरा पहुँच कर शादी कर लेंगे."

"ऐसा करना आसान न होगा, बाईजी. देखता हूँ, क्या किया जा सकता है."

वो उसे उदास नज़रों से देख रहा था. कुछ पल बीते, फिर वो उठा और चला गया.

9. सुबह अपने खेमे में फ़िरंगिया घुसा ही था, मुँह से बोल बाहर निकल भी न पाया था कि रजाई से उछल कर जीताजी बाहर चला गया.

सफ़र शुरू हुए काफ़ी समय बीत गया था. सूरज सिर के एकदम ऊपर चढ़ आया था. सुबह भर फ़िरंगिया ने मांधाता को नहीं देखा था. ये बात स्पष्ट थी कि उसका चंदा बाई से रातों को मिलने के बारे में वे जान गए थे. अपनी गाड़ी में अकेले बैठे उसके पिता चिंतन कर रहे थे. अपने सीने में फ़िरंगिया अपना दिल फड़फड़ाता हुआ महसूस कर रहा था. जी पिता के पास जा कर उनके सीने से लग जाने को कर रहा था. लेकिन वो चंदा बाई को भी इस हाल में अकेले नहीं छोड़ना चाहता था.

"एक मंगू हुआ करता था."

रास्ते में पेड़ों के झुरमुट में जो सुस्ताने को रुके थे तो बड़े प्रफुल्ल स्वर में जीताजी फूलसा को बता रहा था. लेकिन आवाज़ ऐसे ज़ोर के की हुई थी कि आसपास सभी सुन पा रहे थे.

"साँप पाल रखा था उसने. मुझसे और फ़िरंगिया चाचा से कुछ साल बड़ा था. सब उसे रोतू-रोतू कह कर पुकारते थे. हमेशा रोता सा जो दिखता था. वो तो पैदा ही हुआ था माथे पर दो तलवारों सी मनहूस लकीरें खुदे हुए."

"तो क्या हुआ?" फूलसा बोल पड़ा. "मेरे भी तो कई सारे पैदाईशी निशान हैं. ये देखो."

अपनी धोती उचका कर वो अपनी जाँघ पर निशान दिखाने लगा. घूम कर चंदा बाई को खोज रहा था कि उसे भी दिखा दे, मगर आज बाई जी अलहदा बैठी थीं.

"ये देखो ये वाला कैसे कछुआ सा दिखता है." वो बोल रहा था.

"हाँ, मगर मंगू की बात और थी. हमारी दादी कहा करती थीं कि उसके पैदा होने पर किसी चुड़ैल ने उस पर थूक दिया था. बस तभी से वो चिढ़चिढ़े स्वभाव का हो गया था. बड़े होने पर भी वो दुखी सा रहता था. उसके माँ-बाप उसके लिए पहाड़ियों के उस तरफ़ वाले गाँव से एक सुंदर बहु भी ले आए थे, ठुड्डी पर तीन सुंदर तिल थे उसके. बाकी का चेहरा घूंघट के पीछे छिपा रहता था. बेचारी रात-दिन घर के काम में लगी रहती थी, उसे साफ़ रखती, मंगू के माता-पिता को मान देती, उनका कहना मानती, फिर भी वो मंगू रोतू का रोतू ही रहा. जब उनका एक सुंदर सा बेटा हुआ, फिर भी नहीं सुधरा. रोज़ सवेरे चेहरे पर शिकायत और कंधे पर फावड़ा धर, साफ़-सुथरे आँगन पर मनहूस पदचिन्ह छोड़ वो खेत जोतने निकल पड़ता. ये भी न सोचता कि उसकी प्यारी बहु जो देर से दरवाज़े पर खड़ी उसे निहार रही है, एक बार मुड़ के उसे देख तो ले. बस बेचारे बूढ़े माता-पिता अपने कमरे की चिक के पीछे खड़े-खड़े अपने बेटे की बेरुखी देख विलापते रह जाते. फिर एक दिन सब बदल गया. वो घर मुस्कुराता हुआ लौटा. वो उसके जीवन की पहली मुस्कान थी. माथे का निशान भी गायब हो गया था. कुछ दिन उनके घर में इसी बात का जश्न मना, लेकिन जश्न के दिन भी तो गिनती के होते हैं, खत्म हो गए. एक शाम मंगू एक झोला ले कर लौटा. रसोई में जा के डाल दिया बीबी के आगे. लजाते हुए, झोले की गाँठ खोलते हुए वो पूछने को हुई, 'ये क्या है जी?' तभी गठरी में से साँप निकल आया. डर के बीबी आँगन में आ कर चिल्लाई, कि हए राम, ये घर में साँप क्यों लिये आए तो मंगू कह उठा, 'ये भी हमारा बेटा है. यहीं रहेगा.' बदन पर पीली धारी वाला छह गज लम्बा साँप घर में ऐसे घूमने लगा जैसे कि अपने नए घर को आँक रहा हो. बस फिर क्या था, रोज़ाना शाम को खाट पर बैठे मंगू रोटी तोड़ता, साँप को भी निवाले देता जाता, बताशा घोल के दूध पिलाता और उधर कोने में उसके माँ-बाप, बीबी, बच्चा खड़े-खड़े थरथर काँपते रहते. रात को भी छाती पर साँप को लेकर सोने जाता. फिर एक दिन उसकी बेचारी बीबी बच्चे को ले कर अपने मायके चली गई. कुछ दिन बाद उसके माँ-बाप भी तीरथ को निकल गए. और वो अकेला अपने साँप

के साथ रह गया. एक दिन काम से जब वापस आया तो बीमार था. अपने बाबले को – साँप को वो बाबला कह कर बुलाता था – अपने बाबले को साथ लिटा कर सोने चला गया. बीमारी ऐसी कि दिन-ब-दिन बिगड़ती गई, वो खटिया पकड़े लेटा रहा. बाबले को भी उत्ते दिन जो खाना न मिला तो चिढ़चिढ़ाने लगा. एक दिन जो बाहर लोगों की आवाज़ें सुनाई दीं तो उसे पता चला कि तीरथ से लोग वापस लौट रहे हैं. बाहर से ही लोगों ने बताया कि उसके माँ-बाप भी अगले दिन तक लौट आएँगे. वो बड़ा खुश. फ़ौरन बाबले से बोला, 'देखना कल सब ठीक हो जाएगा. अब तू ज़रा अपने बाबा के पास तो आ, मेरे लाल.' साँप के मोटे रस्से से बदन को खींच के अपने पास ले आया. साँप था कि चिढ़ा बैठा था. उसकी जकड़ में आ कर जैसे उसका दम घुट गया हो, फ़ौरन मंगू – अपने बाप – के सीने में दाँत भोंक दिए. मंगू को यकीन न हुआ, कंपकपाते हाथों से साँप को गर्दन से पकड़ पास लाया और बोला 'तूने मुझे काटा!' लेकिन तब तक ज़हर असर करने लगा था और वो मौत के तेज़ दर्द में तलमलाने लगा. 'ऐहसानफ़रामोश, ख़ुदगर्ज़ साँप!' कह उसने जो फिर कुछ और कहने के लिए मुँह खोला, तो ये जान कि अब कि बार उसकी जान जाने को है, उसने साँप का सिर काट उसे भी अपने साथ मार डाला."

अपनी कहानी खत्म कर जीताजी बोला, "फूलसा, साँप के साथ खेलना खतरनाक होता है. ये कभी नहीं बदलते. मैं तो हैरान हूँ कि तेरे मामा मंगू की बात इत्ती जल्दी भूल कैसे गए?"

फ़िरंगिया कुछ नहीं बोला. लेकिन पास के पेड़ के नीचे पर्दे के पीछे बैठी चंदा बाई भी जीताजी की कहानी सुन रही थी, वो बोली, "ये कहानी मैं कई बार सुन चुकी हूँ."

पर्दे पर आँखें गाढ़ कर जीताजी बोला, "बुरा न मानिएगा, बाईजी, ये कहानी नहीं, हकीकत है. हमारे गाँव में हमी लोगों के साथ बीती बात है."

"तुमको क्या मालुम मंगू के घर की किवाड़ के पीछे क्या बीती थी? मुझे पूरा यकीन है कि अपनी बीमार हालत में ये सोच कि मेरे जाने के बाद मेरे साँप की देखभाल कौन करेगा, उसने खुद ही अपने साँप को मार डाला. पता नहीं लोग किसी भी बात में आड़ा-तिरछा नज़रिया ही क्यों खोजते हैं? एक सीधी-साधी प्रेम-गाथा अपनाने में उन्हें क्या मुश्किल होती है?"

"ये कैसी बकवास है! मंगू की छाती पर साफ़-साफ़ साँप काँटे का निशान था." अपनी जगह से उठ जीताजी वहीं चहलकदमी करने लगा.

चंदा बाई फिर भी चुप नहीं रही. "हर बात समझी जा सकती है. लेकिन उसके लिए पहले साँप के प्रति नफ़रत हटानी पड़ेगी. एक वक्त था जब मेरे पास भी एक साँप था. मैं भी उसे अपना बेटा मानती थी."

"साँप? लेकिन कहाँ? मैंने तो कभी आपके पास कोई साँप नहीं देखा. मुझे दिखाईए न! मैं वादा करता हूँ उसे देख के मैं डरूँगा नहीं. उलटा उसे प्यार करूँगा." पर्दे के पीछे कूद, चंदा बाई की गोद में मचलते हुए फूलसा बोल पड़ा.

"हाय मेरे बच्चे. बड़ा दर्दनाक हादसा हुआ उसके साथ. एक शाम मुझे बाजी राव से उसके महल में मिलना था, सो अपने साँप को बाग में ही छोड़ अंदर चली गई. वापस आना अगले दिन ही हुआ. जब लौटी तो देखा कि बाग के मोरों ने उसे मार कर खत्म कर दिया था. सिर्फ़ उसके चीथड़े ही बचे पाए." फूलसा को गोद से हटा वो उठ खड़ी हुई. "उसके जाने के सदमें से निकलने में मुझे कितना समय लगा तुम्हें क्या बताऊँ. अब भी मन में ये ख्याल बार-बार उठ आता है के कैसे अपने आखिरी पलों में उसने सोचा होगा कि मेरी बाईजी ज़रूर आएँगी, मुझे इन निर्दयी मोरों से बचाएँगी. लेकिन क्या मैं उसे बचा पाई?"

फूलसा ने एक ठंडी साँस खींचते हुए कहा, "ये आज हम कैसी उदास कहानियाँ सुन रहे हैं!"

10. "मैंने कभी तुम पर अपनी चलाने की कोशिश नहीं की बेटा. लेकिन अब तो तुम इतने आदमियों के प्रमुख हो."

संगीन भाव किए मांधाता सिवनी के एक सराय में अपने कमरे में पड़ा था. फ़िरंगिया उससे बात करने आया था. अंदर घुसते ही उसको चरणों में ऐसे गिरा जैसे कई दिनों बाद उससे मिल रहा हो.

"मुझे नहीं मालुम, बाबा, ये सब हुआ कैसे. बस इतना जानता हूँ कि अब उसी के साथ रहना चाहता हूँ."

कुछ पल मांधाता सोच में डूबा रहा, फिर बोला, "सच्चा प्रेम बना रहता है, फ़िरंगिया. मेरी राय मायने रखती है तो सुन. अभी के लिए उसका साथ छोड़ दे.

उससे कह, आगे आगरे तक बढ़े चले. बस एक माह की ही तो बात है. हम भी घर पहुँच जाएँगे. तब तक तू भी अपने जज़्बात समझ पाएगा और वो भी. तब भी अगर उसे चाहे तो आगरे जा कर उससे ब्याह रचाना. मेरा पूरा आसीरवाद तेरे साथ होगा. ये बात ज़रूर याद रख, तू मेरी राय ले या न ले, तुझे अपनी बाहों में रखने की आस कभी न जाएगी. हममें और तुममें कुछ न बदलेगा. मैं तेरा बाप सदा तेरा साथ दूँगा."

"बूढ़ा में रिश्ते की हमारी एक चचेरी बहन है, उसी की शादी है, वहाँ से हमारे लिए न्यौता आया है, सो जाना होगा. बाबा को भी आगे हीरापुर में कुछ घोड़े देखने थे. जंगल के रास्ते लम्बा चक्कर लग जाएगा, वो भी पूरब की ओर. पूरे महीने बाद ही लौट पाएँगे."

निगाहें नीची किए फ़िरंगिया बोले चला जा रहा था. उस वक्त वो चंदा बाई से नज़र मिलाने का हौसला न रखता था. "बाईजी, आपसे प्रार्थना है, इस अनजान देश में अकेले इंतज़ार न करें. आगरे के लिए रवाना हो चलें."

भावहीन, वो उसकी बात सुनती गई. बड़ी सुंदर दिख रही थी. दुल्हन जैसी.

फिर तनतना कर बोली, "मुझे मालुम है तुम मुझे आगरे खोजते आओगे, मेरी जान. लेकिन ये क्या? दूल्हा दुल्हन को रास्ते छोड़ जा रहा है."

उसके शब्दों ने उसे तोड़ डाला. चीख कर वो बोला, "ठीक है. तो ये तय हुआ. मैं आपको छोड़ के कहीं नहीं जाऊँगा."

वो हँस दी. उसके साथ भर रहने से भला क्या लाभ होगा, उसने पूछा. रास्ते की कठिनाईयाँ तो संख्या से ही मात होती हैं, उसने उसे याद दिलाया. और क्या दो दिन में ही वो भूल गया कि वो एक महान क्षत्रिया, पूना की चंदा बाई से बात कर रहा था, जिसके लिए इस तरह की मुश्किलातें आम बात थीं. "अब मेरी बात सुनो. आने वाले हफ़्ता में ग्वालियर का अंग्रेज़ अजेंट इस रास्ते गुज़रेगा. बड़ी तैयारी, हाली मवाली, सैकड़ों सैनिक और हज़ारों साथ-लगे यात्रियों समेत निकलेगा. पूना से जबलपुर जा रहा है. तुम अपने पचास आदमी निगरानी के लिए मेरे साथ छोड़ जाओ. जब अजेंट आएगा तो मैं उसके साथ लग जाऊँगी."

आशिक की आँखें क्षत्रिया के प्रति मान से भर गईं.

उनमें हैरानी भी थी. ये सब खबरें उस तक पहुँची कैसे? और कब?

आज्ञा में उसने अपना सिर हिला दिया. उसका चेहरा अपने हाथों में ले वो बोली, "मेरी जान! मैं तुम्हारा आगरा में इंतज़ार करूँगी."

11.

जैसे ही अनुकूल शगुन हमारे सामने आते हैं, हम समझ जाते हैं कि देवी ने ही मारने के उद्देश्य से शिकार को हमारे हाथ फेंका है. हम तो उन्हें नष्ट करने के लिए देवी के मात्र साधन *हैं* यदि हम उन्हें न मारें तो देवी फिर कभी हमारा साथ न देगी और हम और हमारे सम्पूर्ण परिवार ज़िल्लत और अभाव का जीवन व्यतीत करने लगेंगे. "

- साहिब खान, ठग, लगभग 1830

कोई तो वजह होगी कि ईश्वर ने टिड्डे बना कर धरती पर छोड़ दिए. घने बादलों की तरह ये आते हैं और रास्ते का सब चाट जाते हैं, राख तक नहीं छोड़ते, मौत और तबाही अपने पीछे छोड़ जाते हैं. वैसा ही सुनसान विनाश ठग अपने पीछे छोड़ जाते हैं, वो जो धरती के वासियों को कभी दिखाई तक नहीं देता.

चंदा बाई को छोड़े पखवाड़ा बीत गया था. भवानी के सेवक आवेश में नाश करने में लगे थे, अर्थहीन – मगर आवश्यक – विनाश में लगे थे.

सात आदमी बूढ़ा जा रहे थे. किसी शादी का न्योता था. कुछ प्रारम्भिक सवाल-जवाब से पता चला कि उसी शादी का न्योता था जिसमें फ़िरंगिया और उसके संगी जा रहे थे. ये घराती निकले, मुसाफ़िर बराती. बस इतना जानना था, कि दुल्हे का मज़ाकिया मामा लग गया तकाज़े करने. "लड़की वालों का फ़र्ज़ बारात की देखभाल करना होता है, तो लीजिए हम हाज़िर हैं. हमारी कुछ खातिरदारी कीजिए."

मांधाता ने भी वो मेहमाननवाज़ी दिखाई जिसके बयान से हर हिंदुस्तानी वाक़िफ़ है. क्योंकि 'उदारदिल' हिन्दुस्तानी का एक और नाम माना जा सकता है. रास्ते में बरातियों के आराम के लिए उसने ज़बरन तीन बैलगाड़ियों का इंतज़ाम करवाया. खाने का बंदोबस्त भी उसी का था. रास्ते से मिठाईयाँ भी उठा लीं. अपनी तरफ़ से फ़िरंगिया ने पाँच ठग ये कहकर आगे भेज दिए कि "जा कर कटोरी माँझियाओ."

घोड़े साज-सामान से अमादा हो गए थे, गाड़ियों में माल चढ़ चुका था. सफ़र शुरू करने से पहले सभी सुबह की ठंडी हवा का मज़ा ले रहे थे तभी वही कुछ दिन पहले साथ लगने को उतारू फ़कीर फिर अपने टट्टू पर बैठे आता दिखाई दिया. आदमी और जानवर, दोनों, पर से लेप धुल चुका था. दोनों के बदनों पर मेहंदी का रंग चढ़ा था.

"रुको, मुझे भी साथ ले चलो." वो चिल्लाया. इसके पहले कि कोई कुछ करता, जीताजी ने उसके करीब आ कर उसका हाथ ऐंठते हुए धीरे से उसके कान में फुसफुसा कर कहा, "हमारा पीछा करना छोड़ वरना इस हाथ से जाता रहेगा."

गीतों और कहानियों का सिलसिला शुरू कर वे निकल पड़े. उस फ़कीर की कहानी से ही शुरुआत की. फ़कीर और उसका टट्टू जो हर दम, हर जगह बुरे भाग्य की तरह उनका पीछा करना नहीं छोड़ रहा था. और बातें भी बताईं. जब तक दिन ढलने को हुआ वे पेड़ों के विशाल समूह के नीचे एक ऐसे स्थान पर पहुँचे जहाँ पहले से पाँच यात्री अलाव के चारों तरफ़ बैठे सुस्ता रहे थे. सभी को वो जगह खाना खाने के लिए सही लगी. खाने की तैयारी में लग गए और उन पाँच यात्रियों को भी खाने का न्योता दे दिया. अच्छी-खासी दावत हो गई, सब बातों के सिलसिले में लग गए, कुछ गाने-बजाने लगे. नौजवानों और बच्चों की छोटी सी टुकड़ी आसपास के वन में घुड़सवारी के लिए निकल गए. बचे-खुचे लोगों में सब बराती थे और फ़िरंगिया के आदमी, थके हुए मगर संतुष्ट, बातें बंद कर चुपचाप आग को देख रहे थे, सोच में डूबे थे, बैठे-बैठे झबकियाँ ले रहे थे.

फ़िरंगिया ने अवसर पाया और ज़ोर से आवाज़ लगाई, "तम्बाकू लाया जाए!"

उसके बोल निकले ही थे, और सात जानें जीवन चक्र त्याग कर सम्पूर्ण शान्ति में मिल गईं.

लूट - एक सौ रुपए, एक सौ एक सोने के मोती की माला, चाँदी के कड़े और एक सोना चढ़ा चाँदी की करधनी.

कई घंटों से बिना रुके जो सफ़र कर रहे थे, रात गुज़ारने के लिए वो जगह ठगों को सही लगी, पड़ाव वहीं डाल दिया. सातों बराती एक कटोरे-नुमा कब्र में आराम फ़रमा रहे थे. बस उस ही के ऊपर मांधाता ने अपना खेमा गढ़वा दिया.

फ़िरंगिया को गुज़रता देख, वो खेमे से ही बोला, "बेटा, आज रात मेरे संग गुज़ार."

चुपचाप फ़िरंगिया अपना कंबल लेकर अपने पिता के बगल में लेट गया. अभी ये सोए न थे, नींद का इंतज़ार था. अंधेरा था. अंधेरे को भेदते हुए मांधाता के प्रेम-सिक्त शब्द फ़िरंगिया के कान पर पड़े, "आज मुझे लगा था कि शायद मैं तुझे सदा के लिए खो दूँगा."

12. बमहानी गाँव के एक कच्चे रास्ते पर जुलूस निकल रहा था. गाँव की एक गाय ने पाँच पाँव वाले बछड़े को जन्म दिया था और गाय का मालिक बड़ी शान से गाँववासियों को इस अलौकिक बछड़े के दर्शन करा रहा था. आसपास के गाँववाले भी आए, सैकड़ों लोग जुलूस में साथ-साथ चल रहे थे. वातावरण 'जय राधे, जय कृष्णा' के गान से गूँज रहा था.

नवजात बछड़े को पानी पिलाने नदी किनारे ले जाया जा रहा था. फ़िरंगिया, जीताजी और फूलसा भी जुलूस में लगे हुए थे. जुलूस के अगल-बगल कच-कच करती लड़कियाँ सिर पर खाली मटकियाँ टिकाए पानी भरने जा रही थीं. उनके छोटे भाई-बहन किलकारियाँ मारते कभी आगे कभी पीछे दौड़ लगा रहे थे. नदी के किनारे पहुँच कर मटकियाँ पानी में डुबडुबाने लगीं.

बंजर नदी के पानी से कोई कुछ कहे, सो पानी उसकी सब बात सुने, ऐसा मानना था.

बछड़ा पानी की छोटी छोटी चुसकियाँ ले रहा था और इधर भीड़ पागल हुए जा रही थी. हर कोई बछड़े के मुँह से टपकता पानी पीना चाहता था या फिर बर्तन में इकट्ठा करना चाहता था. जीताजी ने भी कुछ बूंदे पकड़ ली थीं. आपस में वही बाट

रहे थे जब फूलसा बोल उठा, "बल्लू कह रहा था कि हम लोगों को मार कर उनका सामान रख लेते हैं. क्या ये सच है?"

सुबह से फूलसा खामोश था. अब जा कर ही कुछ बोला था. उसकी बात सुन दोनों हकबका गए. मुँह में शब्द आने से रहे.

"कहाँ है वो बल्लू? क्या खोपड़ी उलटी हो गई है उसकी?" बड़ी मुश्किल से जीताजी कुछ बोल पाया.

"बल्लू बकवास करता है," फ़िरंगिया बोला.

"फूलसा, बल्लू को नहीं मालुम वो बोल क्या रहा है. उसका कहा न सुन. लोगों का मरना तो केवल भगवान तय करता है. हम उसमें क्या कर सकते हैं. वैसे भी, क्या हम देखने हत्यारे लगते हैं. अब तू अपने फ़िरंगिया मामा को न देख, मुझे देख, बता क्या मैं हत्यारा दिखता हूँ?"

अपने मामा की बात सुन फूलसा हँस दिया, और बच्चों के साथ खेलने को भागने लगा.

"न फूलसा, मेरी पूरी बात सुन के जाना." पीछे से जीताजी चिल्लाया.

वो रुक कर वहीं खड़े सुनने लगा तो उसकी ओर बढ़ते हुए जीताजी बोला, "कई सारी बातें हैं जो तू अभी समझ नहीं पाएगा क्योंकि तू अभी बच्चा है." वो उसके पास पहुँच गया था. उसके बालों में हाथ फेरते हुए बोला, "हर साल आ कर तुझे कोई नई बात सिखाएगा. दुनिया में तेरा किरदार क्या है, धीरे-धीरे तुझे दिखाएगा. और जिस वक्त तुझे अपना पूरा फ़र्ज़ समझ आ जाएगा, बस तभी तू बड़ा भी हो जाएगा."

"और तब हम तेरे लिए एक बहु ढूँढ लेंगे और छोटे-छोटे लड़के तुझे फूलसा मामा कह कर पुकारने लगेंगे." फ़िरंगिया ने आगे अपनी बात जोड़ दी.

"और जो मुझे दुनिया में अपना फ़र्ज़ न पसंद आया तो?" सोच में डूबे और कंकड़ों को ठोकर मारते हुए वो कह उठा. "नहीं, मुझे ये तरीका नहीं पसंद है."

"तब की तब देखेंगे." जीताजी ने जवाब दिया.

13. चौदह वर्षीय बल्लू कई वध देख चुका था, लेकिन अब तक उसने खुद किसी पर अपना हाथ नहीं साफ़ कर पाया था. अपने पहले शिकार के लिए वो काफ़ी

बेसब्र होने लगा था. अभ्यास कई महीनों से चल रहा था. कभी पेड़ों के तने पर रूमाल मारता दिखता, कभी पत्थरों पर, तो कभी असहाय मेमनों की गर्दनों पर.

जंगल पीछे रह गया था, सामने काफ़ी बड़ा बंजर फैला पड़ा था. दूर आगे बंजर पेड़ों के झुरमुट में जा कर खत्म होता दिख रहा था. झुरमुट के पास आते-आते उन्हें किसी पीड़ित जीव के रुदन की आवाज़ सुनाई देने लगी. कुछ देर और आगे बढ़े, देखा एक बूढ़ा पेड़ की छाया में बैठा था. बड़ा परेशान लग रहा था लेकिन रोने की आवाज़ कहीं और से ही सुनाई दे रही थी. फ़िरंगिया ने आदमी से पूछा कि क्या वो भटक गया था. बूढ़ा बहुत बूढ़ा था. बोलने पर आवाज़ भी थकी सी निकल रही थी. "न, मैं भटका न हूँ," बोला. "ये तो मेरी किस्मत है जो फूटी है."

वो सामने के पेड़ की ओर इशारा करने लगा. सब उसी ओर देखने लगे. देखा कि सोलह-सत्राह साल का एक लड़का पेड़ की ऊँची डाली पर बैठे भुनभुना रहा था. देखने में ज़ख्मी नहीं लग रहा था. किसी को उसकी परेशानी समझ नहीं आ पा रही थी.

बूढ़ा अपनी सरसराती आवाज़ में बोला, "जंगल पार गाँव में अपनी बेचारी बीमार बेटी से मिलना था, ये मनहूस शक्ल हटे तो आगे बढ़ पाऊँ. सुबह से यहीं बैठे इंतज़ार कर रहा हूँ. जा कर नहीं दे रहा. अब बूढ़ा आदमी करे तो क्या करे?"

लड़का डोम था. पेड़ की छाया के साथ उसकी छाया भी रास्ते पर पड़ रही थी. बस इसी बात ने बूढ़े को परेशान कर के रख दिया था.

"ये रो क्यों रहा है?" किसी ने पूछा.

"भूखा है क्या?" झोले से रोटी निकाल फ़िरंगिया बोला.

"न बेटा, ये रो यूँ रिया है कि ये मनहूस है. गाँव के कोर पे जो दो आदमी औरत रहते थे उनको ये अपना माँ बाप कहता था. तीन दिन हुए, याद न आ रिहा है, न जाने किस बात पे, आदमी और उसकी औरत को गाँव के चौक पर बुला कर पत्थर मार के सज़ा दी गई. उस में इत्ता खून बह गया कि दोनों के दोनों की जान ही निकल गई. पड़े हैं अब भी कुएँ के पास. कौन हटाएगा लाशों को, हमें तो यही समझ नहीं आ रहा. एक लड़की भी थी इनके साथ. सीख रही होगी गाँव में कहीं अच्छा सबक. लेकिन ये बचा है एक मनहूस, यहाँ छिपा बैठा है. क्या यही एक जगह बची थी अपना काला मुँह छिपाने की? देखना अगले जनम में ये तो और भी नीच पैदा होगा.

इसकी की तो मौत कुत्ते की मौत से भी बत्तर होगी. इसके तो मुँह से, हर बदबूदार सुराख से कीड़े रेंगेंगे. इसका –"

"बस करो बाबा, क्यों थकाए रियो हो अपने आप को. हम कुछ करते हैं."

तो हो गया था तय! बल्लू की बारी आ गई थी. दो बुज़ुर्ग उसे फ़ौरन झुरमुट के एक किनारे ले गए. हाथ ऊपर किए लग गए विनती करने. "हे काली, महाकाली! अगर इस आदमी का तेरे इस नए सेवक के हाथ मरना सही है, तो हमें ठिबाऊ सुनाने या दिखाने की कृपा करो!"

झुरमुट में लौटते वक्त बल्लू बड़ा खुश दिख रहा था. बड़ा शुभ शगुन सुनाई पड़ा था उन्हें, दाईं ओर से गधे की रेंकने की आवाज़ सुनाई पड़ी थी. जीताजी छोटे लड़कों को घुमाने ले जा रहा था. उसे बल्लू का उजड्डता से अपना रुमाल लपलपाना अच्छा नहीं लग रहा था.

फ़िरंगिया ने पूरी रोटी ऊपर कर पेड़ पर चढ़े लड़के को पुकारा. "ये ले!"

"अरे, ये काहे बरबाद कर रहे हो?" बूढ़ा गुस्से में बोल पड़ा. "मालुम नहीं ये लोग तो बीमारी से मरे हुए जानवरों का माँस ही खाते हैं. या फिर ऊँचें लोगों का उलटा हुआ खाना. इन्हें तो –"

"-उँह!"

लड़के का भुनभुनाना बंद हो गया था. शायद आवाज़ ने ही साथ छोड़ दिया था. कोई उसे कुछ दे रहा था, उसकी ओर देख रहा था, उससे कुछ कह रहा था. ऐसा पहले कभी नहीं हुआ था. शायद इसलिए स्तब्ध था.

"चल नीचे आ!" रोटी को वैसे ही उठाए फ़िरंगिया ने उसे आदेश दिया.

"अरे, एक लम्बी डाल उठाओ, भाले की तरह भोंको, फ़ौरन नीचे टपक आएगा." बूढ़े का ध्यान गया कि एक-आध के अलावा सब आदमी निहत्थे थे. बड़ी अजीब बात थी. इस मामले को निबटाने के बाद वो उन लोगों से पूछेगा कि वे काम क्या करते हैं, ये बात मन में गाँठ कर ली.

"मैंने कहा न, नीचे आओ. मेरी बात समझ आ रही है, या नहीं?" इस बार फ़िरंगिया की आवाज़ में सख्ती थी.

"इन लोगों को कुछ समझ नहीं आता. देखने में हम जैसे भले हैं लेकिन सारा दिन जानवरों की तरह बस भौंकना जानते हैं." इतना कह बूढ़ा ज़ोर से हँसने लगा. उसके पीछे खड़ा बल्लू भी हँस रहा था. मुड़कर बूढ़े ने बल्लू की पीठ थपथपाई और बोला, "शाबाश!"

"मुझे मालुम है तुम ये खाना चाहते हो." फ़िरंगिया कह रहा था.

रोते समय लड़का अपना पेट थपथपा रहा था. अब उसने वैसा करना बंद कर दिया था. वो फ़िरंगिया को सीधा तो नहीं देख रहा था मगर उसकी ओर ज़रूर देख रहा था.

"देखा कैसी बेशरमाई से सीधा आँख में देखे जा रहा है. और नखरे तो देखो! मैं कहता हूँ, इसका भी वही हाल करना चाहिए जो इसके माँ बाप का किया. अरे, पत्थर मार के गिराओ इसे. मामला अपने आप सुलट जाएगा. ये बेवजह खाना बरबाद करने की क्या जरूरत है."

लड़का नीचे उतर आया था. उसने बढ़ कर फ़िरंगिया से रोटी ले ली थी. शुरू में रोटी को सम्भल-सम्भल के कुतर रहा था. ज़रा इत्मीनान आया, भूख दबे भावों पर हावी हो गई और वो दो बड़े कौरों में पूरी रोटी हज़म कर गया.

रोटी खत्म होते ही आवाज़ ज़रा ऊँची कर फ़िरंगिया बोला, "अब तम्बाकू लाया जाए."

बूढ़ा बल्लू का पहला शिकार बना. और लड़के के जीवन का कच्चा धागा फ़िरंगिया ने अकेले अपने हाथों तोड़ डाला.

दो घंटे बीत गए थे. बूढ़ा और डोम एक ही गड्ढे में मिल-बांट के आराम कर रहे थे. ठगों का सूरज गिरने तक वहीं झुरमुट में आराम करने का इरादा था. रात को मंडला के लिए निकलना था जहाँ से अगली मंज़िल जबलपुर थी. तब तक पेड़ों की छाईं में कुछ आदमी नींद पूरी कर रहे थे, कुछ सीढ़ियाँ उतर कर कुँए के ठंडे पानी में नहा रहे थे. सब इस बात से खुश थे कि जल्द प्रियजन केवल मन में वास नहीं करेंगे, बल्कि हाथ बढ़ा कर खींच कर खुद के पास भी मौजूद हो पाएँगे.

दिन का वो वक्त था जब धूप ने धरती को भभका रखा था, बड़ी गर्मी थी, चिड़िया तक चूँ नहीं कर रही थी. दोपहर की खामोशी कभी बालटी के पत्थर से टकराने से,

कभी नहाते हुए आदमियों की तृप्त आवाज़ों के मंद कलरव से टूट रही थी. झुरमुट के बाहर एक भटकती आत्मा नहीं घूम रही थी, ये बात आराम से कही जा सकती थी.

तभी एक चीत्कार सुनाई पड़ी. दूर भेड़िये के चिंघाड़ने की आवाज़.

हर कोई जो कुछ भी कर रहा था करते-करते रुक गया. आदमी नहाना छोड़ कुआँ चढ़ के ऊपर आ गए, सोते फट से उठ बैठे. आँखें फाड़े सब यही सोच रहे थे कि जो हमने सुना था क्या वो असल में था.

चिम्मामा, निर्भीक से निर्भीक ठग का दिल दहला देने वाला ये सबसे मनहूस घोर अपशकुन, हर आदमी साफ़ तौर से सुन चुका था. ये बात कुछ पलों में ही अपने आप सबों ने समझ ली.

फिर क्या था, न किसी ने किसी से कुछ पूछा, न किसी ने किसी से कुछ कहा. अपना पुलंदा बाँधे हरेक उलटे पैर सिवनी को लौटने लगा.

14. बमहानी की बंजर भूमि की धूल एक तूफ़ान उड़ाए लिए जा रहा था. उड़ा के उन आदमियों की आँखों में झोंक रहा था जो पूर्णमासी की रात को किसी संदेहास्पद यात्रा में निकले थे. फिर भी देवदर का राजा, करामात, और उसके पंद्रह चुने हुए साथियों के लिए ये तूफ़ान कोई मायने नहीं रखता था. करामात तो अपने सजे हुए रथ पर सवार था. रथ के दोनों तरफ़ जले सुनहरे फानूस की रौशनी तेज़-तर्रार तूफ़ान छू तक नहीं पा रहा था. घोड़े गहरे चल रहे थे, सो रथ अलग हवा से बातें कर रहा था.

चाँद जो काले आसमान में एक लालटेन की तरह लटका था, धरती के अजब दृश्य दिखा रहा था. नीचे रथ के घोड़े राह को लात मार, धूल के बादल उड़ा कर तूफ़ान को खूब मुकाबला दे रहे थे. तूफ़ान में भी करामात रथ की छत गिरा कर जा रहा था. तेज़ रफ़्तार में उसके बालों के अनेकों सीधे तार मेघ-रहित आसमान की ओर इशारा कर रहे थे जैसे एक अनुशासित सैनिकों की टुकड़ी घुटने टेकाए भाले साधे आक्रमण के आदेश का इंतज़ार कर रही हो.

वो तो अपनी ही धुन में था. मन में इस यकीन के साथ बढ़ा जा रहा था कि इस वक्त उसके और किसी देवता के हालों में कोई ज़्यादा फ़र्क न था. तूफ़ान की

ज़ोरदार हवाएँ राजा के कंधों पर लिपटी ओढ़नी को अजीबोगरीब तरीके से एक तरफ़ ऐसे उड़ा ले जा रही थीं, जैसे की ओढ़नी न हुई, किसी निर्भीक दीपक की लौ हुई, जो हवा की धौंस झेल तो रही है लेकिन बुझने किसी हाल में नहीं वाली.

उसके घुड़सवार साथी भी स्वच्छंदता से बढ़ रहे थे. खुशी में गा रहे थे, गुनगुना रहे थे, दहाड़ रहे थे, पागल आदमी तूफ़ानी हवा भर-भर कर पी रहे थे. महीनों से अपनी हवेलियों में बंद, ऐश-ओ-आराम की ज़िंदगियों से तंग आ कर ये इस अभियान के लिए तड़प रहे थे. खेल, मन बहलाव, अरे बस इस शिकार के लिए बेकरार थे. वे उस बंजर भूमि से गुज़र रहे थे जहाँ पर शायद ही कुछ था जो उगने पाता, जिसकी बू सिर्फ़ झुलसी हुई चीज़ों की याद लाती.

राजा लोग थे, सो बड़े प्यार से वे अपने चारों तरफ़ पड़े बंजर को देख रहे थे. साथ में उन अनेकों राज़ों के भी तो जानकार थे जो इस उजड़ी भूमि ने दुनिया से छिपा कर दबा कर रखे थे.

सुबह निकलने से पहले माँ से बात कर के निकले थे. "महादेवी! सबकी माँ!" उन ने पूछा था, "अगर हमारा ये अभियान तुम्हे सही लगे तो हमें अपना अनुमोदन देने की कृपा करना."

अमीर, या अमीरज़ादे, ये बड़े दिनों बाद लौट रहे थे, इसलिए खून के लिए जंगल के खूँखार से खूँखार जानवर से भी ज़्यादा प्यासे थे.

जब बमहानी पहुँचे तब एक सराय में ठगों के गिरोह के सरदार फ़िरंगिया को देखा और उसका अभिनन्दन किया.

15. भेड़िए का भयंकर रुदन – चिम्मामा – सुनने के तुरंत बाद फिरंगिया और उसके गिरोह के सभी आदमी बिना कुछ कहे वापस लौटने लगे. रास्ते में उनका सामना उसी फ़कीर से हुआ. अपने टट्टू पर सवार, केसरिया चादर ओढ़े हुए वो बमहानी की ओर जा रहा था. लेप दुबारा लगा लिया था इसलिए साथ में मक्खियों के बादल भी उड़ते आ रहे थे.

ठगों को देख वो खुशी से चिल्ला उठा, "आप फिर मिल गए, अहोभाग्य."

लेकिन जैसे-जैसे एक-एक कर हर ठग फ़कीर के पास से निकल आगे बढ़ता गया, एक की भी नज़र उस पर न पड़ी, जैसे कि वो फ़कीर उनमें से किसी को दिख

न पा रहा हो. ठग सब निकल गए और टट्टू पर बैठे फ़कीर का मुँह देर तक खुला का खुला रह गया.

दोपहर एक छोटे से गाँव में नदी किनारे सब ठग छोटे-छोटे गुटों में बट गए थे. हर गुट के ठग ऐसे बन रहे थे जैसे दूसरे गुट वालों से पहली बार मिल रहे हों.

"बाबा, ये बमहानी कितना दूर होगा?" मुँह धोते मांधाता से जीताजी पूछ रहा था.

"ये देश मेरे लिए भी वैसा नया है जैसे तुम्हारे लिए, इतना तो तुम भी अच्छी तरह जानते हो. मैं भी तुम्हारी तरह यात्री हूँ. रास्ते में मिले तो थे. मुझे तो हैरानी हो रही है कि इतनी जल्दी तुम ये बात भूल कैसे गए?" मांधाता ने भी चिढ़चिढ़ा के जवाब दिया.

इनकी बातचीत पास खड़े चार यात्रियों को सुनाई दे रही थी. जीताजी जब उनसे पूछताछ के लिए मुड़ा तो उन ने उस पर ध्यान ही नहीं दिया. हाथ-मुँह धोने में ही व्यस्त रहे. फिर बिना अपनी धोतियाँ उतारे, धीरे-धीरे पानी में घुस कर नहा भी लिए. जब बाहर निकल कर आए तो हर ठग इन चारों को देख रहा था, और हरेक अपने चेहरे की मुस्कान दबाने की भरसक कोशिश में लगा था. चारों ने अपनी धोतियों की चुन्नटों के बीच ज़ेवरातों की थैलियाँ जो घुरसी हुई थीं. गीली धोती में ये थैलियाँ कमरबंद से अंगूर के गुच्छों की तरह लटक रही थीं. फटे पुराने कपड़े पहने यात्री असल में खज़ांचीगर थे.

16. बमहानी के सराय में ठगों की मुलाकात करामत और उसके साथियों से हुई. दोनों गिरोहों में एक साथ काम करना तय हुआ. वो चार खज़ानची यात्री भी सराय में ठहरे थे. आँखों से उनकी ओर इशारा करते हुए मांधाता बोला, "चीज़ें* हैं."

अगले दिन करामात के आदमी बड़ा शोर मचाते हुए तड़के निकल गए. जानवर भूखा था और शिकार नज़दीक. राजा और उसके आदमियों की उँगलियाँ बेताबी से फड़क रही थीं. उनके निकलने के फ़ौरन बाद खज़ानची भी निकलने को हो गए. जैसे ही फ़िरंगिया और उसके ठग निकलने को हुए, दो यात्री और उनके संग लग गए. रास्ते भर उन चार यात्रियों से दूरी बनाए रहे, साथ में उन्हे आँखों से ओझल भी नहीं होने दिया.

दोपहर तक राजा का मस्त गुट नदी किनारे पड़ाव डाले दिखाई देने लगा. खज़ानचियों ने ये जान कि उनके ठीक पीछे यात्रियों का एक और गुट आ रहा है, राजा के गुट के पास ही अपना डेरा डाल दिया. फ़िरंगिया के आदमी भी ज़रा देर सुस्ताने के लिए वहीं ठहर गए. कुछ आदमी आगे को बढ़ गए, कुछ ज़रा पीछे रह गए. लेकिन नदी किनारे संगीत था, किलकारी मारते हँसते-कूदते आदमी थे, ज़रा देर का सुकून ही तो चाहिए था थके माँदे यात्रियों को, वो यहाँ मिल रहा था. जब फ़िरंगिया के कुछ आदमी और आ गए तब राजा ने ज़ोर से आवाज़ लगाई, "हाँ-जी, तो ग़ज़ल की शुरुआत की जाए."

राजा के गुट का हर आदमी नदी किनारे खुशी से उन्मत्त लम्बी छलांगे मार रहा था. फ़िरंगिया अपने आदमियों को लाशों को ठिकाने लाने के निर्देश दे रहा था और लूट का माल ऐतियात से गाड़ी में लदवा रहा था.

राजा के आदमी आगे बढ़ चले थे और माल अभी लदना खत्म ही हुआ था कि बमहानी की दिशा से मक्खियों के बादलों से घिरे फ़कीर आता दिखाई दिया. फ़िरंगिया और उसके आदमियों को देख वो मुस्कुरा रहा था. "रात कैसा भयानक तूफ़ान आया था," वो कह रहा था. "मैं तो सोच रहा हूँ सिवनी ही लौट चलूँ."

ठगों में फ़कीर का बार-बार उनके बीच आ जाना हैरानी पैदा कर रहा था. जिस वक्त फ़कीर फ़िरंगिया से बात करने में लगा था, मांधाता ने अपने एक नौकर को पाँच रुपए पकड़ा कर फ़कीर का अंत लाने का काम सौंप दिया. फ़कीर को मारना ठगों के लिए वर्जित था.

नौकर का हाथ सधा नहीं था, सो ज़रा हाथा-पाई तो हुई.

नौकर रुमाल फेंक कर उसे कस रहा था और फ़िरंगिया ने फ़कीर के हाथ पकड़े हुए थे. खेंचाखेची में फ़कीर की इकलौती सम्पत्ति, उसकी चादर, तो नीचे गिरी ही, वो खौफ़ भरी आँखों से फ़िरंगिया को देखता गया और जैसे भी बोल सकता था बोल पड़ा, "लेकिन ... लेकिन ...ठहरो ... वो ... नूर ...नूर बेगम ... वो ...नूर बे..."

लेकिन उसकी बाहर उभरी आँखों से रौशनी जाती रही और उसने बोलना बंद कर दिया. आखिरी शब्द थूक में घुल कुल्ले समान निकल पड़े.

कुछ पल के लिए फ़िरंगिया उसका नग्न शरीर हाथ में पकड़े उसके आखिरी शब्दों में फंसा रहा. फ़कीर के मुँह से झाग निकलने लगा और कुछ देर वो कपकपाता रहा, फिर एक खुड़खुड़ाती सी आवाज़ निकली और वो गिर गया.

टट्टू के ऊपर से बोरा उतार कर जीताजी टट्टू को पानी में धकेल रहा था. "बाहर आएगा तो देखना कैसा रंग निखरा हुआ निकलेगा."

सिर उठा कर जो नौकर को देखा तो उसका चेहरा फक्क सा पाया. "अब तुझे क्या हो गया?"

नौकर हाथ में वो बोरा पकड़े था जो फ़कीर टट्टू पर सवार होने के लिए जीन की तरह उपयोग में लाता था. वो बोरे का मुँह खोल कर अंदर की तहों में पड़ी एक थैली दिखा रहा था. थैली का भी मुँह वो खोल चुका था और उसमें निरे सोने के सिक्के भरे दिख रहे थे. नौकर का चेहरा फक्क नहीं पड़ा था. वो तो सोने की चौंध से उसकी आँखों में बसंत फूल आया था. किसी ने ये सपने में न सोचा था कि वो घिनौना फ़कीर इतना धन छिपाए गाँव-गाँव घूम रहा था.

फ़िरंगिया ने उस थैली को उठा कर उसका निरीक्षण करना शुरू कर दिया. थैली में सैकड़ों सिक्के थे, और सिक्कों के नीचे भी कुछ दबा पड़ा था. उसने अपना रूमाल ज़मीन पर बिछा कर उस पर सिक्के उड़ेल दिए. नीचे एक अँगूठी दबी थी, उसे निकाला तो हक्का-बक्का रह गया. ये तो वही पंचरंगिया अँगूठी थी जो उस रात उसने चंदा बाई की उँगली में सजी देखी थी. उसे कुछ समझ नहीं आ पाया. अँगूठी अपने पास रख, सोने के सिक्के उसने जीताजी को पकड़ा दिए और सबको छोड़ अलहदा चला गया.

उधर गिरोह में लूट की खबर दावानल के समान फैल रही थी और इधर नदी के किनारे फ़िरंगिया खड़ा-खड़ा एक बड़ी लहर को चीर कर आगे बढ़ता हुआ देख रहा था और अपने अंदर जी मिचलाते हुए महसूस कर रहा था. वो फ़कीर के आखिरी शब्दों पर ग़ौर फ़रमाने लगा. कहीं वो उससे कुछ कहना तो नहीं चाह रहा था. वो सब वो भूल भी जाए, क्योंकि कौन मरता बिना मिन्नत किये जाता है, मगर उसे ये नहीं समझ आ पा रहा था कि चंदा बाई की अँगूठी उस फ़कीर के पास क्या कर रही थी.

चंदा बाई को छोड़े हुए कितने दिन बीत गए थे, मगर उसने जो उसके भावों में खलल मचाई थी वो जा कर ही नहीं दे रही थी. दिन में कितनी दफ़ा वो उसके बारे में सोचता था. अक्सर लगातार सोचता रहता था और उस से मिलने को बेकरार हो उठता था. रात को सोता तो अपने बाहों के बीच का खालीपन महसूस करता. उसके बिना जीवन जीने लायक ही नहीं लगता था. वो तो सिर्फ़ उसके पास लौट जाना चाहता था.

17. उस दिन लूट का माल ज़बरदस्त था. सोने के सिक्के और ख़ज़ांचियों के ज़ेवर के कुल मिला कर मूल्य बुज़ुर्गों ने अस्सी हज़ार रुपए तय किए. घर लौटने की इच्छा अब हर आदमी के सीने में पहाड़ समान खड़ी हो गई थी. लेकिन राजा के गिरोह की तो अभी शुरुआत ही हुई थी.

फ़िरंगिया के आदमी राजा के आदमियों के साथ मिल गए. चुटिया करामात को करार किया गया. वो अपना रथ धीमी गति से चला रहा था और ज़ोर से गुनगुना रहा था. रास्ते में कोई जाता दिखता तो गुनगुनाना रोक उनसे कहता, "आएँ, हमारे साथ यात्रा करें."

दो भिश्ती जो उसी ओर जा रहे थे, साथ लग गए. फिर क्या था, रास्ते भर आदमी लोग मस्ती में गाते रहे, प्यास लगती, तो भिश्तियों से पानी ले बुझा देते. भिश्तियों की भी अच्छी खासी आमदनी हो रही थी.

दोपहर हुई. नदी किनारे पहुँचे. नदी सूखी पड़ी थी. बस मिल गई थी जगह राजा के आदमियों को अपना काम तमाम करने की.

तपती धूप थी, दूर तक मुलायम बालू चढ़ी पड़ी थी. पैदल चलते भिश्ती कहाँ इतना चौड़ा विस्तार एक बारगी में पार कर पाते. सो सूखे नदी-तले के बीचो-बीच रुक गए, कि ज़रा सुस्ता लें. फ़िरंगिया अपने कुछ साथियों के साथ किनारे पर ही रुका रहा. वहीं खड़े हुए उन बेचारे भिश्तियों को उकड़ू बैठे देख रहा था. बाकी घुड़सवार उतर कर बालू से आपस में होली खेलने में लग गए. सूखी होली कब तक खेलते. कुछ लोग वहीं तले में हौज सा खोदने लगे. अब हौज होगा तो पानी तो चाहिए ही होगा न. राजा का छोटा भाई, छोटे राजा, की एक भिश्ती से खेंचा-खेंची होती

दिखने लगी. भिश्ती पानी की बरबादी नहीं चाहता था, तो छोटे राजा ने उसकी ओर कुछ फेंक दिया.

"और सिक्के," मन ही मन फ़िरंगिया सोच रहा था. "अजीब चीज़ होते हैं, सिक्के. इनके आते ही अनचाहा चाहत में बदल जाता है."

खैर, भिश्ती के लिए वे दो सोने के सिक्के अनमोल थे. आज तक सोना दूर से ही देखने को मिला था. अब हाथ में था. उसकी खुशी का ठिकाना न था.

राजा के आदमी काफ़ी देर तक एक दूसरे पर भिश्ती की मशक से पानी के फुहार मार रहे थे. फिर हौज में किसी एक को पकड़ और पिचकारी मारते. यूँ ही मौज करते रहे. दूसरे भिश्ती ने भी खुशी-खुशी अपनी मशक दे डाली. ये भी न सोचा की बिना मशक के भिश्ती भिश्ती कहाँ रहा.

राजा के आदमियों की मौज-मस्ती खत्म हो कर नहीं दे रही थी, फ़िरंगिया ही इस खेल से थक गया था. शीशा चमका कर संकेत कर दिया कि अब खत्म करो वरना खतरा सम्भव है.

भिश्ती भी जन्नती लोग थे. खुशी-खुशी उकडू बैठे राजा लोगों का पागलपन देखे जा रहे थे. धन जो प्राप्त हो गया था. समझ ही न पाए कि लड़खड़ाते हुए राजा उनकी ओर बढ़ गया था.

ज़ोर से करामात ने कुछ ऐलान किया और एक साथ कई उन दोनों पर टूट पड़े. एक तो तुरंत चला गया, दूसरा योद्धा निकला. आसानी से नहीं गया.

उसके हाथ से जो सोने के सिक्के छूट गए थे, दूर तमाशा देखते छोटे राजा झुक कर उठाने को हुआ, तब भी अपनी आखिरी घड़ियों में वो भिश्ती उन्हें पकड़ने को हाथ बढ़ा रहा था. जब अंत आया हाथ तब जा कर रुका.

आदमी के पैर राजा के आदमियों ने अब भी पकड़े हुए थे और वो सीधा मुँह के बल बालू पर गिरा. मुँह हवा के लिए व्याकुल, मरते दम रेत से भर गया. छोटे राजा ने वो सिक्के उठा लिए, रेत झाड़ी और उन्हें चूम कर वापस अपने सीने से लगी जेब में गेर दिए. करामात के हाथ में भी तीन रुपए बंद थे. उसके लिए तीन रुपए के क्या मायने थे? और सुबह ही ये उसकी ही जेब में न थे? फिर भी इतनी संतुष्टि उसे बड़े दिनों बाद ही मिल रही थी. अपनी बंद मुट्ठी को वो देर तक आँखें मूंदे, हवा में ताना रहा. चारों तरफ़ खामोशी थी, बस हवा कानों में भनभना रही थी. उसके साथियों में

कुछ बालू पर पड़े नीले आसमान को, ऊपर उड़ती चीलों को निहार रहे थे, कुछ छोटे बच्चों की तरह खुशी में लोट रहे थे.

फ़िरंगिया की मुट्ठी में भी एक बहुमूल्य चीज़ बंद थी. अँगूठी अपनी जगह पर क्यों नहीं थी? क्या वो खतरे में थी? वो अपने खास भरोसेमंद आदमी उसके साथ छोड़ कर आया था. क्या कोई मुसीबत उस पर टूट आई थी? अब तो बस एक ही विचार उसे खाए जा रहा था. उसके पास लौट जाने का विचार. एक बार जब वो उसे सही-सलामत मिल जाएगी, तो वो उसका साथ कभी न छोड़ेगा. ऐसा उसने तय कर लिया.

18. बमहानी से चार कोस दूर नैनपुर के समीप एक पेड़ों के झुरमुट में ठगों ने पड़ाव डाला था. वहीं ग्वालियर के अंग्रेज़ी अजेंट के आने का पता चला. बड़े पहरे के साथ अंग्रेज़ अधिकारी आ रहा था और उस सुरक्षा का फ़ायदा उठा कर बहुत सारे यात्री उस के साथ लग गए थे. ये सोच कि वहीं से कुछ यात्रियों को फुसलाया जाए, ठगों ने भी उस कारवाँ में जुड़ने का फैसला लिया.

दो दिन और एक रात सफ़र कर वहाँ पहुँचे. रास्ते में कई और ठगों के गिरोह मिले. सब उसी ओर जा रहे थे. सबके मन में वही विचार था.

झोली खान - गोरा वाला - अपने तीस पुष्ट आदमियों के साथ आ रहा था. झलौन के थे, सब के सब किसान.

एक दूसरा झोली खान भी था - काला वाला. अपने गाँव का ज़मींदार. उसके साथ पंद्रह आदमी थे.

झब्बन खान एक नामी ठग था. वो भी इन के साथ जुड़ गया. उसके साथ पैंतीस अच्छे ठग थे.

सिवनी से बारह कोस दूर गोरखपुरकलां पहुँचते-पहुँचते ये एक सौ पच्चीस हो गए. वहीं इकट्ठा हो कर ये सब अंग्रेज़ के कारवां के आने का इंतज़ार करने लगे. कारवाँ पास आने पर अनेकों छोटे-छोटे गुटों में बँट कर कुछ छुट्टी पर सैनिक हैं, ऐसा कहकर, कुछ अपने को व्यापारी हैं, ऐसा. और कुछ अपने को तीर्थ यात्रा पर निकले साधारण जन बतला कर अलग-अलग स्थान पर कारवाँ से जुड़ गए. जुड़ने के बाद अपने आसपास यात्रियों से भी घुलना-मिलना शुरू कर दिया.

अभी दो दिन भी न बीते थे कि कुछों का बड़ाबड़ाना भी शुरू हो गया.

"अंग्रेज़ी शक्ल क्या देख ली, बनियों ने माल के दाम ही बढ़ा डाले," अपने लिए और अपने पोते बल्लू के लिए रोटियाँ बनाते एक बुज़ुर्ग भुनभुना रहा था.

"मुझे तो पानी पीने में घिन आ रही है. ये इनके हाथियों ने सब पानी मैला कर के रख दिया है. हाय अभी वो भिश्ती साथ होते तो पानी की मुश्किल न होती." करामात अलग शिकायत कर रहा था.

"लेकिन ये भी तो सोचिए, हमें सुरक्षा तो मिल रही है न?" उधर मांधाता अपनी लगाता.

"कैसी सुरक्षा भाई? अभी पिंडारियों ने जो अंग्रेज़ के सैनिकों पर हमला कर दिया, तो फसेंगे तो हम मुसाफ़िर लोग ही न? हथियार भी तो नहीं हैं अपने पास."

"और अगर कल को लाट साहब को शिकार करने का विचार आया, तो ..."

शिकायतों के इस लगातार सिलसिले ने कईयों को मनवा दिया कि "हम सौ ... कितने? एक सौ पच्चीस हैं, हम तो अपना अलहदा ही इंतजाम करके खुस होंगे."

बस अलग यात्रा को राज़ी हो गए. लखनादौन का रास्ता था, कच्चा था, पर छोटा भी था.

"वो रास्ता पकड़ेंगे, न पिंडारियों का खतरा होगा, उलटे लगे हाथों लखनादौन के मशहूर तेंदू के पत्ते भी उठा लेंगे."

गणेशगंज पहुँचते-पहुँचते ये तय हो गया और सहजपुर के मोड़ पर जो निकले इनके साथ अट्ठारह आदमी और चार औरतें भी लग गए. ये सब बराती थे, दूल्हा और उसके घर वाले. मांधाता से काफ़ी घनिष्ठ मित्रता हो गई थी. दूल्हे के संग उसकी माँ, छोटी बहन और दो बुआएँ थीं, साथ में कई चाचा, ताऊ और मामा लोग थे. शादी जबलपुर में थी. करामात को जब पता चला कि बराती साथ चल रहे हैं तो वो दूल्हे से बोल पड़ा, "सौभाग्यवान, हमारी शरण में आना काफ़ी महंगा पड़ेगा. तेरे साथ तेरी शादी में पहुँच जाएँगे हम सब के सब, बेटा."

दूल्हा भी हँस कर बोला, "हाँ, हाँ! हमारे ससुर को हमारे सभी मेहमानों को खुस रखना होगा."

19. "पहाड़ी गाँव के पास एक पुराने कुँए के किनारे – बहुत बढ़िया बिला है."

जिन दो ठगों को पहले ही ठिकाना ढूँढने को भेजा गया था, वे लौट आए थे.

"हमारे और फ़िरंगी के सैनिकों के बीच घना जंगल होगा. किसी को कानो-कान खबर न होने पाएगी."

रात हुई, पड़ाव डाला गया. वो जगह पड़ाव के पास ही थी. करामात ने घूम कर दूल्हे से कहा, "तो कल सुबह हम फिर फ़िरंगी के कारवाँ से मिल लेंगे." ये बात सुन दूल्हे की माँ खूब खुश हुई.

"इस वक्त सब थके हुए हैं, आम का अच्छा बाग है. क्यों न रात यहीं गुज़ारें. सुबह जल्दी जो जगना है."

करामात का सुझाव सब को पसंद आया. थकान ऐसी थी कि करामात और दूल्हा एक ही कालीन पर सोने को गिर पड़े. अपने कम्बल को चारों तरफ़ लपेटते हुए इस स्थिति की विडंबना से फ़िरंगिया हैरान सा हो गया.

आधी रात के कुछ देर बाद मांधाता ने सब को जगाना शुरू कर दिया.

"सुबह होने में घंटा भर बचा है. उठो."

वो सब के कानों में यही बात कहे जा रहा था. फूलसा ने उठने से मना कर दिया. और बच्चे भी उठने से मना कर रहे थे. जीताजी नौकर साथ छोड़ कर जाने लगा. तभी दूल्हा और उसकी बहन भी कह उठे कि हम भी बच्चों के साथ ही आएँगे. कुछ देर और सो लें, लेकिन अपनी माँ की आँखें देख उन ने अपना इरादा बदल दिया.

कुएँ तक चलते-चलते सब का यही विचार था कि वे बीच रात में ही चल रहे थे और सुबह होने में काफ़ी वक्त बाकी था. कई थे जो गुस्सा करने लगे थे. आखिर करामात ने ही तंग आ कर कहा, "ये इत्ती जल्दी हमें किसने जगा डाला?"

तब हाथ में जूता लिए मांधाता सामने आया और बोला कि "लीजिए, ये रिहा जूता, और ये रिहा सिर. बूढ़ा हो गया हूँ, तो उल्लू की हू-हू को मुर्गे की बाँग समझ बैठा. क्या करूँ?"

उसकी बात सुन करामात ज़ोर से हँसने लगा. कुछ और लोग भी उसके साथ हँसने लगे. "कुछ साल पूर्व मेरे साथ बिलकुल ऐसा ही हुआ था."

लोगों का गुस्सा ज़रा ठंड़ा हुआ तो करामात बोलता गया, "अब उठना हो ही गया है तो भले जनों, और देवियों, क्यों न ज़रा बैठा जाएँ, कुछ बातें की जाएँ, कुछ

कहकहे हो लें, कुछ फ़साने सुनाए जाएँ. और जिस किसी को नींद आ रही है वो ज़रा और आँख लगा ले."

लेकिन बरातियों में अब कोई बैठने को तैयार नहीं था. वो तो बस चल कर फ़िरंगी कारवाँ लौटना चाह रहे थे, सो बिना कुछ कहे खड़े रहे.

"तो ठीक है, जिसका खड़े रहने का जी हो वो खड़ा रहे, जो बैठना चाहे वो बैठ जाए. मैं तो सिर्फ़ इतना कहता हूँ," और यहाँ उसने अपनी आवाज़ ज़रा ऊँची कर के कहा, "कि ग़ज़ल शुरू की जाए."

एक सौ बीस आदमियों का बीस इन्सानों पर टूट पड़ना कितना कठिन हो सकता है? वो हत्या नहीं थी, वो तो रासमंडल में मुद्राओं का दोषहीन तालमेल था. इस स्वाँग का अभ्यास ये हर तरह से अनेकों बार कर चुके थे. इस बार क्यों कर चूकते?

बस एक लड़की को किसी ने न छुआ. दूल्हे की बहन पूरा हादसा दहशत से देखती रही, उसकी तो जीभ में ही गाँठ बंध गई थी. वो तो हत्याकांड के खत्म होने पर जो सब एक सुर में चीख उठे, '*जय काली!*' तब जा कर ही वो समझ पाई कि ये कोई बुरा सपना नहीं था, असलियत थी. उसने अपने खूबसूरत जवान भाई को विकरालता से शिथिल होते हुए देखा था. उसकी आँखों के ढेले निकलते देखे, जीभ इस कदर बाहर लटक सकती है इसका उसे बिलकुल अंदाज़ा न था. वो भाई की ओर दौड़ी गई और बदन से साँस बुझी पा कर रुक गई, उसे छुआ तक नहीं. घूम कर वो अपनी माँ को खोजने लगी. उसे पाया तो उसके चेहरे को उसके पल्लू से ढँक उसकी छाती पर अपना मुँह छिपा लिया. छाती अभी ठंडी और सख्त नहीं हुई थी. कुछ पल वो सिसकियाँ भरती रही लेकिन इससे उसे कोई आराम नहीं मिल रहा था. तब जा कर वो अपने चारों तरफ़ खड़े आदमियों की ओर मुड़ी और बड़ी शोकमयी चीख के साथ बोली, "राक्षसों! ये तुमने क्या कर डाला? मेरे सभी सम्बन्धियों को मार डाला? हमने तुम्हारा क्या बिगाड़ा था?"

ठगों के लिए उसका रोना बड़ा भयंकर होता जा रहा था. उनकी इस तरह विलाप सुनने की आदत ही नहीं थी. उसे ढांढस देने मांधाता उसके पास आया.

"बेटी," टूटती आवाज़ में बोला. "आज से मैं तुझे अपनी बेटी मानता हूँ. तू मेरे साथ चल."

112

जब वो उसके पास आया तो वो उछल कर बोली, "मेरे और पास न आना. तुम किसी के बाप हो ही नहीं सकते. तुम तो इन्सान ही नहीं हो. तुम में से कोई भी इन्सान नहीं है."

वो अपने चारों तरफ़ देखने लगी. एक चाचा के शरीर के निकट एक बड़ा सा पत्थर पड़ा था. वहीं भाग कर वो अपना सिर पीटने लगी. ठग अगला क्या कदम लें इसी सोच में डूबे थे. लड़की को मारना मना था लेकिन उसे जंगल में छोड़ के जाने में भी मुसीबत थी. इसी बीच करामात के एक आदमी ने उसे पकड़ लिया.

"औरों के बारे में मुझे नहीं मालुम, मगर अपने लिए माल बेदाग और बिन-टूटा ही पसंद करता हूँ," कहकर वो उसे खींच कर ले जाने लगा.

"मैं मरना चाहती हूँ. मुझे मरने दो."

"ठीक है मेरी परी. तू मरना चाहती है तो मर जाना, लेकिन उससे पहले मुझे भी तुझ से ज़रा काम था. चल." वो उसे घसीट के ले जाने लगा.

"रुक जाओ! नहीं, ये ग़लत है." पीछे से फ़िरंगिया चिल्लाया.

जब आदमी अपनी ज़िद पर अड़ा रहा और ये कहकर कि "तुम इस मामले से बाहर ही रहो," लड़की को खींचता गया, फ़िरंगिया उस पर टूट पड़ा. जब करामात के दो और आदमी फ़िरंगिया को रोकने को बढ़े, तब जीताजी फ़िरंगिया का हाथ बटाने मुठभेड़ में घुस गया.

"रुक जाओ!" पीछे से करामात के चिल्लाने की आवाज़ आई. "बस करो. मामला निपट गया है."

जब वे मुड़े तो देखा कि करामात मुस्कुरा रहा था और उसके कदमों पर दूल्हे की चौदह वर्षीय बहन का सिकुड़ा हुआ मृत शरीर पड़ा हुआ था.

ठगों में बड़ी कड़वाहट भर गई थी.

"इस लूट में हम कोई हिस्सा नहीं लेंगे."

फ़िरंगिया के दल में सभी इस बात से सहमत थे. फिर भी वापसी में देवी के चढ़ावे के लिए मांधाता ने तपौनी के लिए पाँच रुपए का गुड़ खरीद लिया था.

"ये गुड़ है जो हमें बदल डालता है," फ़िरंगिया के मन में ये विचार उठा. और अपनी ठग की ज़िन्दगी में पहली बार उसने गुड़ गृहण नहीं किया. ढेले को ज़मीन पर गिरा दिया.

मुठभेड़ के चक्कर में लाशें ठीक तरह से दफ़नाई नहीं गई थीं और सुबह होते ही किसी गाँववाले को दिख गई थीं.

ठगों के निशान ताज़े थे सो ढूँढने में वक्त नहीं लगा. पहाड़ी गाँव का ठाकुर अपने आदमी लिए उनके पीछे लग गया. फ़िरंगिया के दल से जो मिले तो उनके पास कुछ न मिला. जब तक और ठगों तक पहुँचे वे सीमा पार कर लखनादौन पहुँच चुके थे. इस उम्मीद से कि शायद ठग अपनी लूट उनके साथ भी बाट लें, दूसरे गाँव के आदमियों ने ठाकुर के खिलाफ़ करामात का साथ दिया और वे सब बच गए.

20. *बहुत साल पहले जब संसार के परमेश्वर ने अपनी सबसे उत्कृष्ट रचना शुरू की, एक भयानक दानव उठा और उसने तुरंत मानव जाति का भक्षण आरम्भ कर दिया. तब भगवान की संगिनी, काली, ने उस विनाशक प्राणी को स्वयं समाप्त करने की ठानी. किन्तु, देवी के प्रयत्नों से दानव का मरना तो दूर, दानवों की वृद्धि ही हो रही थी. उसकी तलवार के प्रहार से टपकती दानव की हर रक्त की बूंद से एक नया दानव जन जाता. दानव का अंत रक्तपात से असंभव था. फिर थकी मांदी देवी में अपना पल्ला फाड़ कर अपने योद्धाओं को दिया, "मेरे बच्चों, अब ये ले कर दानवों को मारना." नए हथियारों का उपयोग कर अपने योद्धाओं के संग उस ने सब दानवों को मार डाला. शत्रु परास्त होने के बाद, जो देवी के भक्तों ने वे रूमाल लौटाए तो देवी दुख भरे स्वर में बोली, "मेरे बेटों, इन्हें अब तुम अपने पास ही रखो. काम खत्म नहीं हुआ है, क्योंकि जो रचना ईश्वर ने एक सपने और एक गीत को मिला कर की थी, वो अब दानव के रक्त से दूषित हो गई है.*

21. "माँ! मैंने तुम्हारी हमेशा सच्चे दिल से सेवा की है. लेकिन अब मैं थक गया हूँ."

फ़िरंगिया में जोश मर चुका था. इस अभियान में कुछ अलग बात थी. सपनों में जो सूनापन उसे जकड़ लेता था, वही अब वो जीते-जागते में महसूस करने लगा था.

लखनादौन पहुँच कर वे फिर अंग्रेज़ी अजेंट के कारवाँ का इंतज़ार कर रहे थे. इस दफ़ा वे कारवाँ में केवल मुसाफ़िर की हैसियत से जुड़ रहे थे. घर छोड़े चार माह बीत गए थे. देवी की सब ने खूब सेवा की थी. वापसी में अच्छा इनाम भी मिला था. अब घर पुकार रहा था.

फिर भी फ़िरंगिया के ऊपर जो ख़ामोशी मंडरा रही थी, उसे उसके चारों तरफ़ की धींगामस्ती भरी हँसी-ठिठोली नहीं भेद पा रही थी. कुछ अनजाना सा शोक उसकी आत्मा को खाए जा रहा था. कारवाँ में जगह मिलते-मिलते धूलि शाम छाने लगी थी. धुँधली रौशनी में उसे आसपास के लोग भी दूर, छायामय लग रहे थे, जैसे कि प्रेत हों. ये कौन हँसता-खिलखिलाता लड़का अपने घोड़े पर सवार उसके साथ-साथ चौकड़ी भर रहा था. उससे कुछ कह रहा था, क्या कह रहा था, उसे तो उसकी आवाज़ तक सुनाई नहीं दे पा रही थी. जो सिर घुमा के अपनी दूसरी तरफ़ देखा तो एक आदमी को पाया. वो भी उसके बगल में ही अपने घोड़े पर सवार था. लेकिन उसे लगा कि वो उसे देख कर चिल्ला रहा था. आँखों मे कुछ चौंका सा भाव था. देखते ही देखते वो अपना घोड़ा एकदम सामने ले आया. खुद उतरा और उसे भी उतार लिया.

"ये तुम्हे हो क्या गया है?" उसके कंधे पकड़ कर उसे ज़ोर से हिला रहा था, चिल्ला रहा था.

जब आखिर उसे जीताजी की आवाज़ सुनाई दी, तब उसे सीधे देखते हुए वो बोला, "मैं अब ये सब नहीं कर सकता."

जीताजी को उसकी बात समझ नहीं आ पाई. शायद वो आगे और कुछ कहे, वो इंतज़ार करता रहा.

"हमारे तरीके गलत हैं, हम गलत हैं, इस बात का मुझे यकीन होने लगा है."

उसकी बात सुनकर जीताजी के बदन में घृणा की लहर जो दौड़ी, फ़िरंगिया को भी महसूस हुई.

"तू माँ पर शक कर रहा है?"

"न, मैं बस अपने इरादों पर शक कर रहा हूँ. हमें मारने की लत लग गई है. माँ कब आईं थीं तेरे पास या मेरे पास?"

"तो तू अपने बाप को दोषी ठहरा रहा है?"

पहली बार जब उसने किसी आदमी का गला घोट कर उसे मार गिराया था उसी याद को फिर याद कर उसके बदन में एक सरसराहट दौड़ गई. किसी की ज़िंदगी कभी भी खत्म करने की, उसकी किस्मत की बागडोर अपने हाथ में पाने की क्षमता रखने का खुद में जो गुमान पैदा होता है, वो उसे याद आया.

"नहीं." जीताजी के इलज़ामों से उसे चिढ़चिढ़ाहट हो रही थी.

"तो क्या? ये कहना चाहता है कि हमारे पूर्वजों ने हमें बहकाया है?" जीताजी की आवाज़ में बड़ी कड़वाहट थी.

ये बात तो वो मानता था कि वो और उसके साथी ठगी के रास्ते पूरी तरह से भक्ति भाव से चल रहे थे. रास्ते भर का सौहर्द - चाहे वो आपस का हो या उनके द्वारा मारे जाने वाले मुसाफ़िरों के संग का – और हमले के बाद 'जय काली' की गरज, वो सब सच में लिप्त, दिल की गहराईयों से उठते भाव थे.

ठग व्यवसायिक छली थे, मगर उनका दिल साफ़ था, पिघले सोने जैसा साफ़. फिर भी उसके मन में आशंका थी. मृत्यु के साथ इन लोगों का एक अदृश्य, अद्वितीय समझौता है, ये उसने कैसे अपना पाया? अपने द्वारा मारे गए इन्सानों की पीड़ा की ओर वो एकदम निर्मम कब से हो गया?

"मुझे मेरे हाल पर छोड़ दे, जीताजी. मुझे किसी को दोषी ठहराने की कोई ज़रूरत नहीं है. मैं बस इतना जानता हूँ कि मैं ये सब नहीं करना चाहता."

शायद उसके अंदर की थोड़ी सी मायूसी उसकी आवाज़ में फुदक कर आ गई थी क्योंकि जीताजी का गुस्सा अचानक उड़ गया और उसने अपने दोस्त को आलिंगन में भर लिया.

"हताश क्यों होता है, आला? ये दुनिया उम्मीद से ही तो आगे बढ़ती है. हम जल्द घर पहुँच जाएँगे. तब सब ठीक हो जाएगा, देखना."

लेकिन वो तो अंधकार की लहरों की जकड़ में डूबता हुआ इन्सान था. जीताजी के शब्दों ने कुछ हौंसला बढ़ाया और वो बोल बैठा, "मैं घर नहीं लौटना चाहता. मुझे तो उसके पास ही वापस जाना है."

"ओह! तो ये अश्लील प्यार है जो तुझे अपने धर्म के रास्ते से बहका रहा है." मुड़ कर वो अपने घोड़े की ओर बढ़ने लगा.

"अश्लील प्यार?" घिनयाते हुए अब फ़िरंगिया चिल्लाया. "तेरी मजाल कैसे हुई मुझसे ये कहने की? कौन था वो जो सोते-जागते सिर्फ़ प्रेम गीत ही गुनगुनाता रहता था? और आज तू मुझसे ऐसे बात कर रहा है? इत्ती जल्दी बदल गया? एक सच्चा भाव तेरे लिए कोई मायने नहीं रखता और जो तूने न कभी देखा न जाना वो अटल धर्म बन गया. अब तू ही बता, तेरे बारे में मैं क्या बोलूँ."

"मेरे लिए वफ़ादारी बाकी सब चीज़ों से ऊँचा ओहदा रखती है. कोई भी चीज़ जो आदमी को उसके दोस्तों, देश या धर्म से भटकाती है मेरी नज़रों में एक वाहियात चीज़ है, अश्लील चीज़ है." वो घोड़े पर चढ़ चुका था. धीमे स्वर में बड़बड़ा रहा था. "ज़िन्दगी में क्या नहीं है जो आदमी के साथ गद्दारी न कर सके? तो प्यार में भी तो गद्दारी हो सकती है. अरे, तेरे और मेरे जैसे लोगों को ये दुनिया कब की कुचल डालती, फ़िरंगिये. ये हमारे विश्वास ने हमें बचाए रखा है. हम आज जो हैं माँ की वजह से हैं और तू माँ को ही त्यागना चाहता है?"

"अब तू अंट-शंट बके जा रहा है. हम जिन्हें अपना विश्वास कहते हैं, वो सब तो बस शब्दों का खेल हैं." वो मुड़ के जाने लगा.

"कटोरी भर शहद मक्खी को फाँस लेती है, ये याद रख." पीछे से जीताजी गुरगुरा रहा था. "ये प्यार तेरे को मक्खी की औकात तक ले आएगा. सुन, आज से मैं तेरे को गद्दार मानता हूँ. हमारे रास्ते न ही मिले तो भला होगा." लात की ठोकर से घोड़ा बढ़ने लगा और वो चला गया.

22. अपनी पोटली बाँध कर वो मांधाता के खेमे में पहुँचा. करवट लिए मांधाता कालीन पर लेटा था. फ़िरंगिया को मालुम था कि वो जागा हुआ है. "बाबा," पिता के कदमों के पास बैठे वो बोला, "मुझे जाने की अनुमति दो."

मांधाता चुप रहा. हिला तक नहीं.

"कुछ तो कहिए," पैर पकड़ कर वो गिड़गिड़ाते हुए बोला.

"मैं अगर अनुमति न दूँ तो?"

"मैं रुक जाऊँगा." उदास स्वर से वो बोला. "लेकिन सीना मेरा खाली होगा. दिल कहीं और चला गया है, बाबा. तुम्हे तो ये मालुम है."

मांधाता उठ बैठा. उसने उसे अपनी बाहों में भर लिया. "मैं तेरी माँ से क्या कहूँगा? कैसी बेहाल हो जाएगी वो." उसकी आँखें लाल हो गई थीं और चेहरा धुला. "और दुलारी, तेरी बेटियाँ? क्या होगा उन सब का?"

"मुझे नहीं मालुम. वो आपकी पोतियाँ हैं. दुलारी आपकी बहु. उसकी जगह आपके घर में है. उसको भी तो आप और माँ चुन कर लाए थे." वो ज़रा चुप हुआ, फिर बोलने लगा. "अगर आप मुझे खुले दिल से अनुमति नहीं देंगे तो मैं कहीं नहीं जाऊँगा."

"न. मैं तुझे ऐसे कैसे रख सकता हूँ. न. तू जा सकता है, बेटा." उठकर उसने फ़िरंगिया का माथा चूमा और मन में उसका चेहरा घर कर जाए ऐसे देर तक उसका चेहरा निहारता रहा. फ़िरंगिया ने पिता के पाँव छुए और चला गया.

सभी उसके जाने से दुखी थे, लेकिन हरेक उसकी खुशी चाहता था.

"तू जा, माँ का आशीर्वाद तेरे साथ है न." चिलम भरते एक बुजुर्ग ठग ने कहा. उसका झुर्रीदार चेहरा ढाढस लदी तस्तरी सा लग रहा था. वो पिनक में जो था. "मालुम है, उसकी किताब में प्यार का सबसे ऊँचा दर्जा है. काश कि सब के सब एक साथ प्यार से जी पाते ..." उसने फ़िरंगिया को जाने के लिए झटका दिया और उलटे खुद कालीन पर लुढ़क गया. अगली घड़ी वो खर्राटे भर रहा था.

पचास ऊँट और तीन हाथी अंग्रेज़ अजेंट का सामान लादने के काम मे लाए जा रहे थे. जब वो पड़ाव डालता था तो अपना पताका कारवाँ के सिरे पर गाड़ता था. सौ खाए-पिए सैनिक बगल में डेरा डालते थे. कारवाँ के जानवर पड़ाव के दूसरे पक्ष पर बाँधे जाते थे. सैकड़ों यात्री और उतने ही व्यापारी-दुकानदार अंग्रेज़ अधिकारी के पहरे का फ़ायदा उठा कर उसके कारवाँ से जो जुड़े, वो कारवाँ एक मील लम्बा खिंच गया. व्यापारियों ने अपने-अपने झंडे अंग्रेज़ के पड़ाव के तुरंत बाद गाड़े, वहीं अपनी दुकानें लगाईं और उन दुकानों के पीछे यात्री लोगों ने अपने खेमे गाड़े. चंदा बाई के समूह के खेमे मीना बाज़ार के इलाके में पड़े थे. उसका पता फ़िरंगिया को कारवाँ में जुड़ने के पहले दिन से मालुम था. अपने आदमियों से वो पहले ही उसकी खैरियत के बारे में जान चुका था. अब जा कर उससे मिलने निकल रहा था और अब जो मिलेगा मरते दम ही उसका साथ छोड़ेगा.

फ़िरंगिया के पैर ज़मीन से कट चुके थे, वो हवा मे चल रहा था, ऊपर चाँद की ओर उड़ रहा था. चाँद में एक खुश-अदा रूपमती डोल रही थी, बाँहें खोल कर उसे बुला रही थी, उसका इंतज़ार कर रही थी.

एक के बाद एक दुकानों के डेरों ने उजाड़ जगह को रास्ता बना दिया था और लम्बे पाँव रख जल्दबाज़ आदमी आगे बढ़े जा रहा था. जलते कंडों से उठता धुआँ ठंडी हवा को भर रहा था और आँखें जला रहा था. धुएँ से भरी हवा में उसे उम्र से झुके कम्बलपोश आदमी, हुक्का गुड़गुड़ाते, आपस में बड़बड़ाते, अपने तम्बुओं के बाहर अलाव के चारों तरफ़ बैठे दिख रहे थे.

उधर लम्बे, काँसे जैसे तन वाले अगड़धत्ता आदमी आँधी की तरह ताड़ी की दुकान में घुसते दिख रहे थे. पीछे उड़ता हुआ उनकी ओढ़नी का पल्लू कम रौशनी में सुनहरा सा दमक रहा था.

"ओए चुलबुले!" अपने तम्बुओं के अंधेरे से झाँकती हुई किलकारी मारती जवान लड़कियाँ उसे अंदर आने का न्यौता दे रही थीं. किसी ज़माने में जीताजी के संग वो इस तरह के नामों से कन्याओं को पुकारता था. तब उनका मकसद कन्याओं को छेड़ना और उनमें किसी तरह की प्रतिक्रिया उत्पन्न करना होता था. लेकिन ये लड़कियाँ ज़िंदा-दिल थीं और वो बदला हुआ आदमी. वो चलता गया.

बाज़ दफ़ा हँसते, उछलते बच्चों के साये अचानक सामने आ जाते थे, उससे टकरा जाते थे और वो उन्हें धिर्कार कर आगे बढ़ जाता. शोरभरी दुकानों के भीतर उसे कुछ जाने पहचाने चेहरे दिखे और उसे लगा कि अपने हम-प्यालों को बगल में दबाए करामात दुकान से लड़खड़ाता सा निकल गया.

क्या जगह थी, अभी शहर, कल फिर बंजर!

मीना बाज़ार में शोर कम था. वो एक गली में मुड़ा और फ़ौरन उस ओर बढ़ने लगा जहाँ यात्रियों ने अपने तम्बू गाड़ रखे थे. फ़िरंगिया के सीने में दिल दौड़ लगा रहा था. एक बँधन तोड़ के आ रहा था, दूसरे में खुद को बाँधने जा रहा था. उसका इरादा पक्का था, नहीं, अब उसे कोई नहीं, कुछ भी नहीं रोक सकता था. सामने घनी भीड़ इकट्ठी थी. धार्मिक मनोवृत्ति रखने वाले यात्री यहाँ घेरा बनाए खड़े थे, कृष्ण भगवान के भजन गा रहे थे. बीच में एक आदमी मंत्र-मुग्ध हुए नाच रहा था.

पता चला, तीर्थ के लिए मथुरा जाने वाले सहजपुर के राजा नाच रहे हैं. जाने से पहले फिरंगिया ने भीड़ पर जो नज़र फिराई उसकी नज़र सामने खड़ी चंदा बाई की नौकरानी पर पड़ी. अपना सिर कम्बल से ढंक कर कुछ देर तक वो उसे देखता रहा. उसने देखा कि लड़की गाना सुनने का केवल बहाना कर रही थी. असल में अपने पास खड़े आदमी से बातें करने में लगी थी. वो आदमी लम्बा सा था और सुनहरे किनारे वाला चशमा और ऊँची सिलेटी टोप पहने था. अब इस आदमी को उसने पहले कहाँ देखा था?

उसे अचानक याद आया कि जिस दिन चंदा बाई ने उसे पहली बार बुलवा भेजा था, ये आदमी उस की बगल में ही बैठा था. कुछ देर वो उसे देखता रहा. उसे पूरा यकीन हो गया कि वो वही आदमी था. वही पारसी आदमी. चंदा बाई की नौकरानी से क्या बातें कर रहा था?

धीमी गति किए वो घेरे में तब तक खिसकता गया जब तक वो इन दोनों के ठीक पीछे न पहुँच गया. वहाँ खड़े हुए वो ऐसा बन रहा था जैसे राजा का नाच देख रहा हो, लेकिन उसके कान इन दोनों की बातचीत से चिपके हुए थे. लड़की पारसी को किसी अनहोनी बात के बारे में बता रही थी. वहाँ खड़े वो ज़्यादा कुछ समझ नहीं पा रहा था. आदमी की आवाज़ ज़्यादा साफ़ थी.

"अब कैसी हैं?" उसने पूछा और लड़की फिर लम्बे से विवरण में उलझ गई.

इस बीच आदमी ने एक थैली निकाल कर तैयार कर ली, शायद वो उसके विवरण खत्म होने का इंतज़ार कर रहा था. और जब आखिर वो बोला, "ये उन्हें वापस दे देना. अच्छा हुआ मैं इन्हें बेच न पाया," कहकर उसने वो थैली लड़की को थमा दी.

फ़िरंगिया तैयार खड़ा था. जैसे ही पारसी ने थैली लड़की के हाथ पर गेरी, उसने लड़की को हल्के से धकेल दिया. थैली ज़मीन पर गिर गई. जब तक लड़की ज़मीन से थैली उठा पाई तब तक थैली का माल फ़िरंगिया की हथेली में पहुँच गया था.

वो घेरे से निकल आया और पास जलती लालटेन की रौशनी में जो माल का निरीक्षण किया तो देख कर हैरान हो गया. अपने हाथ में वो चंदा बाई के वही पंचनगी झुमके पकड़े हुआ था जो उसने उसे पहने हुए देखा था.

23. लड़की की कानाफूसी खत्म हुई और वो कंकड़ों से भरी थैली कमरबंद में खोस चंदा बाई के खेमों की ओर चल पड़ी. आदमी बाज़ार के दूसरी तरफ़ दौड़ा जा रहा था और फ़िरंगिया की आँखें उस का पीछा कर रही थीं.

कौन था वो? चंदा बाई के झुमकों के साथ क्या कर रहा था? उसके लिए उस आदमी की पहचान जानना अत्यावश्यक हो गया था. जैसे संपिनी अपने मरे साँप के हत्यारे का पीछा करती है, कुछ वैसा हाल उसका हो रहा था. साँप के फ़ण समान कम्बल भी आगे चेहरे तक खींच लिया. सिर मे हज़ारों सवाल भरे हुए थे और वो उसका पीछा कर रहा था.

उतनी रात गए बाज़ार खाली पड़ा था. आदमी बाज़ार पार कर चुका था. आगे अंधकार था, फिर भी बढ़ता जा रहा था. लग रहा था उसका इरादा उधर जंगलों में घुस जाने का था. इस वक्त जंगलों में जो घुसता, बेशक हमेशा के लिए फंस जाता. फ़िरंगिया आदमी का इरादा नहीं समझ पा रहा था. वो जहाँ बैलगाड़ी खींचने वाले बैल बंधे थे वहीं रुक गया.

अंग्रेज़ अजेंट पड़ाव में सफ़ाई के बारे में ख़ास ख्याल रखता था. उसने जानवरों को मालिकों के खेमों के पास बाँधने की मनाही की थी. सभी जानवरों को बाँध कर रखने की अलहदा जगह थी. फ़िरंगिया भी उन तबेलों के पास आ गया. कुछ पल के लिए उसे लगा कि आदमी निकल गया था और उसने देख नहीं पाया था, लेकिन जैसे-जैसे उसकी आँखें अंधेरे के आदि हुईं, उसने आदमी को बैलों के बीच उकड़ू बैठे पाया. जब फ़िरंगिया उसके करीब आया तो वो एक बैल की पीठ थपथपा रहा था. उसे समझ नहीं आ पा रहा था कि वो कर क्या रहा था. पूछ बैठा, "क्या खोज रहे हो?"

आदमी घबरा कर उठ गया. दोनों के बीच एक हाथ की दूरी थी.

"कौन – कौन है?" वो पूछ बैठा. तभी लोटे में पानी की धार पड़ने की आवाज़ आने लगी. आदमी बैल की पेशाब इकट्ठा कर रहा था.

"अच्छा होगा कि मेरे साथ चलो." फ़िरंगिया बोला. "तुमसे कुछ पूछना है."

आदमी ज़रा सम्भल गया था. अपने पीतल का लोटा उठा कर वो फ़िरंगिया के पीछे चलने लगा.

"मुझे नहीं लगता मैं तुम्हें जानता हूँ. क्या मैं तुम्हें जानता हूँ?"

वे लालटेन के पास पहुँच गए, फिरंगिया ने झुमके निकाल कर उसे दिखाए और बोला, "मैं सिर्फ़ इतना जानना चाहता हूँ कि ये आपके पास क्या कर रहे थे?"

आदमी झुमकों को देख कर चौंक गया. रौशनी में उन्हें उठा कर घुमा कर देखने लगा. तब जा कर उसने फ़िरंगिया पर नज़र डाली. उसे ठीक से देख पाया ही था कि लगा जैसे उसके चेहरे के भाव ने पन्ना ही पलट लिया. जहाँ कुछ पल पहले घबराहट की लकीरें खिंची थीं, वहीं अब दहशत छप गई थी. जानवर अपने को फंसा हुआ पा कर जो दहशत महसूस करता है, वैसी. लेकिन वो भाव भी पलों में मिट कर आत्मसमर्पण में बदल गया. उसने अपना चश्मा उतार कर कमीज़ की जेब में डाल दिया, सिर पर टोप अब भी गुज़रे वक्त के शहनशाह के ताज की तरह टिकी हुई थी. बिना चश्मे के वो अलग दिख रहा था, कम उम्र का और खूबसूरत. उसकी भौएँ घनी थी, मगर सुडौल भी थीं, अपनी उदास आँखों से वो चारों ओर शाही अंदाज़ में देख रहा था. डर उसे छोड़ कर जा चुका था. दर्द, सिर्फ़ गहरा दर्द, उसमें समा गया था.

आसमान को देख कर वो कराह दिया. "कितनी कुरबानियाँ और दूँ? तो ऐसी होती है प्यार की अंतिम मंज़िल?"

आदमी जंगल की ओर जाने लगा. चौंक कर फ़िरंगिया उसके पीछे लग गया. "मैंने तुमसे कुछ पूछा था?"

"अपने आखिरी वक्त को तो मैं अपना बना कर ही रखूँगा."

"आखिरी वक्त?" आदमी ने उसे पहचान लिया इस बात से फ़िरंगिया हैरान हो गया. आसमान में बिखरे बादल चाँद को इस तरह छिपा रहे थे कि चाँदनी की एक पतली फाँक ही दिख रही थी, जैसे कि ऊपर हाथ धरे रात की रानी उँगलियों के बीच से भयावना दृश्य देखने का इंतज़ार कर रही हो.

दोनों आदमी अब जंगल में ऐसे घुस रहे थे जैसे वहाँ उनका कोई इंतज़ार कर रहा था. पारसी की आँखें एक पागल आदमी के समान सीधे हवा में टिकी थीं, ख्याल किसी और वक्त में गुम थे.

किसी और वक्त में ...

पड़ोसी के बाग से घुँघरुओं की झनकार उसके घर के चबूतरे तक पहुँच रही है. यहीं बैठ कर वो अपने मित्र जमशेद के संग बैठे गेंद पर डोरी लपेट रहा है.

'इसे कस के रखना सबसे ज़रूरी है,' जल्दी में वो फुसफुसा रहा है. जल्दबाज़ी इसलिए कि कान उसके घुँघरू की छन-छन पर ध्यान दे रहे हैं. दोस्त को तो वो आवाज़ कबूतरों की गुटरगू लग रही है, या पास खेलती लड़कियों की ठिठोली हँस. मुमकिन है उसे कुछ सुनाई ही नहीं दे रहा है.

उँगलियों में गोंद पोते वो बड़े प्यार से डोरी पर लपेट रहा है और तभी झनकार की ताल में ही प्रलय आ गई, उसके सीने के तालों से मेल खाने लगी. बस उँगलियाँ थाम कर वो आँखें मूँदे उन्ही को सुन रहा है.

'अरे, ये रुक क्यों गए,' दोस्त बेसब्र हो कर उसे हिला रहा है.

और वो है कि उसे तो यही फ़िक्र सता रही है की नाच चरम सीमा पर पहुँच चुका है, जल्द खत्म हो जाएगा. नर्तकी भी चली जाएगी.

उँगलियाँ ज़मीन पर पोंछ कर वो उठ कर जाने लगा.

'अरे, गेंदें!' पीछे से दोस्त चिल्लाया और वो फिसल कर सीढ़ियाँ उतर गया. ऐसी छलांग लगाई जैसे मछली अंधियारे पानी में छोटी मछलियों के झुंड के पीछे लगाती है. देखा था एक बार उसने अपने पिता के संग बम्बई के समुद्र में गोते खाते.

'गेंदें गईं पानी में!'

पाँच क्रिकेट की गेंदे और बनानी थीं.

'और मैच!' दोस्त की आवाज़ अब दूर से ही आ रही है.

भाग कर उसने दीवार टाप ली. वो बादलों की तरह हल्का हो गया, शेर की तरह वीर.

पूना क्लब के पारसी लड़कों का क्रिकेट मैच था.

'मैच गया पानी में!' वो ज़ोर से हँसने लगा.

एक और दीवार कूद कर पार कर ली. अब वो उस के बाग में है. आसपास नज़र दौड़ाई और चाल साध कर चलने लगा जैसे कि नवाब हो हांलाकि दिल की धड़कनें पागल बैल की तरह बेकाबू हैं. वो शिरीष के पेड़ के नीचे नाच रही है. अभी गई नहीं.

उसे देख कर वो ज़रा रुकी, पर नाच जारी रखा, नज़र उस पर बाँधी रखी. उसे छेड़ते हुए बोली, 'चबूतरे से देखते-देखते थक गए हो क्या?'

'ऐसा तो एक दिन होना ही था,' कहकर वो पेड़ के नीचे बैठ कर उसका नाच देखने लगा.

कुछ देर घूमने के बाद वो अब सिर्फ़ हाथ की मुद्राओं का अभ्यास कर रही है. इसी लिए वो पूछ बैठा, 'तो तुम तालों पर ठुमकने का शौक रखती हो?'

'और कुछ करने को हो, तब न?' वो फिर घूम कर चक्कर लगाने लगी. 'अब्बा तो कह रहे थे यहाँ संग खेलने को बहुतेरी लड़कियाँ होंगी.' एक के बाद एक तीन चक्कर लगा कर वो बोली, 'कहाँ हैं सब लड़कियाँ? मुझे तो एक भी न मिली.'

पड़ोसी सब दूर ही रहते हैं, इसकी माँ नाचने वाली जो है, पूना की मशहूर तवाईफ़. बाप, इज़्ज़तदार, अमीर मुसलमान था, इनका पड़ोसी, और माँ का आशिक. सो कोठा छोड़ कर माँ बेटी के संग यहाँ आ गई थी. लेकिन इनकी बिरादरी हिन्दुस्तानी दूध में वैसा चीनी का ढेला भी न थी जो आराम से घुल जाए. अपनी कौम के बचाव में पारसी इतना उलझ गया था कि पुराने वायदे भूलने लगा था.

'मैं हूँ न! तुम मुझसे बात कर सकती हो.' बड़े शांत स्वर में वो बोला.

'क्यों, तुम्हारे कोई दोस्त नहीं हैं?' कहकर वो हँसने लगी.

अब वो आराम से शिरिष के हज़ारों पीले पुच्छलतारों समान फूलों के नीचे फैल कर उसका नाच देख रहा है और मुस्कुरा रहा है. हवा का हलका सा झोंका आया और उन पर पीली धूल छिड़क कर गुज़र गया, जैसे आदमी जब दुल्हन कबूल करता है तो आसपास खड़े लोग उन पर फूल बरसाते हैं, ऐसा सोच कर वो ज़ोर से हँस दिया. 'मैं कल फिर आऊँगा.' उसका नाच रुका और वो खड़ा हो गया.

'तुम यूँही आ कर मेरा नाच नहीं देख सकते.' कहकर वो ठुमका मारकर घर की ओर बढ़ने लगी.

वो हैरान. भला क्यों नहीं आ सकता?

'ज़िन्दगी में हर चीज़ कमा कर ही भोगनी चाहिए, ख़ास तौर से मज़ा और आराम. तुम्हें इतना भी नहीं मालुम'

सोच में डूबे वो अपना सिर हिला रहा है. "तुम तो मेरी उम्र की लगती हो. बारह साल की. तुम्हारा नाम क्या है?"

नूरी!

इतनी ज़ोर से वो कराहया, ज़ोर से, देर तक और एक लम्बी खामोशी के बाद कि फ़िरंगिया उछल पड़ा. काफ़ी देर से पारसी मुँह ही मुँह में बुदबुदाता हुआ, भुतआया सा चला जा रहा था. फिर अचानक वो नाम चिल्ला बैठा. वो नाम!

"आह नूरी!" आसमान को देख कर वो विलाप रहा था.

चाल तेज़ कर फ़िरंगिया उसकी बगल में आ गया. "दिल में कुछ हो तो मुँह से बोल उठो. क्यों बुड़बुड़ाए जा रहे हो. लेकिन वो सब छोड़ो. तुम्हारी दास्तान सुनने में मुझे कोई दिलचस्पी नहीं है. ये बताओ, मेरे सवाल का जवाब सूझा."

"मुझे तो अपनी दास्तान सुनाने में ही दिलचस्पी है. वो ही मुझसे सुन पाओगे. बाकी के लिए मेरी लाश को तंग करना."

चंदा बाई से मिलने की बेताबी के बावजूद फ़िरंगिया की इस विचित्र आदमी में उत्सुकता बढ़ती गई और वो उसके साथ लगा रहा. आदमी निहत्था था, हाथ में सिर्फ़ वो बैल की पेशाब भरा लोटा था. ऐसे तेज़ी से चल रहा था जैसे कि कहीं पहुँचने में देरी हो रही हो. चलते-चलते ऊबड़-खाबड़ रास्ते में ठोकर लगी और सिर से उसका टोप गिर गया. लेकिन वो चलता रहा. लात मार कर फ़िरंगिया ने टोप को और दूर कर दिया. वो आदमी फिर सोच में डूब गया ...

शोलापुर में एक पेड़ बिजली गिरने से जल रहा था, और हफ्ते भर का सफ़र तय कर बाबा-जान उसकी आग लेकर लौट आए. सब खुश हैं. लेकिन सब जानते हैं कि बाबा बहादुर हैं, इसमें हैरानी की क्या बात हैं?

नानेजान का सिर गुमान से चढ़ा जा रहा है. उनका बेटा उनकी शान में आतश अदारन जो बनवा रहा है और माँ ने जश्न की शाम का ऐलान कर दिया है, नाच का ऐलान किया है. नूरी की माँ को न्यौता भेजा है.

लेकिन जश्न की शाम देखता हूँ कि खुद नूरी नाचने वाली है. आज शाम उसके लिए एक ख़ास शाम है. आज वो पहली बार सबके सामने नाचेगी.

हमारे घर के बार-ए-खास में मेरी बिरादरी के खूबसूरत लोग, बने-ठने, सजे-धजे, शाही आदमी और औरतों की तरह घेरा बनाए बैठे हैं. बीच में नूरी वो नाच पेश कर रही है जिसके लिए उसकी माँ मशहूर है. वो एक विषादपूर्ण गाने से शुरू होती है, फिर अचानक अपना आपा खो देने वाला नाच नाचने लगती है. मैं पीछे खड़े देख

रहा हूँ, खंबे के पीछे खड़े अपने दोस्तों और बुज़ुर्गों को अपनी नूरी को घूरते हुए देख रहा हूँ. नाच भी वो ऐसा कर रही है, कभी वो शोखी करती, कभी परेशान हो जाती. अब वो तानेबाज़ बन गई, अब क्रुद्ध. हर दफ़ा उसकी चितवन की रहस्यमयी परछाईयाँ रंग बदल जाती हैं.

'लड़की माँ को पीछे छोड़ गई है,' किसी के शब्द मेरे कान में पड़े और मेरा दिल बैठ गया.

अब वो भक्ति का गाना गाने लगी, तड़प से भरा, फिर ये क्या – अचानक ताल बदल गई, तत्कार करते-करते उसने गाना बदल डाला. इतने आदमी मौजूद थे, फिर भी उसने मेरे बाप को ही छाँटा और उनके सामने कमर से हिलोरे मारने लगी. अनेकों इशारातों से भरे, नाज़-ओ-अंदाज़ के गीतों में उन्हें लपेटती गई. फिर एक ग़ज़ल शुरू कर हाथों के भावों से कभी उन्हें फटकारती, कभी कोसती, घिघियाती, आखिर हाथ मरोड़ कर बिलखने लगी. ढोल और वीणा उसकी सिसकियों का खूब संग दे रहे थे और जब मुझे बाबा-जान के चेहरे पर मुस्कान उगती हुई दिखी तो मेरा दिल छाती फाड़ कर निकल आया. और जो तिरछी नज़र कर बाबा ने अपने दोस्त रुस्तम को शरारत भरी आँखों से देखा तो मैं वहाँ से भाग गया.

किस निगाह में आज शरारत नहीं थी, बाहर हवा में मैं साँसे भरते हुए सोच रहा हूँ. ये भी सोच रहा हूँ कि मैं उसकी हमेशा देखभाल करूँगा. बस तेरह साल की उम्र, बिना किसी उपाय या साधन के, उस रात मैंने ये फैसला कर लिया.

हमने एक दूसरे के संग और समय गुज़ारना शुरू कर दिया है. दिन रात मैं उसी के ख्यालों में खोया रहता हूँ.

बड़ा गहरा रिश्ता है हम दोनों के बीच. जैसे, सुबह बिस्तर में पड़े जो मैं जागने को पैर पसारता हूँ तो बाग के उस तरफ़ अपने कमरे से वो घुँघरू बजाने लगती है.

और जब नीचे से माँ मुझे खाने के लिए आवाज़ लगाती हैं और मैं जवाब में, 'मैं आ रहा हूँ माँ,' कहता हूँ, तो उसकी आवाज़ में दूर से वही गूँज आती है, 'मैं आ रहा हूँ माँ.'

हम अपने जीवन एक गीत की तरह जी रहे हैं.

कल वो एक और महफ़िल में नाचने गई. उसकी अदाएगी के शहर भर में चर्चे होने लगे हैं. उसकी शोहरत बुखार की तरह फैल रही है.

'मैं मशहूर हो गई हूँ,' मेरे पास आकर वो डींग हाँक रही है.

मेरे कोई जवाब न देने पर पैर झटक कर घर लौटे जा रही है. मैं उससे क्या बोलूँ मुझे नहीं मालुम. बस आदमी मशहूर हो सकते हैं, जैसे बाबा-जान. वो मशहूर हैं. लेकिन मेरी भली माँ, अच्छी रह सकती है, मशहूर कभी नहीं हो सकती.

उसकी माँ उसे बाजी राव को पेश करने जा रही थी. उसके पंद्रह साल पूरे हो चुके हैं.

'मेरी मदद करो. मुझे उसका न होने दो.' उसका चेहरा भीगा हुआ है और वो मुझसे मिन्नतें कर रही है. मैं दूर देखता रह जाता हूँ क्योंकि तब ही वो कह जाती है, 'मैं अपने को अपने शहज़ादे के लिए बचा कर रखना चाहती हूँ, अपने सच्चे प्यार के लिए!'

एक पंद्रह साल का पारसी लड़का प्रधान-मंत्री का सामना कैसे कर सकता है?

'भाग लें?' ज़रा सोच कर मैंने उसे सुझाया.

उसने मेरे कंधे जकड़ लिए, अपना चेहरा मेरे चेहरे से लगा दिया, इतना करीब कि उसके आँसुओं का नमक मेरा मुँह चख रहा था. उसके आँसू बहना बंद नहीं कर रहे थे, एक दूसरे को पकड़े हम डोले जा रहे थे. आखिरकार जब मैं अपने को खींच के छुड़ाता हूँ, उसे हिदायत देता हूँ कि आज शाम घर के पास मस्जिद के सामने मिलना. मैं कुछ इंतज़ाम करूँगा. मेरे पास पैसे नहीं हैं. अपने जीवन में पहली बार माँ के बटुए से चोरी की, सौ रुपए. खुशनसीब हूँ कि इतने कम वक्त में घोड़ा और गाड़ी दोनों मिल गए.

"आह नूरी!" लम्बी, तकलीफ़देह खामोशी के बाद फिर वो कराह दिया. फ़िरंगिया अब सोचने लगा था कि शायद उसे वापस लौट जाना चाहिए.

"उस शाम तुम क्यों नहीं आई, मेरी नूरी?"

"मुझे लग रहा है कि ये नूरी तुम्हें खूब प्यारी थी."

पारसी बेहाल चलता जा रहा था. "मैंने समय के गुज़रने से अपने प्यार को घटने नहीं दिया. मैंने नूरी को उसे पहली बार देखने से प्यार किया. ये प्यार समय के खत्म होने तक बरकरार रहेगा."

127

"नूरी?" न जाने क्यों फ़िरंगिया को उस वक्त फ़कीर के आखिरी शब्द याद आने लगे. उसने भी ऐसा कोई नाम बोला था. "सुनो, ये नूरी कौन ..."

"शश्श् ..." उँगली हवा में खड़ी किए, आँखें निष्ठुरता से उस पर गाड़े, उसने उसे टोक दिया और बढ़ता गया.

तुम्हारे जाने के बाद कुछ बचा ही कहाँ था, नूरी? मैं अपने बाबा के व्यापार में हाथ बँटाने लगा. सोलह का था जब एक अच्छी पारसी लड़की से मेरी शादी तय कर दी गई.

अपनी बीबी को मैं बचपन से जानता हूँ और उसे मरते दम तक चाहूँगा. तुम उससे मिलो तो उसकी सहेली बन जाओ, इस बात में मुझे कोई शक नहीं है.

मेरी जान, तुम्हे मैंने फिर अपनी शादी के रोज़ देखा था. उस रोज़ तुम ऐसा नाची थी, सब कह रहे थे, कि ज़मीन तक काँप गई थी मगर सब झूठ बोल रहे थे. क्योंकि मेरी आँखें तो पूरी शाम ज़मीन पर ही गड़ी थीं. मुझे तो ज़मीन काँपते हुई नहीं दिखी.

और जब जैसा कि ऐसे मौकों में नाचने वालियों से उम्मीद किया जाता है तुम मेरे पास मेरे कान में कुछ हिदायत देने आई तो तुमने उस दिन न आने की फुसफुसा कर बस माफ़ी माँगी. 'अपने दिल के छोटे से कमरे में मुझे हमेशा सम्भाल कर रखना,' तुमने कहा था. क्या चाहती थी तुम.

मैं बीस साल का अमीर व्यापारी, दो बच्चों का बाप, क्या सोच कर तुमने मुझे वो संदेश भेजा था कि, मेरा सच्चा प्यार आ गया है फ़िरोज़. उससे मिलने में मेरी मदद करो. मैंने तुम्हारा वो संदेश अनेकों बार पढ़ा, सीने से लगाया, चूमा. ये तुम पहली बार मुझे मेरे असल नाम से पुकार रही थी. अब तक 'एई' कह कर ही तो बुलाती थी न?

"क्या इस शुभ घड़ी में जंगल में टहलने के लिए भी प्यार को दोषी ठहराना होगा? – वैसे दुनिया में किस नाम से मशहूर हैं आप?" फ़िरंगिया ने फिर बात बढ़ाने की कोशिश की. उसने तय कर लिया था कि अगर इस बार वो उसके जवाब से संतुष्ट न होगा तो वापस लौट जाएगा. आखिर एक खूबसूरत उसका इंतज़ार कर रही थी.

"दुनिया तो मुझे बस बेवकूफ़ समझती है. बेवकूफ़ इसलिए क्योंकि मैंने अपना सब कुछ अपने प्यार पर लुटा दिया. जैसे तुम अपनी देवी पर लुटा देते हो. कभी फ़िरोज़ कह कर बुलाते थे दुनिया वाले. लेकिन मैं बेवकूफ़ नहीं हूँ, फ़िरंगिया."

फ़िरंगिया उसे फटी आँखों से देख रहा था. क्या था जो इस आदमी को उसके बारे मालुम न था. और वो – वो खुद उसके बारे में कुछ भी नहीं जानता था. वो उसे पकड़ कर अपने सब सवालों के जवाब उगलवाने चाहता था, लेकिन इसके पहले वो कुछ कह या कर पाता, वो आदमी – फ़िरोज़ – बोलता गया.

"मैं बेवकूफ़ नहीं हूँ. मैंने तो बस सच्चे दिल से प्यार किया है. इस चाँद और अंधेरे आकाश से पूछो, वे इस बात की गवाही देंगे. लेकिन दुनिया की बात तो एकदम अलग ही है. आज तक मुझे इस का चलन नहीं समझ आ पाया."

एक साथ जंगल में एक खुली जगह आई, पारसी वहीं रुक गया. ये वो जगह थी जहाँ फ़िरंगिया और उसके ठग साथी अक्सर डेरा डालते थे.

"अब सुनो. अशरफ़ खान पेशवा के दरबार में निज़ाम का आदमी था. उसी को उसने अपने लिए चुना था."

"उसने? क्या नाम था? हाँ, नूरी ने?" अब उसके पास उस आदमी की दर्द भरी कहानी सुनने के अलावा और कोई चारा न था. वो एक पेड़ के खूँटे पर बैठ गया. ठुड्डी को हाथ पर टिका कर दूसरे हाथ में वो झुमके झुलाने लगा. शायद ऐसा करने से पारसी को याद रहे कि उसे भी कुछ सवालों के जवाब का इंतज़ार है.

"वो शादीशुदा था. बीबी उसके घर आगरे में रहती थी. नूरी और अशरफ़ खान काफ़ी समय एक संग बिताते थे. खान ने ही उसे घुड़सवारी सिखाई, तलवार चलानी सिखाई. कोई भी इन दोनों को देखता तो मानता कि ये एक जान हैं. मेरी छाती में मेरा दिल लोट जाता था, फिर भी कई सालों तक मैं उनके संदेश पहुँचाता रहा और उनके मिलने का इंतज़ाम करता रहा. आखिर खान विनम्र था, वीर था और खूबसूरत था, मैं उसे नापसंद कर ही नहीं सकता था. फिर नूरी ने खान का बच्चा भी जना - बहराम, मगर उसके साथ रहना उसे गवारा न था. वो बाजी राव के हरम में सौ में सिर्फ़ एक थी, फिर भी सुनने में आता था कि उसकी पसंदीदा थी और वो अपने उस औहदे को खोना नहीं चाहती थी. बहराम बाजी राव का बेटा, सब को यही बताया था. बाजी राव के बेटा नहीं था, एक दिन बहराम उसका वारिस होगा, इस बात का

उसने दृढ़ संकल्प किया था. फिर भी उसने अशरफ़ खान को अपने से दूर कतई नहीं जाने दिया था. मुझे भी ज़रा लम्बी रस्सी से अपने करीब बाँधे रखा हुआ था. कैसा पागलपन था? फिर पिछला साल कई बदलावों के साथ आया. बाजी राव का देश निकाला हो गया. अपने साथ वो हज़ारों लोग ले गया, अपनी सब बीबीयाँ ले गया, लेकिन मेरी नूरी के लिए उसके पास कोई जगह न थी. और जैसे नूरी के लिए इतना सदमा काफ़ी न था, अशरफ़ खान ने भी आगरा लौटने का फैसला कर लिया. उसका कूल्हे का ज़ख्म भर कर नहीं दे रहा था. आगरा में उसकी वफ़ादार बीबी उसकी सेवा करती और वो परिवार के खेत सम्भालता. मुझे नूरी ने फिर बुला भेजा. मैंने उसके महल में एक उजड़ी हुई मलिका को पाया. वो पूना की सबसे अमीर औरत थी, जहान उसके कदमों पर था, फिर भी एक साथ अपने दो सबसे ख़ास आशिकों को खो देने का अपमान वो बर्दाश्त नहीं कर पा रही थी. मुझे बुलवा उसने बिलख-बिलख कर अशरफ़ खान को रास्ते से वापस लाने की विनती की. "बहराम की खातिर!" अशरफ़ खान सोलह आदमियों को साथ ले निकल चुका था जिनमें से छह कहार थे. ग्यारह सैनिक और एक नौकर. हफ़्ता बीत गया, मैं उसका पीछा करता रहा, ये समझ नहीं पा रहा था कि उसे वापस लौटने के लिए कैसे मनाऊँगा. फिर एक दिन वो पचास घर लौटते व्यापारियों से मिला, उसकी उनमें से एक नौजवान से अच्छी दोस्ती हो गई और बाकी रास्ते उसने उनकी टोली के साथ तय करने की ठानी. मेरा काम और मुश्किल हो गया. उन दो दिन और रात जो मैं उनका पीछा करता रहा, मैंने अशरफ़ खान को अपना दर्द भुलाते देखा, उस शिरिन-ज़बान, खूबसूरत नौजवान के साथ खुले दिल से हँसते हुए देखा. वो उसे नूरी के बारे में बताता, मुझे सब सुनाई देता. जलन होती. उसके नए दोस्त से जलन होती जो जान न पहचान मेरी नूरी की बातें यूँ ही हज़म करे जा रहा था. ये वही जगह है न, फ़िरंगिया, जब तुम अशरफ़ खान के पास आए थे. वो अपनी खाट पर लेटा था, और तुम बोले थे, "उठो मेरे दोस्त, और मुझे अपनी नूर बेगम के बारे में बताओ जो पूना में आज रात को इसी चाँद को निहार रही होगी जो इस वक्त तुम्हें ताक रहा है."

फ़िरंगिया देर से अपना सिर हाथ में लिए बैठा था. अचानक भयचकित हो गया. अपनी लालटेन की मंद रौशनी में उसे आदमी की भभकती आँखें दिख रही थीं.

जंगल के उस वृक्षहीन स्थल पर एक विषादमय हवा चल रही थी. उसकी कपालटोपी उड़ गई थी और उसके घुँघराले बाल हर ओर उड़ रहे थे.

"अशरफ़ खान." वो बड़ी देर बाद बोल रहा था. "कुछ कुछ याद आ रहा है. अपनी बीवी की बाहों में गिरने की जल्दी में था." वो दबी हँसी हँस दिया. "लेकिन कपड़ों में अब भी रखैल की बू चढ़ी थी. वो आदमी दिन-रात उसी की बात किया करता था. कुछ लोग गज़ब होते हैं. ये वाला खूबसूरत भी था. तवाईफ़ की तरह पालकी में घूमता था."

वो हँसने लगा. जो सिर उठा कर ऊपर देखा, तो देखा कि फ़िरोज़ लोटे का पानी अपने बदन पर मल रहा था. अपनी गर्दन पर, छाती पर, भुजाओं में ... ये कैसी दीवानगी थी? क्या ये किसी प्रकार की रस्म थी? शायद वो उसे यहाँ किसी प्रकार का बदला लेने के लिए लाया था.

"सुनो, मेरी इस खान से कोई ज़ाति दुश्मनी नहीं थी. वो गया क्योंकि उसके जाने का समय आ गया था. बस. मौत ढोल पीट के नहीं आती है. और जब आती है तो कोई भी इसे धोखा दे कर बच नहीं सकता."

"मौत अभी तुम्हारे पास आए, तो ..." वो धीमे स्वर में फुँकार कर बोल रहा था.

उसने फिर चलना शुरू कर दिया था. इस जंगल का रास्ता वो अच्छी तरह समझता था. फ़िरंगिया का ध्यान गया कि वो एकदम निहत्था था. और आज तो अपना रूमाल भी छोड़ आया था. हँसते हुए वो बोला, "मुझे डर नहीं लगता. मौत से भी नहीं. फिर भी तुम्हारे खान की मौत के लिए मैं अपने को ज़िम्मेवार नहीं मानता. वो मर गया. हम भी मरेंगे. हर कोई मरने पर कोई न कोई कहानी छोड़ जाता है. उसने भी छोड़ी."

फ़िरोज़ ने बैल का पेशाब अपने बदन पर अच्छी तरह मल लिया था. लोटे का बचा-खुचा अब वो पी रहा था.

"ठीक है, मैंने तुम्हारी सब बातें सुन ली हैं. अब समय आ गया है कि तुम मुझे जवाब दो. वैसे भी खान तुम्हारे रास्ते से हट गया. तो अपनी उस बेगम के पास वापस क्यों नही चले जाते. अब तो तुम्हारा रास्ता साफ़ है न."

सामने चलता खंभानुमा आदमी डरावनी हँसी हँसने लगा. खाली लोटा जंगल में फेंक कर बोला, "अब बहुत देर हो चुकी है. सब खत्म हो गया है."

"ठहरो, तो क्या तुमने अपनी – नूर बेगम को इसके बारे में बताया नहीं."

पारसी रुक गया था. वे दोनों काली के पुराने मंदिर के सामने खड़े थे. हर जंगल में ऐसा एक मंदिर होता था. और हर मंदिर के समान इस मंदिर का घर चारों तरफ़ पेड़ की डालों ने अपने संरक्षण में जकड़ लिया था.

"हाँ, मैं तुम्हें तुम्हारी माँ के घर लाया हूँ. नूरी के लिए मैं कोई मायने नहीं रखता. वैसे भी उसने अब एक नया उद्देश्य पा लिया है." उसकी आँखें गुस्से से खौफ़नाक लग रही थीं. "पिछले पंद्रह सालों से मैं एक पागलपन में जी रहा हूँ. मैंने इस नाउम्मीद जुनून पर अपना सब कुछ, अपनी वफ़ादार बीबी, दो प्यारे बच्चे, अपना खानदान, धन, सब कुछ कुर्बान कर दिया. एक वक्त था जब मेरा प्रेम एक ज्योति के समान चमकता था. अब अंदर आग बन कर दहक रहा है. मेरे प्रेम का असली मोल जानने के बजाय उसे बेकार का मान कर फेंक दिया गया. मेरा रोना या गुस्सा होना क्या कुछ बदल सकता है. और अब दुनिया तो मुझे देख कर हँसेगी ही, न."

उसने पेड़ की एक निचली डाली पकड़ कर अपने को ऊपर खींच लिया था. फिर अगली डाली पकड़ी और फिर खुद को और ऊपर खींच लिया. हक्का बक्का फ़िरंगिया देखता रह गया.

"आज मैं इस दुनिया को ही त्यागता हूँ. लेकिन मेरा भरोसा अटूट है. वही तो बस अब बचा है. आज, अनेरन के इस पवित्र दिन, अपने जीवन का हिसाब लेने वाले दिन, जिस दिन गुस्सा दबाना और बदले का भाव भुलाना बेहतर है, मैं दुनिया से और अपने दुश्मनों से समझौता करता हूँ. तुम्हे भी मुझसे वादा करना होगा ..."

ऊँचाई से उसकी आवाज़ धीमी सुनाई दे रही थी. वो डालियों और पत्तियों की सुरंगमयी दुनिया में पहुँच गया था. "छुरा भोंको, गला घोटो, चाहे जैसे तुम्हारा जी करे, करो, लेकिन मेरे शरीर को किसी डाली से बाँध कर रखना जिससे उसका एक कतरा भी गिर कर धरती माँ को दूषित न कर दे. तुम अपनी माँ के सामने खड़े हो, मेरा ये कहा ज़रूर मानना पड़ेगा. देखो, गिद्धों ने मंडराना शुरू कर दिया है, यहाँ से मुझे साफ़ दिखलाई दे रहा है, उड़ रहे हैं, मेरा इंतज़ार कर रहे हैं, देखो कैसे घूरे जा रहे हैं. अपने भारी पंख फड़फड़ा रहे हैं, आपस में चोंचे लड़ा रहे हैं, अपनी अंकुशाकार चोंचें. मेरे हाड़, मांस और खाल के कपड़ों को सबसे पहले कौन फाड़ेगा बस इस बात पर लड़ रहे हैं पगले. आह, लेकिन अब बस यही मेरी चाह है."

नीचे पेड़ के तने पर, मंदिर के सामने, फ़िरंगिया हैरान खड़ा था.

"तुम चंदा बाई को कैसे जानते हो?" वो ज़ोर से चिल्लाया. "मैंने तुम्हें उसकी नौकरानी से बातचीत करते हुए देखा था. उसके झुमके क्यों बेचना चाह रहे थे. ठहरो, नीचे आओ. बेवकूफ़, तुम यों नहीं जा सकते."

"अगर मैंने जानकर या अनजाने में ..." ऊपर से फिर पारसी की आवाज़ सुनाई पड़ी. "अपने ख्याल, शब्द या करनी से किसी चीज़ या मानसिक भाव को ले कर किसी भी जन, जंतु या आलौकिक जीव के खिलाफ़ कोई पाप या जुल्म किया है ..."

ये उसने कोई प्रार्थना शुरू कर दी थी क्या? फ़िरंगिया जाने को मुड़ गया. पारसी ने उसका इतना समय नष्ट कर दिया था, उसे उस पर गुस्सा आ रहा था.

"... तो ईश्वर, मुझे माफ़ करना."

फ़िरंगिया को चंदा बाई याद आई और वो दौड़ने लगा. अब उसे अपने कोई भी ज़ेवर बेचने की ज़रूरत नहीं पड़ेगी. वो जो उसके साथ रहेगा. उसे उसकी ज़रूरत भी तो थी.

वो जो दिन में इतने आदमियों को आदेश देती है, रात को उसकी बाहों में पूरी की पूरी उसी की थी.

पारसी को जंगल में अपने भगवान से बातचीत करते छोड़ वो तेज़ी से दौड़ने लगा. वो तो इस ही बात से खुश था कि चंदा बाई ठीक-ठाक है, कि उसे देख कर और ये जान कर कि आने वाले दिन वे एक साथ बिताएँगे, वो भी कितना खुश होगी.

हाँ अब वे एक साथ ही रहेंगे, हमेशा के लिए एक साथ.

24. अंग्रेज़ अजेंट के पड़ाव में एक बारह कोने वाला तम्बू गड़ा था. उसके तीन किनारे छोड़, हर किनारा फ़िरोज़ी और सुनहरे रंग के मोर से सजा था. मोर पूरा नहीं कढ़ा था. आसपास गड़ी मशालें बस बड़े तम्बू पर रौशनी डाल रही थीं.

तम्बू के निकट कई और छोटे तम्बू थे. एक छोटे तम्बू में अंधेरा था और रजाई की तहों में गुल-महक पड़ी सो रही थी. एक छोटा सा, वस्त्रहीन आदमी, शायद वो धोती पहना था, मशाल की रौशनी में सिर्फ़ उसका आकार भर दिख रहा था उस

तम्बू की ओर दबे पाँव बढ़े आ रहा था. उसके कंधे पर एक लम्बा बाँस टिका हुआ था. बाँस के एक छोर पर एक पुलंदा बँधा था.

जब वो गुल-महक के तम्बू पर पहुँचा तो ज़मीन पर गिर कर घुटने के बल अंदर घुसने लगा. अंदर घुस कर उसने नौकरानी को हिलाना शुरू किया. "उठ जाओ, महक रानी!"

वो उसे ज़ोर से हिलाने लगा, "उठो, देखो, मैं हूँ, तुम्हारा ज़ालिम."

वो उठ गई और उठते ही धक से रह गई. ऐसा हर बार जब वो सोते से उठते ही सबसे पहले ज़ालिम की शक्ल देखती थी, होता था.

"क्या हुआ? क्या चाहते हो?"

अभी उसकी आँखें ठीक से नहीं खुली थीं. फिर अचानक चिढ़चिढ़ा के वो बोली, "अभी नहीं! देखा नहीं कित्ता थक गई हूँ? सिर में क्या भूसा भरा पड़ा है? कित्ते अजीब हो तुम."

"मैं जा रहा हूँ, महक." उसकी आवाज़ में शांति थी.

"जा रहे हो? अभी? लेकिन कल तो हम लोग जबलपुर पहुँच रहे हैं न?"

"हाँ, अंग्रेज़ अजेंट वहाँ तक जा रहा है, लेकिन फिर उसके बाद?"

"पूछते हो उसके बाद? इत्ती जल्दी राजा के बारे में भूल भी गए? याद नहीं है उसने हमें अपनी पनाह में ले जाने का वादा किया है."

"मैं उस आदमी पर भरोसा नहीं करता. तुम को भी उस पर भरोसा नहीं करना चाहिए."

वो उठ कर बैठ गई. "ये सब तुम मुझे इस वक्त क्यों बता रहे हो?"

"क्योंकि मैं इसी वक्त निकल रहा हूँ. कल सुबह तुम्हें न मिलूँगा."

"अंधेरे में जा रहे हो?"

"अंधेरे में मैं जब किसी से मिलता हूँ, उस वक्त जो दोस्ती पनपती है, उम्र भर बनी रहती है. दिन में तो मुझे देखते ही लोग घबरा जाते हैं."

कुछ देर वो सोचती रही. "ठीक है. मगर तुमने मुझे ये जाने वाली बात पहले क्यों नहीं बताई?"

"मैं तुम्हारे नींद के आने का इंतज़ार कर रहा था, नींद में ही तो तुम्हारी सूझबूझ सबसे तेज़ होती है."

"तुमको शायद इस बात का अंदाज़ा नहीं है कि मैं किस बकत सोने गई थी. लेकिन दिन भर जो मैं इत्ता काम करती हूँ, इस बात से तो तुम वाकिफ़ हो. तो मुझे इत्ते बजे जगाने का और फिर ये फ़िज़ूल की बातें करने का मतलब?"

उसने अपनी उँगली उसके होंटों पर रख दी और तुरंत बोला, "ज़्यादा न बोल, बस, मेरे साथ चल, महक."

जब वो बोलने को हुई तो शुरू में कहने को कोई शब्द ही न निकले. फिर अविश्वास के भाव से बोली, "तुम्हे अंदाज़ा भी है तुम मुझसे क्या करने को कह रहे हो, निकम्मे इन्सान? तुम्हे अच्छी तरह मालुम है यहाँ मेरी कित्ती ज़रूरत है."

"महक-महक, तू यहाँ सिर्फ़ एक दासी है. मेरे साथ चलेगी तो मैं तुझे रानी बना दूँगा."

"क्या कहा, रानी?" वो हँसने लगी. "अब मैं जाग गई हूँ. एक बार बोल दिया, फिर से न बोलना. मैं देख रही हूँ मैंने तुझे खूब सर पर चढ़ा दिया है."

पालती मार के वो उसके सामने बैठ गई. "देख मुझे अच्छी तरह मालुम है कि जो मैं गरीब पैदा हुई हूँ मेरा भाग पहले ही लिखा जा चुका है. मैं दासी पैदा हुई थी, मेरा रास्ता रानियों के संग, उनसे कई कदम पीछे चलने को बदा है, और दासी और रानी के रास्ते कभी नहीं कट सकते. ज़ालिम, मेरे मटरगश्ती के दिनों के यार, सुन! किस्मत की लकीरें कभी मिटाए मिटी हैं? सब ये बात जानते हैं. फिर जब तू मुझसे इस तरह बतियाता है तो मुझे लगता है कि तू मुझे बेवकूफ़ समझता है."

उसने उसका हाथ अपने हाथ में ले लिया और बोलना शुरू कर दिया. "महक, महक रानी! मैं ऐसी जगह जानता हूँ जहाँ का राजा महान है, और उसके राज में किसान खुश है, राजखज़ाना भरा है, सेना सन्तुष्ट है और गरीब तृप्त. उस जगह ऐसा अमन, ऐसी भरमार है कि जब कोई किसी के यहाँ मिलने जाए तो दरवाजे की मेहराब मेहमान का आलिंगन करती लगती है. और वहाँ के लोग दरवाज़ों पर किवाड़ लगाने का रिवाज़ ही नहीं समझते. महक, मेरी जान! उस जगह का हर दिन त्योहार का लगता है. और दिन हो या रात, मुसाफ़िरों की जेबों में रुपए कुलकुलाते हैं, चलते चलते आराम से हाथ में सोना उछालते चलते हैं, चाहे घने जंगल में हों या शहर में. अगर तू चाहे तो तू और मैं उस जगह के रानी और राजा बन सकते हैं. उस

जगह बस एक बात अलग है, वहाँ कोई सिक्के-मोहरों के पीछे नहीं भागता है. न, वहाँ न सोना काम का, न चाँदी. वहाँ तो सब फूलों से व्यापार करते हैं."

"फूलों से?"

"मैं तुझे बता रहा हूँ न, हमारे दिन गीत गाते गाते बीतेंगे. हम जंगल-जंगल घूमेंगे. मैं तुझे सब जानवरों की बोलियाँ सिखाऊँगा. तू उनसे डरना ही बंद कर देगी और समय बिताने के लिए फूल बीनेगी. और वो नौबत भी तब आएगी जब तू अपने चारों तरफ़ की खूबसूरती देख थक चुकी होगी. दिन में मैं चाक घुमाऊँगा, मटकियाँ बनाऊँगा और तू फूलों को भेद-भेद कर इन्सानों और भगवानों के उपयोग के लिए हार बनाएगी. शाम होते ही हम मंदिर में बैठ कर अपने-अपने बनाए सामान बेचेंगे और रात को ... रात को तो तू मेरी बाहों मे झूलेगी, मुझसे हर रात एक नई कहानी सुनेगी और सुनकर धीरे-धीरे गुज़रे हुए लम्बे सुंदर दिन पर से अपनी आँखें बंद कर लेगी. जब मेरी कहानियों का भंडार खाली हो जाएगा तो हम दोनों नई कहानियाँ बनाएँगे. रानियों का जीवन ऐसा होना चाहिए."

बड़े चाव से वो अपनी बात बोले जा रहा था, गर्दन टेढ़ी किए बाहर अंधेरे में न जाने क्या देख रहा था.

"बेवकूफ़! हुँह! बस, चुप! शश्श् ... मुझे सोने दे."

वो करवट ले कर लेट गई थी, ज़ालिम की बातें सुनकर महक बुरी तरह से चिढ़ गई थी. उसकी तरफ़ पीठ किए लेटी थी. ज़ालिम सिंह को उसका ये बर्ताव समझ न आ पाया.

"और प्यार तेरे लिए कोई मायने नहीं रखता."

"बहुत देखीं हैं प्यार की चोंचिलेबाज़ी." वो एकसुर में बोल रही थी. "आदमी मर जाता है, औरत आग में कूद जाती है, जिससे दुनिया वाले उसे उसके जाने के बाद पूजने लगें. बस, अपनी बहकी-बहकी बातों से मेरा दिमाग न चाट."

"अरे हटो! क्या बात करती हो? ऐसा थोड़ी होता है. उन्मत्त हो कर अपनी जान दे देना, ये कोई प्यार थोड़े ही है, ये तो भरम है."

जब ज़ालिम ने महक को चुप पाया तो वो भी कुछ पल खामोश रहा. फिर बड़े कोमल स्वर में बोला, "मेरी जान, हर रात हम किसी भी बात को ले कर चबड़-चबड़ करने लगते हैं, लेकिन महक मुझे ये न मालुम था कि तुम प्यार का सच्चा रूप ही

नहीं पहचानती. मैंने क्या तुम्हे राना दिल के हौसलेदार प्यार की कहानी कभी न सुनाई? राना दिल? वो शहज़ादे दारा की बेवा?"

"तो अब सुना दो."

"कहानी तो छोटी सी है. वैसे भी ज़्यादा वक्त नहीं है मेरे पास. मुगल शहनशाह शाह-जहान के बारे में तो सब जानते हैं, वही तो था जिसने अपने ख्वाबों में बसे महल, अपने अमर प्रेम की यादगार, अकबराबाद का ताज महल बनवाया था. उसी का सबसे बड़ा और लाड़ला बेटा, खूबसूरत और लोगों का चहेता शहज़ादा दारा-शिकोह, जब धोखे से अपने भाई औरंगज़ेब द्वारा पकड़ा गया और जब बेदर्दी से बेधड़ करवा दिया गया, तो औरंगज़ेब को बस गद्दी लेने से आराम न मिला. उसे तो दारा का हरम भी चाहिए था, सो भाई की सब बेवाओं को बुलवा भेजा. एक राना-दिल थी - सुंदर बहुत थी - उसने आने से मनाही कर दी. जब उसके महल में बुलावा आया तो उसने सैनिकों के सरदार से पूछा, तुम्हारे मालिक को हम में क्या पसंद है. सरदार चकरा गया, कुछ भी अनाप-शनाप बोल डाला. बोला कि 'उन्हें तो आपके बाल खूब पसंद हैं.' राना बेगम अंदर गई और अपने बाल कटवा कर भिजवा दिए. औरंगज़ेब ने जो फिर आदमी भेजा, उससे कहलवाया कि आलमगीर को आपका हुस्न पसंद है. इस पर राना बेगम ने छुरी मँगवाई और अपना तमाम चेहरा खोद डाला. कपड़े से जो लहु टपका था पोंछ कर सरदार को देकर कहा कि अब तो हुस्न खराब हो गया, साथ ले जा कर क्या कीजिएगा. आलमगीर से कह दीजिए कि 'मैं मुगलई शान-ओ-शौकत के साथ अच्छी तरह विलास कर चुकी हूँ. अब बाकी दिन गुमनामी में अपने शहज़ादे के संग बिताए दिन को याद कर के बिताऊँगी.' और ये करना, महक-रानी, बड़ा मुश्किल काम है. वाकई में, चमक-दमक और दुनियादारी से दूर, गुमनामी में खुशी खोज कर रहना, मुश्किल काम है. लेकिन सबसे ज़्यादा सुकून भी वहीं मिलता है."

उसकी बात खत्म हो गई थी. खेमे में भी एक सुकून भरी खामोशी थी. गुल-महक ने चूँ तक न की. ज़ालिम सिंह भी गूँगा सा हो गया. अपने ही शब्दों से आराम पा रहा था. वो खामोशी कुछ देर बनी रही. फिर वो बोला, "मगर ये हम मौत की बात क्यों कर रहे हैं, जब हम जानते हैं कि संग बिताई ज़िन्दगी में बहारों की भरमार है और मौत एक इकलौता काला पल."

कुछ देर चुपचाप, बिना हिले वो उसके पास बैठा रहा. फिर अचानक कब रात की आवाज़ें गुल-महक की ओर से अंदर-बाहर गिरती-बढ़ती खर्राटों में डूबने लगीं, उसे पता भी न चल पाया. ज़ालिम सिंह की आँखें फटी की फटी रह गईं. मुँह में जुबान बेकार हो गई, बदन लक्कड़ सा सूखता हुआ लगने लगा और दुनिया एक काली जगह. उसके दिल से एक आह फट कर निकल आई. आँखों से आँसु टपकने लगे.

"तू सो रही है," खुद पर काबू पाया तब बोला.

"कब से सो रही है?"

थोड़ी देर चुपचाप उसके पास बैठा रहा, फिर ये कह, "चलता हूँ. ख्याल रखना," चला गया.

25. काफ़ी देर से जगह-जगह जले अलाव उपयोग में नहीं थे और उनकी रौशनी में तम्बू और आसपास पड़ी वस्तुओं के छायाचित्र मात्र दिख रहे थे. खामोशी थी, कभी कभार दूर आदमियों के गुलगपाड़ों से टूट जाती थी. तम्बुओं के अंदर लोग या सो रहे थे या दबी आवाज़ों में बातें कर रहे थे.

कुछ ही दूर फ़िरंगिया को कुत्तों का झुंड भागते हुए दिख रहा था. वे भी लग रहा था दबे पाँव भागे जा रहे हैं. एक साथ कई कुत्ते एक डलिया उठाए हुए थे. शायद खाना चोरी कर के ले जा रहे थे.

उसने चंदा बाई का शानदार तम्बू दूर से पहचान लिया. चारों तरफ़ मशाले गड़ी थीं और मशालों के बीच छोटे-छोटे टाट की टट्टियाँ बाँस पर टिकी पड़ी थीं जिनके नीचे चंदा बाई के नौकर और सैनिक-कर्मचारी सो रहे थे. चंदा बाई के तम्बू में रौशनी थी, बाहर तीन संतरी बैठे थे.

उसके पास आने पर उनने उसे बाहर इंतज़ार करने को कहा. संतरी उसे जानते थे इसलिए उनकी बेरुखी उसे पसंद नहीं आ रही थी. बाहर इंतज़ार करते हुए उसे महसूस हुआ कि अंदर किसी प्रकार की बैठक लगी थी. उसका यूँ सोचना सही निकला क्योंकि संतरी ने बाहर निकल कर उसे ज़रा इंतज़ार करने को कहा. वो पास पेड़ के नीचे बैठ गया और कुछ ही पल बीते थे कि उसकी आँख भी लग गई.

जब उसे हिला कर जगाया गया, उसे बिलकुल अंदाज़ा नहीं हो पा रहा था कि कितना समय बीत चुका था. अंदर घुसते वक्त उसे अपना दिल सीने में धुक-धुक करते सुनाई दे रहा था. अंदर चंदा बाई अपने मसनद पर आराम से लेटी थीं. उसकी दो कढ़ाई करने वाली लड़कियाँ उसके ठीक सामने बैठी थीं, रोढ़ा बने, फारसी दरबार के दो शेरों के समान. चंदा बाई हुक्का फूक रही थी. बगल में एक और मसनद पड़ा था. उसके साथ रक्खा हुक्का अभी ठंडा नहीं हुआ था.

बड़ी नम्रता से वो मुस्कुराई. "कैसे हो? बैठो."

जहाँ वो खड़ा था वहाँ कहीं बैठने की जगह नहीं थी. हाँ ज़मीन पर वो ज़रूर बैठ सकता था. उसे पूरा यकीन था कि उसके "बैठो" का मतलब घूम के उसके बगल में पड़े मसनद पर आराम से बैठना कतई न था. वो खड़ा ही रहा. "आपका तम्बू तो आगरा पहुँचने से पहले ही तैयार हो गया, बाईजी."

"हाँ, मोर, तोते और तीतर, ये मेरे तीन पसंदीदा पंछी हैं. मैंने तो कहे रखा है कि मेरे मरने पर मेरे तोते को मेरे साथ ही दफनाया जाए."

"क्या बात करती हैं, बाईजी. दफ़नाए जाएँ आपके दुस्मन." वो उसकी बात सुन कर चौंक गया था.

वो ज़रा हँसी. "क्यों, मरना तो एक दिन सब को है. मेरा इरादा तो मौत की बाहों में नाचते हुए जाना है – लड़ाई के मैदान में. तब भी ये बेचारा तोता मेरे कंधे पर होगा."

वो अब भी हैरान भाव से उसे देखे चला जा रहा था. मन ही मन सोच रहा था, 'दफ़नाना?'

"मोर लगभग कढ़ चुका है, बस ज़रा से पंख बचे हैं."

शायद वो मुझसे अब भी नाराज़ है, छोड़ कर चला जो गया था मैं. या शायद नौकरानियों की मौजूदगी उसे यों बन कर बोलने को मजबूर कर रही है, वो सोच रहा था. मना रहा था कि वो लड़कियों को बरखास्त कर दे, तब वो उसे फ़ौरन गले से लगा लेता. ख़ैर, उसने मज़ाक करना बेहतर समझा. "आपको पूरा मोर खत्म करने से पहले पट्टियाँ लगानी नहीं चाहिए थीं, क्योंकि बिन पंख के मोर तो वैसा ही हुआ जैसे बिन पगड़ी का आदमी." मुस्कुराते हुए वो बोला.

"क्या चाहिए?" वो तुनक कर बोली.

उसके बोलने के लहज़े से वो चौंक गया था. फ़ौरन जवाब दिया, "बाईजी, मैं आपके संग शामिल होने आया हूँ."

उसके चेहरे पर एक सर्द सी मुस्कान फैल गई. कढ़ाई करने वाली लड़की से बोली, "आजकल देखा हमारा भाग्य कैसे जाग गया है."

फिर फ़िरंगिया से बोली, "हाल ही में मेरी एक राजा से संधि हुई है. वो अपने साथ दो सौ सैनिक ला रहा है. राजा इसी कारवां में यात्रा कर रहे हैं. कल जबलपुर पहुँच कर हम एक साथ आगरा को रवाना हो जाएँगे. राजा के सारे सैनिक मेरी सेना में जुड़ जाएँगे. हाँ, तुम भी उनके साथ जुड़ सकते हो."

वो चंदा बाई के बदले व्यवहार से स्पब्ध हो गया था. उसे लगा कि उसने अपना रास्ता बदल लिया है, जैसे अक्सर तवाईफ़ें करती हैं. उसे बड़ी गहरी निराशा महसूस हो रही थी. उसने तो कभी शक भी न किया था कि वो दगा भी कर सकती है. लेकिन दुनिया का तो दस्तूर ही यही है. 'झूठ, सच, झूट, सच,' आँखें फिरा के कहीं भी देख लो, दुनिया तो यही जाप गा रही है.

"अब तुम जा सकते हो. हाँ, कल सुबह राजा जी से ज़रूर मिल लेना, वो तुम्हे भर्ती कर लेंगे."

इतना कह कर उसका ध्यान कढ़ाई करने वाली लड़कियों के काम पर चला गया.

वो तम्बू से बाहर जा रहा था. इस तरह अपनी बरखास्तगी से भौंचक्का हो गया था. तभी वो रुका और मुड़ कर बोला, "आपको कुछ देना था, बाईजी."

26. "अरे ठग, ये तूने क्या कर डाला? हाय, ये बात तो मुझे पहले से मालुम होनी चाहिए थी. संतरियों, इसे पकड़ो."

चंदा बाई चीख रही थी, अपने आपे से बाहर हो रही थी. उसकी आँखें फटी जा रही थीं. हाथ में वो झुमके और पंचनगी अँगूठी पकड़े थी जो कुछ पल गए फ़िरंगिया ने उसे पकड़ाए थे. खड़ी-खड़ी वो अपने बाल खींच रही थी. देखने में भयानक लग रही थी. उसे खौफ़नाक नज़रों से देख रही थी. बाहर से कई आदमी आए और उनने फ़िरंगिया को पकड़ लिया. ज़ेवर गिरा कर वो उसके ऊपर झपटी और उसका मुँह नोचने लगी. उसका गुस्सा देख वो पूरी तरह से हक्का-बक्का हो गया था.

"अब देखना, तुझे तो मैं अंग्रेज़ अजेंटी के हवाले करूँगी. मैं खुद इस बात का इंतज़ाम करूँगी कि तेरा ये पापी तन मेरे तम्बू के बाहर वाले पेड़ पर ही लटकाया जाए और हर गुज़रने वाला आदमी, औरत और बच्चा तुझे इतने पत्थर मारे कि तेरा इस धरती से नाम-ओ-निशान ही मिट जाए."

वो उस पर थूकने लगी, उसे लात मारने लगी और धक्का देने लगी.

"तूने पहले मेरा अशरफ़ मुझ से छीन लिया, और अब बहराम और फ़िरोज़ को भी खा गया, हरामज़ादे, ठग की औलाद. अरे, ये तूने क्या किया, मूर्ख? हाय, बहराम. अब मैं बाजी राव के सामने किसे पेश करूँगी. तुमने हमारे बेटे को मार डाला?"

वो गुस्से में टहलकदमी कर रही थी. फिर उसकी ओर मुड़ी, फिर चीखने लगी, "तू इंसान नहीं है, तू हैवान है, हैवान."

वो हाँफ रही थी, आँखें घर से बाहर निकलने को हो रही थीं. वो नफ़रत से फ़िरंगिया को देख रही थी. उसके चेहरे पर कई जगहों से अब खून बह रहा था. वो बदलते हालात से पूरी तरह हिल गया था और बौराया सा उसे देख रहा था.

"हैवान का नाम लेने में इतनी भी जल्दबाज़ी न कीजिए, बाईजी."

वो हर शब्द नाप कर बोल रहा था. "मैं यहाँ जिस औरत की खोज में आया था उसके मुँह से सिर्फ़ प्रेम के शब्द निकलते थे. कहाँ है वो चंदा बाई?"

वो बड़ी बेरहमी से मुस्कुराई. "मैं बस एक चंदा बाई को जानती हूँ. बुढ़ा रही है वो पूना में अपने महल में. मूर्ख आदमी, तू एक ऐसी औरत के सामने खड़ा है जो किस्मत को कोई सम्मान नहीं देती, खुद बनाती है अपनी किस्मत. तुम बेचारों की तरह गिड़गिड़ा के नहीं जीती, सामना करती है सामने के सब रोढ़ों का, उखाड़ के फेंक देती है उन्हें. देखना अब बाजी राव, जिसने मुझे कूड़ा समझा और अपनी ज़िन्दगी से हटा फेंका, अब देखना मुझे देख कैसे मेरी धुन पर नाचेगा. और जहाँ तक तुम्हारी बात है, तुम तो इस धरती पर अपने आखिरी लम्हें गिनना शुरू कर लो. हत्यारे. मूर्ख. तेरे पास ज्यादा वक्त नहीं बचा है. ज़ुलमी, कल तेरी आखिरी साँस भी निकल जाएगी. साँसें गिनना शुरू कर. गिनना."

वो अपना चिल्लाना काबू में नहीं ला पा रही थी. तम्बू में खड़े सभी उसे घबराए-घबराए से देख रहे थे. फ़िरंगिया खामोशी से उसकी सब बातें सुन रहा था.

"मुझे कल से कोई डर नहीं है, बाईजी. बस आप को मैं समझ नहीं पा रहा हूँ. जितना मैं समझ पाया हूँ, आप इसलिए इतनी गुस्सा हैं कि इन सब – आपके आशिकों – के मर जाने से आपकी योजनाएँ खराब हो चली हैं. बस. मुझे ऐसा महसूस नहीं हो रहा है कि आपको उन में से किसी के जाने से कोई भी ग्लानि है. जहाँ तक मैं समझ पा रहा हूँ, आप सिर्फ़ लोगों का इस्तेमाल करना जानती हैं. लेकिन ये न भूलें, वो योजनाएँ आपकी बनाई हुई नहीं हैं. दुनिया की सब योजनाएँ ऊपर वाला बनाता है. हर आदमी को मरना होता है, कब और कैसे मरना है, वो तय करता है. और जो आपने मेरे लिए नाम चुने हैं, मुझे नहीं लगता मैं हर उन नामों के लायक हूँ. हाँ मैं मूर्ख हूँ, हत्यारा भी हूँ, लेकिन जुल्मी नहीं हूँ. मैंने कोई जुल्म नहीं किए हैं. आप जैसे लोग अपने सैनिकों को मारने का हुक्म देते हैं और वो अपना काम करते हैं. मैं अपनी देवी माता का हुक्म पालता हूँ, इसलिए मारता हूँ. बस एक बात मुझे समझ नहीं आ पा रही है. अगर आप चंदा बाई नहीं हैं, तो कौन हैं आप?"

उसे एक साथ ही कुछ याद आया. क्या ये मुमकिन है ... नहीं, ऐसा कैसे हो सकता है ... अरे, मुझे तो बताया भी गया था ... वो चौंक गया.

"क्या आप नूर बेगम हैं, यानि, एक मुसलमान?"

उस पर एक गहरी उदासी छाने लगी.

"हाँ, मैं नूर बेगम हूँ. बस एक नाम में क्या होता है?"

"नूर बेगम! बड़ी धोखेबाज़ निकलीं आप. आपने ... आपने तो मेरे धर्म से ही खिलवाड़ कर डाला. क्या आपको भगवान से डर नहीं लगता?"

"क्यों? मैं क्यों डरूँ भगवान से? और वैसे भी तुम्हारे सब भगवान भी तो हमेशा किसी न किसी खिलवाड़ में लगे रहते हैं."

वो ज़ोर से हँसने लगी. आसपास की हवा उसके रिरियाने से भर गई. वो अपने मसनद पर लौट गई और एक लम्बी हँसी हँसने लगी और हाथ से इशारा कर उसे दफा कर दिया.

'बस एक नाम से क्या होता है?' फ़िरंगिया सदमे में था. अरे, उसके लिए नाम में ही बहुत कुछ था.

जब उसकी प्यार की ऊँची इमारत उसकी आँखों के सामने गिर कर चकनाचूर हुई थी, तब उसे निराशा तो हुई थी. लेकिन इस बात ने कि उसने एक मुसलमान

औरत से रिश्ता बनाया था, उसे अंदर से पूरी तरह तोड़ दिया था. अब अगर वो जीएगा तो अजाति जीएगा. अब वो दूषित हो गया था, गाँव लौटेगा तो जाति बाहर कर दिया जाएगा. समाज से बाहर कर दिया जाएगा.

अब, सब कुछ खत्म हो गया था.

जब संतरी उसे बाहर ले जाने लगे तब जा कर उसका चिल्लाना शुरू हुआ.

"तुमने मेरी पहचान के साथ खेल किया है. जो तुमने किया है वो मारने से भी बद्तर है."

पीछे संतरी ने उसे धक्का लगाया.

"देखना, तुम्हें इसका अंजाम ज़रूर मिलेगा."

27. "ठगों से बचने के लिए ठगों से बचाव माँगती है. भई वाह, मान गए, इस औरत का कोई मुक्काबिला नहीं है."

फ़िरंगिया को अपना सिर भारी सा लग रहा था, हाथ पीछे बंधे थे, पैरों में भी बेड़ियाँ पड़ी थीं. वो किसी चलती गाड़ी में पड़ा था. गाड़ी धीमी रफ़तार से चल रही थी. उसे अपनी आँखें खोलने में बड़ी तकलीफ़ हो रही थी.

संतरियों ने उसे तब तक पीटना बंद न किया था जब तक वो बेहोश न गिर गया था. उसे डर था कि तैश में आकर उन ने उसकी आँखें फोड़ दी थीं. लेकिन ये सच नहीं था. उसकी पलकें सूज गई थीं, बस. वो आवाज़ जानी पहचानी थी. किसकी थी, वो समझ नहीं पा रहा था. आदमी तो वहीं सामने बैठा था, उसे ही साफ़ न दिख रहा था.

"साथ में ये भी दिखा दिया कि वो रंडी है. कैसे? आशिक ठग को निकाल फेंक राजा को रख लिया, जो कि सच्चा ठग निकला. कहा नहीं है, रंडी किसकी जोरू?" कहकर वो ज़ोर से हँसने लगा. फ़िरंगिया को समझ आ गया कि वो करामात की रथ-गाड़ी में पड़ा था और सामने करामात बैठा था.

"क्या कह रही थी वो, कि ये दुनिया उस जैसी बहादुर औरत से डरती है, तभी उसके साथ नाइन्साफ़ी करती है, उन्हे बरबाद करना चाहती है. ये कैसी बकवास है? कोई पूछे उससे कि मुँह बंद क्यों नहीं रखती? कोई उसे ये क्यों नहीं बताता कि या सैनिक बन या सैनिक का खिलौना? अब फ़िरंगिया मेरी तो उँगलियाँ फड़कने लगी

हैं. लेकिन सही इन्साफ़ तो ये है कि तू ही रुमाल खींच.“ वो हँस दिया. फ़िरंगिया कुछ कहना चाह रहा था मगर उसकी आवाज़ ने जवाब दे दिया था.

“अपनी शक्ल तो देख. तू नहीं देख सकता. इस रंडी ने जवान आदमी को अटेरन कर दिया है. शाम के जश्न से पहले तुझको साफ कर के फिर से मर्द तो बनाना ही होगा.“

वो गाड़ी से उतरने को हो रहा था. उसे रुकवाया. जाते-जाते कहता गया, “दोस्त! फ़िरंगिया! जंगल में आज रात बड़ा खेला होने को है. तुम को न्योता देने आया हूँ, आना तो तुम्हें होगा.“

और फिर वो जाने लगा.

वो बंधा हुआ था, न बोल सकता था, न देख, बेबस था, फिर भी ज़ोर-ज़ोर से अपनी टाँगे हिलाने लगा, तब तक जब तक टाँगों ने करामात का पैर न पकड़ लिया.

“अब क्या हुआ?“

बड़ी मुश्किल से वो आवाज़ निकाल पाया, “वर- वरजि- त!“

“क्या कहा? औरतों को मारना वर्जित है. ठीक कहा. मगर मैं याद दिला दूँ, वो औरत नहीं, रंडी है. सुना नहीं क्या कहते हैं रंडी के बारे में? ‘रंडी, तेरा यार मर गया. कहा, कौनसा.’ तो अब मुझे तुमसे सीख लेनी पड़ेगी? तुमको शायद याद दिलाना पड़ेगा वो औरत तो तुझे हर हाल में मार देना चाहती थी. अरे अंग्रेज़ के हवाले करना चाहती थी. वो तो मैं बोल बैठा, कि अंग्रेज़ ईसाई होते हैं, सही दंड देना नहीं जानते. पुचकार के वापस भेज देते कि जाओ, फिर न करना, हम तुम्हें दूसरा मौका देता है. आगे ये भी कहे डाला कि राजा कौन है, मैं या वो अंग्रेज़. तब जाकर ही मैं तुम्हें बचा पाया. अब जल्दी ठीक हो जाओ और शाम को जश्न में शामिल हो.“

खट से गाड़ी का दरवाज़ा बंद कर वो चला गया.

बेड़ियों और ज़ंजीरों से बंधा फ़िरंगिया करवट कर लेट गया. गाड़ी की खिड़की से बाहर देखने की कोशिश करने लगा. दृश्य धुँधला था और ख्याल निश्चल. पिछले कुछ घंटों में उसके संग क्या बीती थी, उन सब बातों के बारे में सोचने के लिए बड़ा थक चुका था. वो तो इतना भी तय नहीं कर पा रहा था कि उसके पूरे बदन में कौन-कौन से अंग बेकार हो चुके थे. मायूसी में वो धुँधले रास्ते को गुज़रते हुए देख रहा था. आँखें कुछ साफ़ सा दिखाने लगी थीं. इस वक्त तो मन में बस यही ख्वाईश थी, कि

या तो वो अपनी माँ के घर हो जहाँ अपनी बीबी और बेटियों के समान उसे भी शरण और सुकून मिल पाए, या फिर वो मर जाए.

ऐसे ही कुछ समय बीतता गया. एक घुड़सवार गाड़ी की खिड़की से झांक कर अंदर देख रहा था. फ़िरंगिया ने आँखें मींच के उसे देखने की कोशिश की. नौजवान था – लड़का-सा. बल्लू!

28. "उसे बहुत पीटा. हाय, उधेल डाला. बंधा पड़ा है."

बुजुर्गों से घिरे मांधाता बैठा हुआ था. बल्लू की बात सुन कर बहुत परेशान हो रहा था. जीताजी बल्लू को जकड़े हुए था. पूरा हाल समझना चाह रहा था.

"लेकिन ये सब हुआ कैसे? उसने तुझे कुछ बताया नहीं?"

"कैसे बताता? कुछ बोल पाए तब न? मुझे तो लगा था कि पीटते वक्त उन लोगों ने उसकी ज़ुबान भी काट दी. लेकिन जैसे तैसे वो तुम्हारा नाम बोल पाया. अरे चचा, क्या हाल बना दिया है उसका. पूरा चेहरा कटा पड़ा है. लहुलुहान पड़ा था. मुझे तो लगता है वो उसे मार डालेंगे."

"अरे, ऐसा कैसे हो सकता है?" मांधाता बेचैनी से बोला. "करामात को तो नियम मालुम हैं. नहीं, ज़रूर कोई ग़लतफ़हमी हुई है. हमें अंधेरा होने से पहले उनसे मिलना होगा."

चालीसों आदमियों की वही मत थी और क्योंकि ज़्यादा वक्त नहीं बचा था सब उठ खड़े हुए, जाने को तैयार होने लगे.

"कौन रास्ते जा रहे हैं?" किसी ने पूछा.

"सौगढ़ की ओर जा रहे हैं, चंदा बाई को ले कर." कहकर बल्लू अपना घोड़ा चढ़ गया.

जब उसने चारों ओर देखा तो देखा कि हर आदमी अपनी जगह पर अड़ा खड़ा था. चंदा बाई का नाम सुनते ही हर कोई रुक गया. तब, जीताजी जो जाने के लिए तैयार हो चुका था, बोला, "किसी को आने की ज़रूरत न है. मैं उन्हें अकेला ही ढूँढूँगा."

कंपकंपाती आवाज़ में मांधाता बोला, "बहुत सावधानी बरतना, बेटा."

बिना कुछ कहे जीताजी ने सिर हिलाया और अगले पल धूल के बादलों में खो गया.

बल्लू मांधाता से कह रहा था कि मैं अगर जाऊँगा तो उसे रास्ता दिखा दूँगा. लेकिन इसके पहले वो हिल भी पाता, एक बुज़ुर्ग बढ़ा, उसे घोड़े से खींच कर नीचे उतारा और बोला, "तू हमारे साथ ही रहेगा. खबरदार जो उन स्त्री-हत्यारों के पास भी फटका. जब तक जीताजी लौट नहीं आता तेरा घोड़ा तुझ से अलग ही रहेगा."

29. "मुझे लगता है तुम खो गए हो, बस मान नहीं रहे हो."

बड़ी देर तक चुपचाप घोड़े पर सवार हुए आखिर फूलसा ने कह डाला. बल्लू उसके पीछे बैठ था.

इनका दल सौगढ़ के रास्ते धीरे-धीरे बढ़ रहा था. बल्लू ने फूलसा को चोरी से उसके घोड़े के साथ निकल जाने को फुसला लिया था. "चंदा बाई तुम्हारे बारे में पूछ रही थीं. कह रही थीं कि तोता देना था, फूलसा यहाँ होता, तो उसे दे देती."

उसके बाद दुबक के निकल जाना आसान था. जब तक रौशनी थी तो घोड़ों के निशान दिखने में आ रहे थे, कुछ राहगीर रास्ता बता रहे थे. अंधेरा होते ही सब सुनसान हो गया. बल्लू को भी आसार अच्छे नहीं दिख रहे थे, फिर भी वो चलता जा रहा था.

"अरे हाँ, ये याद आ गया ..." या फिर, "मुझे मालुम था रास्ता यहाँ मुड़ेगा," ऐसा बोल-बोल कर आगे बढ़ा जा रहा था.

लेकिन जब उसने ये कहकर कि, "करामात इस वक्त ज़रूर पड़ाव डाल रहा होगा," जंगल में घुसने का सुझाव दिया तो फूलसा बोल पड़ा. "हमें यहीं रुक कर सब का इंतज़ार करना चाहिया. इतनी रात गए जंगल में घुसेंगे तो खो जाएँगे."

बल्लू को मालुम था कि अब सब से मिलने का अंजाम बुरा होगा. जम के मरम्मत होगी. इसलिए वो भी अपनी बात पर अड़ा रहा. यों ही आपस में बहस करते-करते वे जंगल में घुस भी गए. फिर भाग्य ने बल्लू का साथ दिया. उन्हें ढोलों की आवाज़े सुनाई देने लगीं. उसी को सुनते-सुनते वे बढ़ते गए. जब जंगल घना हुआ तो बल्लू ने उतर कर घोड़े को साधना शुरू कर दिया. हाथ से झाड़ों को किनारे करते हुए बढ़ते

गए. जल्द ही गानों और हँसने-बजाने की आवाज़ें भी आने लगीं. दोनों एक वृक्षहीन स्थान पर पहुँच गए और अचानक बल्लू रुक गया.

बेलों और झाड़ियों की जाली के पीछे से देखा कि करामात के आदमी घेरा बनाए बैठे हैं. कुछ खड़े भी थे. चंदा बाई भी वहीं बैठी थीं. जीताजी भी था. उसी के पास फ़िरंगिया बंधा पड़ा था. घेरे के बीचोबीच राजा खुद तांडव कर रहा था.

फूलसा के साथ यहाँ आना ग़लती थी. ये विचार बल्लू के मन में तब ही आ पाया.

30. "बेगम साहिबा, मेरे आदमी थक गए हैं. दिन भी कुछ लम्बा ही था, उनका क्या कुसूर. सो उनके बहलाव के लिए सोच रहा हूँ कि कुछ नाचना और गाना हो जाए. हमारे यहाँ नाच-गाने की शुरूआत हमेशा मैं ही करता हूँ. आपको यूँ बता रहा हूँ," वो ज़रा खिसियानी हँसी हँसने लगा, "कि आप बुरा न मान जाएँ. मैं आपको बताना चाहता हूँ कि पूना में आपके शोहरत और ऊँचे ओहदे से मैं अच्छी तरह वाकिफ़ हूँ. हाँ, अगर मेरे नाच के बाद, आप भी कुछ दिखाना चाहें, तो उसमें मुझे और मेरे आदमियों को मान मिलेगा. यहाँ हम सब कला के पुजारी हैं. लेकिन वो सब मैं आप पर छोड़ता हूँ."

बड़ी शालीनता से नूर बेगम ने सिर हिला कर हामी भर ली. वो अपना मोर पंख वाला पंखा हिला रही थी, जब राजा फिर उसके पास आया.

"बेगम साहिबा, उस कैदी पर मुझे बिल्कुल भरोसा नहीं है. उसे अकेला गाड़ी में छोड़ना नहीं चाहता. आपकी आज्ञा हो तो उसे भी यहाँ ले आऊँ. ये बात जान लें, वो यहाँ होगा और उसकी बेड़ियों की चाभी आपके पास रहेंगी. जो उसकी मौजूदगी आपको खले, तो अपने आदमियों से उसका सिर यहीं के यहीं कटवा दूँ, या बेगम साहिबा कहें तो पेड़ पर लटकवा दूँ. कहिए, क्या ख्याल है?"

ढोल पिट रहे थे, राजा घेरे के बीच जा कर नाचने को तैयार हो रहा था और नूर बेगम के चेहरे पर मुस्कान अब भी फैली पड़ी थी. उसका नाच शुरू हुए कुछ समय बीत गया था जब एक आदमी फ़िरंगिया को खदेड़ कर वहाँ ले आया. जीताजी, जो दल तक पहुँच चुका था, उसके पीछे चला आ रहा था. बैठने पर वो दल में चेहरे

147

समझने में लगा था. लेकिन फ़िरंगिया जो उसके पास ज़मीन पर पड़ा था, मुँह मोड़े जंगल की ओर देख रहा था.

नूर बेगम ने उसे तभी देख लिया था जब उसे वहाँ लाया गया था. लौट फिर कर उसकी निगाहें उस पर पड़ रही थीं. उसे इस बात से परेशानी हो रही थी कि फ़िरंगिया इतना कटा सा बैठा है, बस काले जंगल को देख कर ही तृप्त है. राजा तांडव कर रहा था, और नूर बेगम का उस पर ध्यान ही नहीं टिक पा रहा था.

जब राजा ने अपना नाच समाप्त किया तो वो उठ खड़ी हुई और बोली, "राजा जी की कृपा यों ही कैसे जाने दूँ?"

उसकी नौकरानियों ने भी उठ कर उसके पीछे जगह ले ली. ढोल फिर बजे और उन ने एक भव्य नाच पेश कर डाला. सब तालमेल बनाए प्रेमातुर राधा और उसकी सहेलियों का नाच कर रहे थे. आसपास खड़े लोग मंत्रमुग्ध हो गए, कई उठ कर खुद भी झूमने लगे. नाच खत्म होते-होते सब रम गए थे. लेकिन नूर बेगम की आँखें फ़िरंगिया पर टिकी थीं, जिसने एक बार भी पलट कर घेरे की ओर नहीं देखा था.

ये सब राजा भी देख रहा था. उसने एक बड़ा भड़कीला-सा, लहरदार आदाब किया और बोला, "बेगम साहिबा! अब तो लोग कृष्णा और राधा को एक साथ देखने को तड़प रहे हैं. मेरे साथ एक नाच और हो जाए."

करामात ने अपना रूमाल सिर पर बाँधा और शुरू कर दिया दोनों ने एक साथ नाच. अब के नाच में और भी तेज था. कुछ पलों में राजा के आदमी भी आ कर नाचने लगे. नूर बेगम के आदमियों को भी खींच कर ले आए. ढोल पिटते गए, पिटते गए, नाचने वालों के पैरों में पागलपन सवार हो गया.

तब जीताजी और फ़िरंगिया दोनों ने अपनी आँखों पर हाथ धर दिए. राजा ने ज़ोर से पुकार लगाई, "रास लीला खत्म की जाए!"

अचानक ढोल बजने बंद हो गए. बड़ी कुशलता से आदमी आदमियों और नौकरानियों पर टूट पड़े और बिना किसी खेंचा-खीची के पचास जानें बुझ गईं. जैसे कि ये बुझना भी नाच का ही भाग था.

करामात की पुकार के वक्त नूर बेगम राजा की तरफ़ ही कदम बढ़ा रही थी. राजा के पास उतना वक्त था कि सिर से अपना रुमाल उतार सके. राधा तो कृष्ण की बाहों में न गिर पाई मगर नूर बेगम सीधा उस रूमाल पर गिरी. आने वाले पलों

में सिर्फ़ जीवितों की धड़कने बरकरार थीं, लेकिन चारों तरफ़ की हवा जैसे थम गई थी.

फिर जैसे संसार ने अपनी गति दुबारा पा ली हो, दो सौ आदमी एक संग चिल्लाए, 'जय काली!' जीताजी फ़ौरन दौड़ता हुआ ज़मीन पर पड़ी औरत के पास पहुँचा और उसके गर्दन में पड़ी चाभी ले आया.

उसने फ़िरंगिया को आज़ाद किया ही था कि अंधेरे से रोने की आवाज़ आई, "देखो चचा, ये फूलसा को क्या हो गया?"

फूलसा का काँपना बंद ही नहीं हो रहा था, मुँह से झाग निकल रहा था. आदमी नूर बेगम के बदन से ज़ेवरात उतार रहे थे और फूलसा की आँखें उस पर से हट नहीं रही थीं.

"मुझसे बात कर, फूलसा -"

जीताजी चिल्ला रहा था.

"सब ठीक हो जाएगा -"

उसे चाटे मार रहा था कि शायद इस तरह वो ताकना बंद करे. लेकिन वो काँपता रहा, चारों तरफ़ पड़ी लाशों और उनके बिखरे कपड़ों को देखता रहा.

"उसने उसे मार डाला." वो बड़बड़ाए जा रहा था. मुँह से झाग निकलना भी बंद नहीं हो रहा था.

जीताजी की बात लड़के तक पहुँच ही नहीं पा रही थी. ये देख कर उसने फ़ौरन लड़के को गोद में लिया और भागने लगा.

31. ये एक पुराना रिवाज़ है. नेक इरादे और सद्भावनाएँ रखने वाले साधनसम्पन्न आदमी छोटे-बड़े गाँवों के आसपास कुएँ खुदवाते हैं और फलों और पेड़ों के वन डलवाते हैं. वनों की छाओं और कुओं के ताज़े पानी से यात्रियों को तो आराम मिलता ही है, साथ में इन भले लोगों के यत्नों से आगे आने वाली पीढ़ियाँ भी इनका इस्तेमाल करके इनके नाम को याद रखती हैं. लेकिन समय के साथ ऐसे कई आश्रय बुरी देखरेख की वजह से सालों-साल उपयोग में नहीं आते. तब यहाँ जंगल कब्ज़ा कर लेता है.

जिस वृक्षहीन स्थल पर नूर बेगम दफ़नी पड़ी थी, वो ऐसे ही एक वन का हिस्सा था. आसपास का जंगल वहाँ कब का बढ़ आया था. कुएँ के बजाय यहाँ एक छिपे किनारे पर एक मंदिर था. बुरे हाल मे था. वेदी पर पहुँचने के लिए तीन बड़ी सीढ़ियाँ चढ़नी पड़ती थीं. पहली सीढ़ी की पटिया के नीचे वो दो कढ़ाई करने वाली लड़कियाँ दबी पड़ी थीं. दूसरी सीढ़ी नूर बेगम और पंखा झरने वाली लड़की का विश्राम स्थान था. वेदी पर पहुँचते ही जिस पटिया पर सबसे पहले पैर पड़ता है, उसके उलटे हाथ पर जो खंभे के पास पटिया डली थी, वहाँ अपनी चिर-निद्रा सोती पड़ी थी गुल-महक.

यहीं अपनी चाक डाल कर बैठ गया था ज़ालिम सिंह. एक लड़का पास बैठा था.

लड़के की ज़ुबान काट कर उसे गूँगा बना दिया गया था और इसी वजह से उसे नकटा और कनकटा होने में कोई भयावनापन नहीं दिखता था. रास्ते में ज़ालिम सिंह ने कृपा कर के उसे दोस्त बना लिया था. लड़का बाँसुरी बजा रहा था, ज़ालिम चाक घुमा रहा था और ऊपर एक डाल पर जो मंदिर की गुंबद चीरते हुए निकल गई थी और इस तरह छत की कड़ी का काम दे रही थी, उस पर एक तोता बैठा दोनों को देख रहा था.

लड़का देर तक धुन बजाता. ज़ालिम के दिमाग को बड़ा सुकून मिलता. फिर जब वो बजाना बंद करता तब ज़ालिम की बारी आती, वो कहानी सुनाने लगता.

यही तय हुआ था. जब तक लड़का उसके लिए सुकून देने वाली धुनें बजाता रहेगा वो भी उसे नई नई कहानियाँ सुनाता रहेगा. जिस वक्त दोनों में से कोई एक अपने काम से चूके, उस वक्त ये दोनों एक दूसरे का साथ छोड़ देंगे.

32. डेरे में पहुँच कर भी फूलसा बहका-बहका सा रहा. शक उसे खाए जा रहा था और वो सबको आँखें फाड़-फाड़ कर देख रहा था. कोई उसे छूता या उससे कुछ कहता भर भी तो उसकी कँपकँपी बढ़ जाती.

पूरी रात मांधाता, जीताजी और फ़िरंगिया उसके पास बैठे रहे, लेकिन लड़के का हाल और बिगड़ता ही चला. जब पौ फूटी, वो मर गया.

33. "महक! तुम मुझे चाह न सकी क्योंकि मैं एक घिनौने चेहरे वाला आदमी हूँ, लेकिन जो बात मुझे चकरा जाती है वो ये कि तुमने इस बात की ज़रा भी परवाह न की कि मेरे विचार बदसूरत नहीं हैं. एक दिन जब मेरा चेहरा और नाम भुला दिया जाएगा – क्योंकि जीवन के चक्के में तो सभी फेंके जाते हैं और घूमता हुआ चक्का सबको धूल बना कर एक साथ मिला डालता है – तब शायद मैं अलख झोंके की तरह बह पाऊँगा. लोग पिछले और हमारे समय के सूरमाओं को खोजेंगे, वे जो तब खाक बने पड़े होंगे, और उन्हें मेरी ही कहानियों में मेरी धाराओं के बल से उड़ता हुआ पाएँगे. मेरी सभी कहानियों की सिलवटों में, लुके-छिपे, बुदबुदाते, खिसके होंगे मेरे सबसे ऊँचे और प्यारे ख्याल. तारीख तब मुझे प्यार से देखेगी, उस प्यार से जिससे तुम मुझे कभी देख ही नहीं पाई. लेकिन, मेरी जान, वो सब मेरे लिए कोई मायने न रखेगा, क्योंकि मैं अब सिर्फ़ एक काम करना चाहता हूँ. कि तुमने मुझे दुनिया का इकलौता तिलिस्म – प्यार - चखने दिया, उसके लिए किसी भी तरह तुम से अपना आभार बयान करना चाहता हूँ."

34. पूरी सुबह वे चलते गए और जब वे नर्मदा के तट पर पहुँचे, उनने फूलसा का आख़िरी संस्कार शुरू कर दिया. फूलसा का शरीर धोने के लिए जीताजी ने उसे कम गहरे पानी में लिटा दिया था और कुछ देर वहीं छोड़े रहा. साफ़ पानी में उसके मृत शरीर को प्यार से देखता रहा. फूल जैसा! मन ही मन कह कर रह गया.

फिर एक साफ़ धोती में उसे लपेट, उसकी अधखुली मुट्ठी में तुलसी की टहनी खोस, उसे लकड़ी के कुंदों से ढकने के लिए औरों को पकड़ा दिया.

हाथ में जलती मशाल पकड़े, वो उसकी चिता के चारों तरफ़ तीन बार घूमा, हर बार भगवानों से यही याचना करता कि इस बच्चे की बेकरार आत्मा को उसके पुरखों के शांतिपूर्ण स्थल में घुसने दें. हर बार वो लड़के के पाँव के पास से गुज़रता और उस ओर देखता जिस ओर वे तने हुए थे. वहाँ सब बराबर कर देने वाला मृत्यु बैठा हुआ देख रहा था. जीताजी उसे वापस देख अपनी हार मान रहा था. तीसरे फेरे पर ये बोलते हुए कि, "उड़ जा, मेरे बच्चे! उड़ के सीधा मेरे दोस्त और अपने बाप – मोहन - की प्रतीक्षा करती बाहों में पहुँच जा!" उसने चिता जला दी.

सब रस्में खत्म हो जाने पर कंधे पर एक हलका सा पुलंदा लटकाए, अपने साथियों से बिना कुछ कहे, जीताजी हमेशा के लिए चला गया.

35. नूर बेगम के तम्बू में हल्ला मचाने के बाद, पहली बार फ़िरंगिया के मुँह से कोई बोल निकला. जीताजी के चले जाने के बाद, दोपहर को वो अपने पिता के सामने हाज़िर हुआ और बोला, "मैं जा रहा हूँ."

मांधाता ने हुक्का फूँकना बंद कर दिया. "तुम भी! तो मेरा क्या होगा? माँ की सेवा कौन करेगा?"

ज़रा और सोच के वो बोला, "माँ की सेवा करने का जोश तो हमारे खून में घुला हुआ है. तुम यूँ ही इसे नहीं छोड़ सकते."

"मेरे शरीर में खून की एक-एक बूंद चिल्ला कर कह रही है कि मैं पापी हूँ. लेकिन ये सही भी तो है. मैं आपका बेटा थोड़े ही हूँ. मेरी रगों में आपका खून नहीं है. तो फिर आपकी अजीब लालसाएँ मेरे खून में भला क्यों होंगी?"

मांधाता फ़िरंगिया की बात करने का लहज़ा सुन कर चौंक गया. अपने साथ बैठे बुज़ुर्ग को बेहाल नज़रों से देखने लगा. "बेटा, कम से कम घर आ कर अपनी माँ से तो मिल लो, तब सब तय कर लेना." मांधाता के मित्र ने सुझाया.

आँखें मींच कर फ़िरंगिया बोला, "मैं आज से ऐसे रास्ते चलना चाहता हूँ जो आप के रास्ते से कभी न कटें. जहाँ तक माँ से मिलने की बात है, भगवान ने अगर चाहा तो मैं उनसे फिर मिलूँगा."

इतना कह कर वो चला गया.

भाग 3

1. ऐसा मुमकिन है कि 1790 में घटी उन वारदातों से फ़िरंगिया सिर्फ़ वाकिफ़ हो, मगर उसकी अपनी ज़िन्दगी से उन घटनाओं का क्या ताल्लुक था, उसे इसका बिल्कुल अंदाज़ा न था.

शुरुआत तब हुई जब गर्मी के दिनों में पतन के युद्धस्थल पर 40,000 गुमान भरे मारवाड़ी – विकट राठौर – मराठा सेना के 10,000 सैनिकों का सामना कर बुरी तरह पराजित हुए. मराठाओं का नेतृत्व एक फ़िरंगी सेनापति, जैनरल डिब्वैन कर रहा था.

राठौड़ सैनिक मैदान में अपना घोड़ा, जूता, पगड़ी, मूँछ, या संक्षेप में कहें तो, मारवाड़ी शान छोड़ कर भाग गए. और आने वाले दिनों में उनके घर की दीवारों ने भी उन्हे सिर छिपाने की अनुमति न दी.

बहरहाल, बदले के ख्याल खूब पनप रहे थे और जोधपुर के राजा बिजय सिंह ने राजपुताना के चौदह वर्ष से ऊपर हर राठौर मर्द को मारवाड़ी शान वापस लाने के लिए बुलावा भेजा. 80,000 गुस्से से फटे पड़े आदमी और लड़के मेर्ता में इकट्ठा हो गए.

इन वीरों को बाईस चुने हुए सरदारों को सुपुर्द कर बिजय सिंह वापस अपने महल लौट गया. सरदार शत्रु पर टूट पड़ने के लिए भूखे शेरों की तरह तैयार थे, बस इंतज़ार की कुछ घड़ियाँ गुज़ारनी थीं.

भिड़ना सुबह था. शाम चारदीवारी में बंद बस यही बात मन में उठ रही थी कि धरती के मामले तो रोज़ाना भली प्रकार सम्भालते हैं और दिन ढलते आसमान की सैर करने के ये खूब आदि थे. सो इस वक्त भी चन्डू के दो छींटें उड़ाने में क्या चला जाएगा? उलटे आसपास की कुरूप दुनिया कुछ पलों के लिए गायब हो जाएगी.

यही सोच कर उन तनाव भरी घड़ियों में दुबक कर ज़रा सा आराम सरका दिया. एक मीठी खुमार बदन का तनाव हटाने लगी, अंदर एक लज़ीज़ हलकापन फैलने लगा. किसी अदृश्य साथी ने अपनी मोटी उँगली से घड़ी की गति मंद कर दी, रात के आकाश के चतुर्थी के चाँद ने शहद का रंग ग्रहण कर लिया और ज्यों ही किया, कभी वो लजाता चेहरा बन जाता, कभी कोई अजब आकार, तो कभी बुलाता हुआ हाथ. चाँद की अटखेलियों में उलझे राजपूत शेर इस बात से अनजान ही रहे कि अंधेरे की आड़ में दुश्मन ऐन पड़ाव के सामने जुट रहा है.

और फिर आगे जो हुआ इसे भाग्य की विडम्बना कहा जाए?

भाग्य न सही, तो ये ही कहें कि ज़िल्लत की ज़िन्दगी हाथ धो कर इनके पीछे पड़ गई थी. क्योंकि सुबह के प्रारम्भिक पहर में उन बाईस सरदारों को अपनी मूर्छित अवस्थाओं से छर्रों की बौछारों ने ही निकाल पाया. शत्रु सेना सामने खड़ी थी और तमाम शिविर में अव्यवस्था फैली हुई थी.

जल्दबाज़ी में वे इकट्ठे हुए और अपने सैनिकों में सबसे बहतरीन को शामिल होने को बुलाया.

बड़ी गंभीरता से वे बोले, "सूर्यवंश के महान पुत्रों! वीरों! आज चाँद से इश्कबाज़ी करने वाले राठौरों को कुछ कर दिखाने को बुलावा आया है."

फिर बड़ी संजीदगी के साथ अफ़ीम का प्याला – मौत का घूँट – उठाया और एक बार में सोख गए.

"बिस का प्याला पी मरूँ, ये जवानी अकारथ करूँ. मौत ही आज का परिणाम होगी!"

ऐसा ऐलान किया.

राजपूत पीली ओढ़नी डाले घोड़े पर सवार हो गए. रणभूमि के निकट अपने आदमियों का हौंसला बढ़ाने तलवार उठा कर सरदारों का सरदार चिल्लाया, "पतन याद करिये!"

और इस पुकार को सुन हर सैनिक शत्रु के विनाश के लिए उतावला हो गया. युद्ध-स्थल पहुँचे तो देखा कि दुश्मन सेनापति ने मारवाड़ी अश्वारोही पराक्रम झेलने के लिए पैदल सेना जुटा रखी थी. शत्रु की इस ढिठाई को देख कर सभी सरदार बौरा गए. गुस्से में अहवा के सरदार ने ऐलान किया कि इन्हें तो इनकी गुस्ताखी के लिए मैं अकेला ही सज़ा दूँगा.

"पूतों, पतन याद रखना," की पुकार से हवा को चीरते हुए उसके सवारों का समूह सामने खड़ी पैदल सैनिकों की पंक्ति पर टूट पड़ा.

जीत निश्चित है, इस ज्ञान के साथ अपनी तलवारें और बरछियाँ भोंकने के लिए तैयार कर, सब के सब पुकारते गए, "पतन!"

मराठा सैनिक उनके करीब आने से हिल कर नहीं दे रहे थे और राजपूतों का गुस्सा ऊँचे आसमानों पर चढ़ा जा रहा था. हिल रहा था तो बस अपने घोड़े पर सवार वो फ़िरंगी सरदार, वो भी सैनिकों की पंक्ति के पीछे.

जब प्रगामी राठौर और पैदल सैनिकों में कुछ पगों का ही फ़ासला था, डिब्वैन ने चीख कर आदेश दिया और सामने खड़े सैनिकों की पंक्ति पीछे हट गई. पंक्ति के पीछे बन्दूकें तनी थीं और डिब्वैन के आदेश पर तरंत टूटते हुए सैनिकों पर छर्रे छूटने लगे. हमला करने वाली पंक्तियों में बड़े छेद बन गए. जब तक धुआँ साफ़ होने पाया, अस्तव्यस्तता बनी रही, मगर डिब्वैन के आदेश जारी रहे.

फिर हज़ारों बंदूकों ने नज़दीक से सवार शत्रु पर वार किया. जो-जो युद्ध मैदान में नहीं उतरे थे, वो किनारे से युद्ध मंच का नज़ारा दहशत से देख रहे थे. कुछ ही पलों में सवार-रहित घोड़े घबराए हुए मैदान में इधर-उधर भाग रहे थे और सवारों ने मैदान में बिखरी हुई लाशों का रूप ले लिया था.

फिर सब ने एक साथ आक्रमण किया. बड़ा दिल दहला देने वाला दृश्य था. इक्कीस ज़र्द-पोश धारी सरदार हज़ारों प्रचंड सैनिकों को ले कर अचल खड़े मराठा सैनिकों पर टूटने को हो रहे थे. फिर बंदूकें दागी गईं और आग की भयावनी दीवारों को सामने पा कर घोड़े हड़बड़ाने लगे. धुआँ उठा और फिर रिसाला में बड़े छेद बने दिखे.

बस, यही सिलसिला चलता रहा. कुछ फिर भी शत्रु की पंक्ति तक पहुँच जाते. तब या तो बंदूक को छर्रा पिलाते हुए शत्रु सैनिक को काट डालते या फिर खुद

उसकी किर्च पर गिर वीरगति प्राप्त कर जाते. फिर भी, लगातार कम होती संख्या में वे वापस लौट कर आक्रमण करते रहते, आघात बद से बदतर होते जाते.

मराठा व्यूह की दृढ़ता को तोड़ने के प्रयास में उन ने अपने आप को शत्रु पर यों फेका जैसे क्रुद्ध समुद्र की हज़ारों लहरें ठोस पत्थर तोड़ने के लिए उस पर टूटती हैं, धीरे-धीरे निर्बल हो कर पत्थर को बस चाट कर रह जाती हैं, और अंततः पूरी तरह व्यर्थ हो जाती हैं. यानि, मारवाड़ी योद्धा ने शत्रु के कठोर संयम को समझ ही नहीं पाया.

लेकिन क्योंकि उस दिन उनने तय किया था कि लड़ाई के मैदान से किसी हाल में लौट के न भागेंगे, तो पाँच राठौड़ राजकुँवरों ने, हर हाल में अपनी हर कोशिशों को नाकामयाब होते देख, आने वाली पीढ़ियों के लिए अपने पराक्रम का एक नमूना छोड़ जाने की ठानी. ग्यारह और सैनिक उनके साथ लग गए. सब अपने घोड़ों से उतर गए, अपनी तलवारें खींची और शत्रु पर गिर पड़े. उन सब के कटने में ज़्यादा समय नहीं बीता.

सुबह नौ बजे तक सब खत्म हो गया था.

दस बजे तक सम्पूर्ण राठौड़ शिविर जला दिया गया था.

फिर शहर को लूटने का वक्त आया, विजेता सैनिक – धीर और आज्ञापालक – अब बेशक इनाम की उम्मीद रखता था.

मेर्ता के हर घर में घुसा गया. सब मूल्यवान वस्तुएँ हड़प ली गईं, औरतों को सैनिक घर के अंधेरे कमरों में ले गए और निकलते-निकलते हर मेहराब, खंभा और दीवार तोड़ते गए. आने वाले तीन दिनों में एक घर न बचा था जिसे मशाल न दिखाई गई हो, एक लड़की नहीं बची थी जिसे छुआ न गया हो.

2. मेर्ता के राणा के महल के ऊपरी कमरे के सामने के बालाखाने से कैप्टन लोवैल मोर नगर की सीमा के बाहर फैले मैदान को देख रहा था. एक माह पूर्व यहाँ उस ने भीषण लड़ाई लड़ी थी. सुबह का सूरज मैदान में खड़े सदियों पुराने सैकड़ों वीरगति प्राप्त हुए वीरों की समाधियों को रौशन कर रहा था. देश था तो ये आखिर जंग-प्रेमियों का.

कैप्टन अपनी माँ के लिए पत्र तैयार कर रहा था.

"मेरी प्यारी और बेहतरीन माँ," उसने लिखना शुरू किया. "हम दोनों के बीच ठठ्ठा-दिल्लगी कब से नहीं हुई? आपके समाचार तो पीटर के पत्रों से मिलते रहते हैं, मगर वो आखिरी दफ़ा कब था जब आपने खुद मुझे कुछ लिखा था? कई माह पूर्व, पीटर के ही पत्र में दो लाईनें हाशया चढ़ा दिए थे. लेकिन अपनी प्यारी माँ को भूल जाने की ज़िम्मेवारी मैं लेता हूँ. मैं ही कुछ ज़्यादा व्यस्त हो गया था. अब ज़रा राहत मिली है, आराम से बातें होंगी. इतनी सारी बातें भी तो हैं लिखने को ..."

एक हफ़्ता बीत चुका था जब जैनरल डिब्वैन पाँच हज़ार आदमी ले कर दोआब में अपने मुख्यालय, जहाँ और मामलें उसका इंतज़ार कर रहे थे, लौट गया था. मेर्ता का शासन कैपटन मोर, जिसने पिछली लड़ाई में सात सौ पचास मराठा सैनिकों को सम्भाला था, उसके हवाले कर दिया गया था. उस लड़ाई की झलकें अब भी यकबयक नौजवान कैपटन को याद आ जाती थीं. उसने अपनी माँ को राजपूत शौर्य के बारे में लिखा. उन पाँच राजकुँवरों के बारे में लिखा जो मौत को सामने खड़ा देखते हुए भी हज़ारों सैनिकों से लड़ने को उतरे. उसने खुद अपने हाथों से एक को काट कर गिराया था.

"वो एक राजकुमार था, रणभूमि में भी उसका चेहरा जवानी की लालिमा से तमतमा रहा था ... लेकिन इस लड़ते-झगड़ते, रोमांचक देश में विलाप करने का वक्त कहाँ है? ऊपर से वो हमारा शत्रु था. यहाँ हर ज़िदादिल आदमी शत्रुओं से घिरा होता है. जो लड़ा, वो बड़ा. जो पहले मारे, सो जीते. मैं भी तो यहाँ इसीलिए आया हूँ, माँ."

हिंदुस्तान आए उसे पाँच साल हो चुके थे. इन सालों में उसने हमेशा जीत के बाद परास्त हुए गावों और शहरों का सम्पूर्ण विनाश होते हुए देखा था. इतनी बार देख चुका था, मगर अब भी उसके होश-ओ-हवास फिर वही विनाश देख कर सुन्न हो जाते थे. फिर भी वो अपने आदमियों को लूटमार करने से रोकता कभी न था. क्योंकि यही इस देश का रिवाज़ था.

क्या इस प्रकार का विनाश इंगलैंड में उसके छोटे-से शांत टोले में सम्भव था? उसके ख्यालों में वो जगह आ गई, पत्थर के मज़बूत पुराने गिरजाघर के आसपास बसे वे सिलेटी पत्थर के घर. किसकी जुर्रत होगी जो उनका तहस-नहस करे? मोर परिवार की बारह पुश्तें वहीं पली बढ़ी थीं. वो अपनी माँ के बारे में सोचने लगा. जाते

वक्त हथेलियों में उसके चेहरे को भर कर उसने कहा था, "अब तो मेरा बाबा भी जा रहा है."

वो पाँच भाईयों में सबसे छोटा था. माँ की आवाज़ उदासी से भर्राई हुई थी और उस वक्त अपने घर की दहलीज़ में खड़े हुए उसने मन ही मन तय किया था कि मैं नाम और धन कमा कर जल्द वापस आऊँगा. उसे अपनी छाती पर माँ के सिर का दबाव अब भी याद था. ये भी याद था कि माहोल में खुशी लाने के लिए उसने माँ से कहा था कि "तीन साल बाद जब सोने-चांदी और रेशम से लदे ऊँट लिए मैं यही दरवाज़ा खटखटाऊँगा, तब तुम दरवाज़ा खोलोगी और कहोगी, 'तुम? इतनी जल्दी वापस भी आ गए?'"

"मैं तुम्हारे बारे में अक्सर सोचता हूँ, माँ. कॉर्नवॉल का ख्याल आते ही अपनी यादों की दुनिया में खो जाता हूँ. लेकिन मेरे इन ख्यालों में कोई उदासी नहीं होती. तुम्हे लगता होगा कैसी लड़ाईयों वाली ज़िन्दगी जी रहा हूँ? लेकिन माँ, ये न सोचना कि मैं सिर्फ़ लड़-लड़ कर अपना समय नष्ट कर रहा हूँ. माँ, मैं अपने को ऐसी स्थिति में पा रहा हूँ जहाँ हर पद मुझे अगले और ऊँचे पद में पहुँचाने का सामर्थ्य रखता है और मुझे अब ये दिखने लगा है कि ये सिलसिला मुझे एक अच्छी जगह ही पहुँचाएगा. बहुत अच्छी जगह, माँ, बस, वो जगह इंगलैंड में नहीं होगी. और ये बात मुझे उस बात पर ला रही है जिसे बताने के लिए मैं ये पत्र लिख रहा हूँ, आपसे ये पूछने के लिए कि क्या ये मुमकिन है कि आप हिन्दुस्तान आ कर अपने बाबा के संग रहें?"

कैप्टन लवामोर, इस नाम से जैनरल डिब्वैन उसे बुलाता था. था भी वो मस्त-मौला, मगर नेक. वेश-भूषा, खान-पान और रहन-सहन में कैप्टन मोर ने हिन्दुस्तानी ढंग अपना लिया था. हाँ, युद्ध-अभियानों में, क्योंकि ये जैनरल का हुक्म था, वो यूरोपी सेनापति की वर्दी पहनता था. उसके सैनिक और कोल निवासी – जहाँ उसकी जागीर थी - उसका सम्मान करते थे. उसे जी-जान से चाहते थे. बड़ा दयालु आदमी था. अक्सर तो लोगों को यही शुभा होता था कि कहीं इस आदमी को धन से तो शत्रुता नहीं है. लेकिन ये भी सच था कि बीते पाँच वर्षों में उसने अपना धन समझदारी से नील की खेती में लगाया था, इस वजह से वो सम्पन्न था.

कोल में अपनी सुबह जल्दी शुरू करता था, नवाबी लिबास पहने, पालकी में बैठ, जागीर का मुआईना करने निकलता था. हुक्का गुड़गुड़ाता, रास्ते में लोगों का हाल-चाल पूछता जाता. घर लौट कर तलवारबाज़ी करता, दो घंटे सोता, फिर खाना खा कर अपनी बीवी और पूरे हरम के साथ हाथी पर बैठ कर जुलूस निकालता. ये उसका हरम जो इतना बड़ा था, जैनरैल डेब्वैन के हरम से टक्कर खाता हुआ, इसीलिए उसे लवा-मोर (प्रेम-मोहब्बत) नाम की पदवी दी थी.

लेकिन मेर्ता में उसकी दिनचर्या एकदम अलग थी. सुबह शहर का जो दौरा लगाता उसे अपने ऊपर सब गड़ी आँखें बैरी महसूस होतीं.

उसकी बीवी, चारुलता – एक राजपूत लड़की जो चौदह साल की उम्र में जब चितपुर जल रहा था उसकी शरण में आई थी – मेर्ता में उसके साथ नहीं थी. सौ सैनिकों की शरण में वो और कैप्टन का सम्पूर्ण हरम मेर्ता आ रहा था, रास्ते में था. बस दो दिन का रास्ता और बचा था. मगर ये खबर उसे खुश करने के लिए काफ़ी नहीं थी.

सुबह तलवारबाज़ी के वक्त उसका कितना जी चाह रहा था कि उसका बेटा भी मौजूद होता, हांलाकि अभी वो केवल एक साल का था.

उसकी शादी को चार साल हो चुके थे, वो अपनी माँ को अपनी बीवी चारुलता और बेटे विलयम के बारे में लिखना चाहता था लेकिन हिम्मत नहीं जुटा पा रहा था.

उसने स्नान लेने का फैसला किया. एक बालटी पानी अपने सिर पर गेर पूरे शरीर को गीला होने दिया. फिर गुसलखाने से जो कमरे में चल कर आया, उसका बदन रेगिस्तान की शुष्क हवा ने ही सुखा दिया. कमरे में वो राणा के शीशे के सामने खड़े एक उदास आदमी की शक्ल देख रहा था. ऐसे क्रुद्ध लोगों के बीच रहना कितना मुश्किल था. उसे अपने घर की याद सता रही थी. वो तो वापस कोल लौटना चाह रहा था. शीशे में वो अपने सीने पर गुदा बिसात देख रहा था.

फिर कोल की मधुर यादें सताने लगीं, जब शाम बढ़ कर रात में बदलने लगती थी और अपने ख़्वाबगाह के बीचोबीच पड़े विशालकाय दीवान पर सिर फेंक कर वो किसी किताब के पन्नों में खोया होता और चारुलता अपने सहेलियों के साथ उसके सीने पर मोहरे बिछा कर शतरंज के खेल खेलती.

मध्याह्न को अभी एक-आध घंटे और थे. वो कचहरी में सुनवाई कर रहा था. अब मेर्ता के निवासी आपस के मतभेद उसी के पास ला रहे थे. माँ के पत्र के ख्याल कुछ देर के लिए खिसका दिए गए थे. उसके सामने दो भाईयों का झगड़ा था, दोनों घर पर अपना हक मानते थे.

"मकान में इस वक्त रहता कौन है?" ठेठ हिन्दी में वो भाईयें से पूछताछ कर रहा था.

सरल सवालों के जवाब, जैसे उनकी उम्र या उनके माँ के रहने का स्थान जानकर वो मामले को सुलटा पाया, भाईयों को बरखास्त करने के बाद उसने कचहरी को एक घंटे के आराम के लिए मुअत्तल कर दिया.

पुलाओ, मटन, चिकन, उसके सामने दावत सजी पड़ी थी, और वो अकेला मेज़ पर बैठा खाना खा रहा था, साथ में सिर झुकाए पत्र लिख रहा था.

"जब हम मिलेंगे, माँ, जब कभी हम मिलेंगे, इस बात का आपको आश्वासन देता हूँ कि आप एक जवान मर्द से मिलेंगी जो बड़ा तो हुआ है, उम्र में इतना नहीं जितना उन खासियतों में जो किसी को अच्छा आदमी बनाती हैं. वो दिन जब हम सब खुश होंगे अब दूर नहीं है. मैं खुश हूँ. उम्मीद करता हूँ खत पढ़ कर आपको भी खुशी मिली होगी."

अपनी बीवी और बच्चे का ज़िक्र किए बिना उसने अपना पत्र खत्म कर दिया.

फिर कचहरी में, एक ज़मींदार को शिशुहत्या के लिए गिरफ़्तार किया गया था. नवजात शिशु लड़की थी, वो अनुमान लगा सकता था, यहाँ के इस प्रचलन की वजहों को भी वो अच्छी तरह समझता था. दाढ़ी के बाल खींचते हुए वो उस घमंड से चूर ज़मीदार को देख रहा था – जमींदार को तो यकीन ही नहीं आ पा रहा था कि मामला कचहरी पहुँच गया है - लेकिन कैप्टन यही सोच रहा था कि यदि डिब्बैन ये मामला सुन रहा होता तो वो क्या करता.

तभी कचहरी का दरवाज़ा ज़ोर के खुला. अरदली अंदर दौड़ा आया, मेज़ से कुछ हाथ दूर रुक गया. "बहुत बुरी खबर है साहब."

यहाँ की तमाम खबरें इतनी बुरी होती थीं कि अच्छी खबर सुन पाना ही अच्छी खबर थी. बुरी खबर के लिए ऐसे धड़धड़ा कर घुसने की क्या ज़रूरत थी?

वो आदमी को गुस्से से देखने को हुआ, लेकिन जैसे ही उसकी नज़र उसके चेहरे पर पड़ी उसे यकीन हो गया कि सच में कुछ गड़बड़ हुआ है.

3. मेर्ता की हार वहाँ के लोगों के लिए बड़े नुकसान लाई थी. कितने आदमी मर गए थे, मकान नष्ट हो गए थे, इज़्ज़तें लुट गई थीं. हांलाकि इस लड़ाई में ठाकुर उनमाद सिंह लड़ा नहीं था, मगर घाव ऐसा खाया था जो भर कर नहीं दे रहा था. उसके चार बेटों में तीन युद्ध में वीरगति को प्राप्त हो गए थे और चौथा अपंग हो गया था. अपने बेटों के शौर्य की यादगार में वो समाधी बनवा तो रहा था मगर ऐसा करने से भी उसे कोई सुकून नहीं मिल पा रहा था. उसे तो ज़रूरत थी बदले की और वो मौका उसके सामने अकस्मात आया. जो फ़िरंगी सैनिक अपने को उसके देश का 'राजा' बताता है उससे सम्बन्धी उसे एक खबर मिली. कुछ सैनिकों की शरण में फ़िरंगी का हरम मेर्ता आ रहा था. बस, उन्माद सिंह ने अपने पुराने सम्बन्ध ताज़े करने शुरू कर दिए.

जब पाँच ठग जमादारों को टोंक के पास बरौनी गाँव में बुलवाया गया, तो उनको मामले में कई दिक्कतें नज़र आईं. आने वाली टोली में औरतें थीं. दूसरा, टोली फ़िरंगी से मतलब रखती थी. फ़िरंगियों से ठग लोग जूझना पसंद नहीं करते थे. किंतु ठाकुर प्रभावशाली था. ठगों से शासकों को गुमराह करने के साधन रखता था, उसने जमादारों को आश्वस्त किया. गाँव वालों के मुँह बंद करना उसे खूब आता था. उन्माद सिंह की इन सब बातों से ठग जमादार रज़ामंद भी हुए, मगर वो औरतों की मौजूदगी का मामला अब भी नहीं सुलझा था, और रात जब वे सब अपने अपने पड़ावों मे लौटे तो पाँचों निर्णय ले चुके थे. अगले दिन पौ फटते ही पाँच सौ ठग निकल जाएँगे, हर गुट अपने रास्ते, अपने-अपने घर की ओर. ये अभियान सही नहीं लग रहा था.

लेकिन सुबह तक एक के बाद एक कई शुभ शगुनों ने ये स्थिति भी बदल दी थी.

रात के प्रथम पहर में जंगली बिल्लियों के झुंड में एक भयंकर झगड़ा उभरा – ये एक शुभ शगुन था. तम्बुओं के नीचे देर तक अनेकों सचेत कान आँखें फाड़े सुन रहे थे.

सुबह, पाँचों जमाँदार घेरे में बैठे जो रात के शगुन के बारे में बात कर रहे थे, एक गिरगिट घेरे के बीचोबीच आ कर ज़ोर से चीख दिया, ये भी एक बहुत बढ़िया शगुन था. माँ खुद उन्हें अभियान में जाने को कह रही थी.

बस, फिर जमाँदारों के पास और कोई चारा नहीं था, उसी दिन पाँच सौ पाँच ठगों ने मेर्ता का रास्ता पकड़ लिया. अगले दिन आसमान में चील उड़ता दिखाई दिया. सब साँसें रोके देखते रहे. चील का चीखना, मतलब सर पर मंडराती बरबादी. मगर चील ने कुछ आवाज़ न की. ये 'कैब अगासी' नहीं थी. उलटे एक जमादार के कदमों पर सफेद बीट गिराते हुए गई.

जमादार नौजवान मांधाता था और चील का पास में बीट गिरना भी बुरे मायने नहीं रखता था.

"ओह रे, आला, ये देखो, आज तो सफ़ेदी हाथ आएगी."

बाकी रास्ता दनदनाते, खुशी में चूतड़ बजाते, इतराते तय किया. वे एक तालाब के पास थे जब उनने कैप्टन मोर का हरम देखा. पास एक पतझड़े पेड़ पर टिके कौवे ने एक गूँजती काँव के साथ ठगों को हमला करने का संकेत दिया.

4. एक पखवारा बीत गया जब मांधाता घर लौटा. घर के अंदर पहले एक दोस्त ही घुसा. इतराते हुए वो आँगन के बीचोंबीच जहाँ सब औरतें बैठी दोपहर के खाने की तैयारी में लगी हुई थीं जा कर रुका. "भाभी, तू अनुमान भी न लगा पाएगी, तेरा आदमी तेरे लिए क्या ले कर आया है."

मांधाता की बीवी उछल कर उठ गई और घूम कर उस आदमी के पीछे देखने लगी.

"तुम लोग लौट आए? वो कहाँ हैं?"

तभी 'वो' भी भीतर आ गया. गोद में एक बच्चा लिए हुए था. बच्चा सबों को अपनी उत्सुक आँखों से देख रहा था. औरत ने भाग कर बच्चे को गोद में ले लिया.

"हाय राम, कित्ता सुंदर है!"

"सुनो तो." मांधाता चिल्लाया.

गोद में ले कर वो गोल चक्कर लगा रही थी. कई सारे चक्कर लगाने के बाद उसने बच्चे को सीने से चिपका लिया. बैठ कर उसका निरीक्षण करने लगी.

"ये तो मेरा है." कहकर वो उसे अपने गोद में झुलाने लगी. उसने उसके मोटे-मोटे गोरे गालों को कस के नोचा, अपनी आँखों से काजल चुरा कर उसकी आँखों में भर दिया. उसके होंट, गाल, हाथ, पाँव सब ज़ोर-ज़ोर से पुचकारे, और फिर दुबारा सीने से चिपका लिया.

"लेकिन इसका बाप फ़िरंगी था." मांधाता ने तेज़ी से बोल डाला.

"अच्छा?"

वो उसे अपने से दूर पकड़ कर निहारने लगी.

"फिर तो इसे हम फ़िरंगिया बुलाएँगे."

भाग 4

मैं एक मोती, कभी सागर के उदर पर आराम से पड़ा था. खुद को उन के हवाले किया सिर्फ़ ये सोच के कि अब चैन से किसी खूबसूरत के वक्ष- स्थल में राज करूँगा. हाय किस्मत! मेरे तन को भेद कर और उसमें तागा डाल कर, उनने तो मुझे उसकी नाक से लटकता नथ बना कर छोड़ दिया.

- *ठग गवाह लायक, लगभग 1830 में अपने भाई की गिरफ़्तारी की ख़बर सुनने पर*

---

1. अपने पिता और गिरोह छोड़ जाने के बाद फ़िरंगिया ने अपना आपा भी खो दिया.

आने वाले दिनों में चलते-चलते न जाने कब उसका एक जूता गुम गया. उसने दूसरा भी उतार दिया. हवा में उड़ा कर दूर फेंक दिया. एक समय था जब वो कड़क बाँका था. अब फटी धोती लपेटे घूम रहा था.

सारा-सारा दिन भौंचक्का सा जहाँ कहीं उसके नंगे पाँव उसे ले जाते, चलता जाता. पैर बड़े गहरे ज़ख्म झेल रहे थे. अड़ंग-बड़ंग रास्तों पर चलते हुए, जंगल के विस्तार से अस्तर देते पेड़ों की पैशाचिक बाहों के नीचे से निकलते हुए, या आदमी या बीमारी के मारे खाली और उजड़े - उसकी याद में कभी आबाद और खुशहाल - गाँवों से गुज़रते हुए, उसे जो खाने को मिल जाता मुँह में डाल लेता.

जैसा उसका हाल था, उसका जीवित रह पाना एक चमत्कार था. अंधेरा होता, रास्ता टटोल-टटोल कर बढ़ता जाता, थक कर चूर हो जाता तब गिर जाता और वहीं पर सो जाता. सोते में सपने भूत हो कर लिपटते. ज़्यादातर सपने वो जागने पर भूल जाता था, मगर एक था जो अक्सर उसे सताता था, याद भी रहता. उस सपने में अनेकों गिद्ध देर से उस के सर पर मंडरा रहे होते थे और उन गिद्धों का सरदार आखिर उस पर जब झपट्टा मारता, तो चंगुलों से सीधा उसकी आँखें फाड़ ले जाता, बाकी गिद्ध फिर चीर-फाड़ कर उसका माँस ले जाते, कहाँ-कहाँ से उसे पता भी न चल पाता. बस दहशत में वो काँपता रहता. तब वो उठ जाता था. बदन पसीज रहा होता और वो अपनी आँखें मलने लगता. ऐसे सपने का अर्थ नहीं समझ पाता.

लेकिन उसके जागते पल हमेशा चंदा बाई के ख्यालों में कटते. हांलाकि उसकी उसके साथ बीती हर बात फ़रेब थी, उसका झूठ तो उसने तब ही भुला दिया था जब उसका सिर जंगल के पुराने मंदिर की सीढ़ियों के नीचे दबी मिट्टी से टकराया था.

नूर बेगम, उस दूसरी औरत को तो वो जानता तक न था, न ही आगे कभी याद रखने का ख्याल रखता था. हर दिन जो वो पागलों की तरह डोलता रहता, जो खो दिया उसके बारे में विचार कर-कर के पछताता रहता. दल में बिताए आखिरी दिनों में भी वो यों ही पछताया करता था, चंदा बाई की याद में तड़प जाता था. रह-रह के जो टीस मारता, तो जवान ठग उसका हाल देख कर बेहाल हो जाते और बुज़ुर्ग ठग तरस खा कर रह जाते. एक दफ़ा एक गाँठदार पेड़ सा दीखने वाला बुज़ुर्ग अफ़ीम फाँकते हुए उदास आवाज़ में बोल पड़ा, "ये तो माँ के फरमान को नकारने का अनजाम है ..."

165

फ़िरंगिया को चंदा बाई की बाहें और महक याद आती थीं. उसके गद्दीदार दो सुडौल स्तनों को और उसकी लम्बी चोटी को, जिसे पकड़ कर वो उसके तम्बू में उन कुछ अलसाई दोपहरियों में उसकी उन गद्दियों पर सिर रखे गोल-गोल घुमाता रहता था, वो अपने ख़्यालों से निकाल ही नहीं पा रहा था. उन्हीं यादों को बार-बार जीता, फिर जीता, तब तक जीता रहता जब तक उसके मन में उन सब यादों ने मिल कर एक बहुरंगी पच्चीकारी चित्र बना लिया होता. फिर वो उस चित्र के ही अनेकों बार दर्शन करने लगता. उस चित्र में मायने डालने लगता, फिर से मन को अनेकों पूजनीय आकृतियों से भर देता.

समय बीतता गया और वो उसके चेहरे की गोलाई याद करने की कोशिश करता. हवा में उँगली से गोले तराशता. या जब कभी, बेहाल हुए ज़मीन पर पड़ा होता तो मिट्टी में चेहरा छिपा देता, उँगली रेत में आप ही आप गोला खींचती. मन को राहत मिलती.

कितनी बार उसे लगा कि वो उसका नाम पुकार रही है. वो उछल पड़ता और आँखें फाड़े चारों तरफ़ घूम कर उसे खोजने लगता. वो जानता था कि ये उसका मन है जो खेल खेल रहा है. लम्बे कदम फेंक कर वो भागने लगता. हाथ ऊपर उठाए, बावले कुत्ते की तरह विलाप करते.

जंगल में रात को कभी किसी पेड़ की कोई डाली घूम कर नीचे जो झुकती होती, ये सोच कि चंदा बाई उसे आगोश में आने को बुला रही है वो झपट कर डाली पकड़ लेता. डाली को पकड़े लटके रहता, घंटों आसमान में चाँद को देखता, बाँय-बाँय करने लगता. तब तक वलवलाता रहता जब तक आवाज़ साथ देती. सुबह उठता, तो अपने को पेड़ के कदमों पर सिकुड़ा पड़ा हुआ पाता. और सूरज को नीचे नज़र किए हुए उसे देखते हुए पाता.

किसी भी तरह वो बस उसे वापस चाहता था.

कई महीनों तक यूँ टप्पे खाने के बाद ही उसे लगना शुरू हुआ कि वो हमेशा के लिए जा चुकी है और जब उसे पूरी तरह समझ आने लगा कि उसका जीना फिर भी चलता रहेगा, उसने गाँव में अपनी माँ के पास वापस लौटना तय कर लिया.

तब, लड़े सन्नाटे की हवा चलाकर जो चंदा बाई ने उसे फिर पुकार लगाई, वापस बुलाया, तो वही चिल्ला कर बोला, "मुझे आज़ाद कर दो."

2. हांलाकि उसके कंधों तक लम्बे बाल बिखरे हुए थे और तन पर एक कपड़ा न था, गाँव के कुत्ते दुम हिलाते हुए उसके साथ-साथ चल रहे थे. कोशिशें कर के वो अपने को ज़मीनदार की हवेली ले जाने वाले जाने-पहचाने रास्ते पर आगे खींच पा रहा था. बच्चे अपना खेल रोक कर उसके लिए रास्ता बना रहे थे, चुपचाप गुज़रते हुए देख रहे थे और उनकी माँएँ उन्हें अंदर बुलाने के लिए ऐसी रफ़्तार से भागी-भागी आ रही थीं, जैसा किसी ने सोचा भी न था कि वे दौड़ भी पाएँगी. लेकिन घर की दहलीज़ तक पहुँच कर अपने बच्चों को बुलाने के बजाय वे भी फ़िरंगिया को घूर-घूर कर देखने में लग गईं.

वो लड़खड़ाते हुए फाटक तक पहुँचा, जैसे-तैसे अपने को दरवाज़े पर खदेड़ लाया, फिर वहीं रुक कर चिल्लाया, "माँ!"

शांता देवी को अंदाज़ा तो था कि उस ही दिन या तो उसके बेटे की कोई खबर या खुद बेटा उसके घर आएगा. ये वहम उसे कई महीनों से रोज़ ही होता था. उस दिन, पौ फूटते ही उसने अपनी बेचैन नींद खत्म की और अपने घर के आंगन की टहलकदमी शुरू कर दी. साथ में घर के कामकाज करती जाती और नौकरों को काम समझाती जाती. फ़िरंगिया के आने पर वो दरवाज़े तक भाग कर उसके गिरते बदन को सम्भालने को एकदम तैयार थी. आँसु थामते हुए वो बेटे की बलैया लेने लगी.

"मेरी आँखों की पुतली! मेरे लाल! तू आ गया है तो अब मेरा दिल भी ठिकाने आ जाएगा."

नौकर को बुलवा कर फ़ौरन खाट डलवाई, "यहाँ! इधर!"

बेटे को लिटाल कर नौकरानी को खिचड़ी बनाने का हुक्म दिया और दुलारी से बालटी भर साफ़ पानी लाने को. मिल कर दोनों फ़िरंगिया के घाव धोने लगे.

"माँ," मूर्च्छित स्वर में वो बोला. लेकिन माँ ने उसे फ़ौरन चुप कर दिया.

"आराम कर," कहकर वो और दुलारी उसके पाँव के घाव भरने में लग गईं. वो कब सो गया उसे पता ही न चल पाया.

आँख जब खुली उसका सिर माँ के बाहों में झूल रहा था. पता नहीं कब से वो यों उसे गोद में ले कर उसके जगने का इंतज़ार कर रही थी. जैसे ही वो जागा उसने खिचड़ी मँगवा ली और अपने हाथों से ढेले बना-बना कर उसके मुँह में डालने लगी. उसका ध्यान गया कि वो अब साफ़ कपड़े पहना था. पैर पट्टियों से बंधे थे. खाना खाने में कितना अच्छा लग रहा था. खाने के बाद शांता देवी ने उसके बाल काढ़ने के लिए कंघा निकाल लिया. और वो बोला, "माँ, आपसे कुछ कहना था."

वो हवा में कंघा पकड़े रुक गई, उससे आँखें मिलीं और प्यार से मुस्कुरा दी. "हर बात कहने के लिए आगे समय आएगा, बेटा."

जो-जो बातें जानने को थीं, शांता देवी सब समझती थीं. उसे तो बस अपना बेटा वापस चाहिए था, वो मिल गया था. नौकरानी प्याली में कुछ घोल कर ले आई, "सोने के लिए दो घूँट तो पी ले, बेटा."

फ़िरंगिया के अगले कुछ दिन यों ही बीते. गहरी नींद में खो कर, खाना खा कर, माँ के आश्वस्त करने वाले चेहरे पर देर तक निगाहें टिका कर और कुम्हलाते हुए वापस नींद में पहुँच कर.

एक दिन वो उठ ही बैठा.

"माँ, अब मुझे उठना चाहिए. आराम बहुत कर लिया."

लेकिन उसने अपने चारों तरफ़ कई सारे बिस्तरबंद और बड़े पुलंदे देखे. बाहर कई गाड़ियाँ खड़ी थीं, और पास के गाँव से उसके मामा के लड़के इंतज़ार कर रहे थे.

फुसफुसाते हुए वो बोली, "हम बनारस के लिए रवाना हो रहे हैं, मेरे लाल. अब देखना कैसे सब ठीक हो जाएगा!"

3. बनारस! यही तो वो जगह थी जहाँ भगवान वास करते थें. तो उसकी माँ भगवान के यहाँ उसका मामला पेश करने जा रही थी. अरसे बाद आज कोई मनोरंजक विचार उसके सामने आया था. उनके गाँव से बनारस अस्सी कोस दूर था, दस दिन में सफ़र खत्म हुआ. ठगी के दिनों में वो यही रास्ता आराम से इसके आधे में तय कर लेता था. इटावा में यमुना पार की, अलाहाबाद तक नदी के किनारे ही रहे, फिर अलाहाबाद में गंगा पार कर ली.

शांता देवी के पास बड़ी अच्छी योजना थी. वो भगवान के सामने सिर्फ़ अपने बेटे का मामला ही पेश करने नहीं जा रही थी, उसका इरादा अपने बेटे को सुधार कर वापस लाने का था. इस काम में उसे चाहे जितना वक्त बनारस में रहना पड़े. उसे पूरा यकीन था कि रोज़ाना गंगा मैया के पवित्र पानी में डुबकी लगा कर उसके बेटे के सब पाप धुल जाएँगे और जो कमी फिर भी रह जाएगी वो बनारस में ही एक परमहंस बाबा के प्रभाव से पूरी हो जाएगी. उसकी बहन ने उसे बुड्ढे बाबा के पास जाने का ज़ोर डाला था और शांता देवी को लगता था कि उनके ज्ञान और प्रवचन का प्रभाव उसके बेटे को उसके पिता द्वारा दिखाए गलत रास्ते से दबोच कर निकाल लाएगा.

तो ये थीं उसकी विशाल आशाएँ. ठीक होने के बाद वो बेटे को सम्भाल कर सही रास्ते में डाल देगी. फ़िरंगियों की फौज में भरती करवाएगी. मेहनत-मजदूरी से पैसा कमवाएगी. उसकी बहन का आदमी एक फ़िरंगी अफसर के यहाँ काम करता था और फ़िरंगिया के लिए सही नौकरी के इंतज़ाम करवाने का ज़िम्मा बहनोई ने खुद पर ले लिया था.

लेकिन शांता देवी की योजना का सबसे ज़रूरी भाग बनारस में अपने ठहराव के दौरान देवी की सेवा करना था. वो तय करके आई थी कि वो नित दिन उसके मंदिर में झाड़ू लगाएगी, उसके सेवकों के लिए खाना बनाएगी और ज़रूरत पड़ने पर सोना छोड़ देगी. हाँ, इन सब के लिए वो तैयार आई थी. सब काम खत्म होने पर वो माँ के सामने एक पैर पर टिकी, हाथ ऊपर कर जोड़ कर खड़ी रहेगी. सावन के मेह के से प्रचुर, मूल्यवान मोतियों समान आँसु बहाएगी, तब तक जब तक माँ उसके बेटे को आज़ाद न कर दें.

पहले दिन सब ने गंगा-स्नान किया. हवा कोहरे से आच्छादित थी. फिर बाबा से मिलने के लिए जब घाट पर चल रहे थे तो अमीर हिन्दु व्यापारियों की हवेलियों के पास से गुज़रे - ऊँची इमारतें जिनकी चोटियाँ आसमान के विशाल नीले सीने को कुरेद रहीं थीं. हँसते हुए बच्चे उछल-उछल कर उनका रास्ता काट रहे थे और गायों के एक बड़े से झुंड के लिए उन्हें रास्ता छोड़ना पड़ा. कम से कम बीस गायें बाज़ार की ओर जा रही थीं. कुछ गुस्सैल, सफ़ेद दाढ़ी वाले पुजारी पास बैठे थे. उधर सामने

से घुन्नाई हुई नाचने वालियाँ, जिनके आँखों का सूरमा चेहरे पर फैल गया था, गाली देते हुए आगे बढ़ी जा रही थीं. उनकी भाषा सुन शांता देवी का मुँह खुला का खुला रह गया.

टूटे से बूढ़ों, गंभीर दिखने वाले जवान, औरतों और लड़कियों की अनेकों पंक्तियाँ पाप-मुक्ति के लिए पानी में डुबकी लगा रहे थे और हर बार जब वे पानी से बाहर निकलते, फ़िरंगिया देखता कि उनके चेहरे पर छपा दर्द या शोक वहीं का वहीं है. घाट पर हवन पूजन ने हवा कड़क कर रखी थी. धुआंदर वातावरण में वो चमेली के सफ़ेद फूलों की बौछार गिरते देख रहा था, लेकिन उसके नथुने हवा खींच कर घी, चंदन और जलता मांस बता रहे थे.

चारों ओर लोग सांसारिक उलझनों में फंसे पड़े थे और वो यह नहीं समझ पा रहा था कि ऐसी जगह में उसे निवारण कैसे मिल पाएगा?

4. बुड्ढे बाबा के प्रांगण की शांति घाट के बवाल से मेल नहीं खा रही थी.

"हरेक के भीतर दिव्यात्मा है," वे कह रहे थे. आवाज़ में कुरकुराहट थी, लग रहा था कम ही बोलते हैं. "तुम में से किसी को इस बात का ज्ञान नहीं है कि भगवान हर जीव के अंदर विराजमान है. कुछ ही हैं जो अपने में उसे ढूँढ सकते हैं."

उनका तन कुम्हलाया हुआ सा था, वैसे जैसे पत्ती पेड़ से झड़ कर समय के साथ अपनी स्वाभाविक लकीरों के चारों तरफ़ घूम जाती है. वे एक प्राचीन पेड़ की छाईं में एक सपाट पत्थर पर बैठे थे. उपदेश देते-देते, घड़ी–घड़ी अपने शुष्क टहनीनुमा हाथों से लम्बे शानदार घुमाव कर रहे थे – कभी सिर के ऊपर से नीचे पत्थर तक, तो कभी बेड़े-बेड़े सिर के चारों तरफ़, कभी ऊपर दाएँ से नीचे बाएँ, या नीचे दाएँ से ऊपर बाएँ, कुछ घुमाव पीछे की और भी किए. देखने वालों को उनका ऐसा करना उन्हें कुछ देर तक देखते रहने में ही समझ आ पाया. जहाँ-जहाँ बुड्ढे बाबा हाथ घुमाते, वहाँ-वहाँ उन के निकट मौजूद मकड़ी जाला बना देती. वे एक जाले से बने कक्ष में बैठे थे, बाहर उड़ती मक्खियाँ उन्हें छू तक नहीं पा रही थीं, लोग इस बात से चकित थे कि बुड्ढे बाबा एक छोटी सी मकड़ी से सम्पर्क तक कर पा रहे हैं.

फिर वो वक्त भी आया जब वे एकत्रित लोगों की समस्याएँ सुनने को तैयार हुए.

शांता देवी तो देर से इसी मौके का इंतज़ार कर रही थीं, फ़ौरन अपने साथ फ़िरंगिया को खदेड़ बाबा के चरणों में गिर पड़ी.

"मेरे बेटे को बचा लो, बाबा. बड़ी उम्मीद ले कर आई हूँ."

बाबा ने शांता देवी पर एक सरसरी नज़र दौड़ाई. नज़र में कोई नम्रता नहीं दिख रही थी, एकदम बेरुखी थी.

"कोई भी बात अपने नियत समय से पहले नहीं होगी," फ़िरंगिया पर नज़र गाड़ते हुए वे बोले. "प्रतीक्षा करो, माँ. मुझे पहले राजपूत की कहानी सुननी है."

पास बैठे राजपूत ने सब निगाहें अपनी ओर घूमती देखीं, तो कुछ संकोचवश अपनी ताओ चढ़ी मूँछों पर उँगली फेरने लगा. हांलाकि उसके सुर्ख गालों पर उसके मूँछों के दो गोले, अकड़ की धारणा दे रहे थे, मगर ध्यान से देखने पर साफ़ दिख रहा था कि आदमी ये सच्चा है और मन का भी अच्छा है. उसकी आँखों में एक गहरी उदासी बसी थी. धीरे से और ध्यान से, अपनी मुठ्ठियाँ भींचते फिर खोलते, जैसे कि अंदर संयम जुटा रहा हो, या जैसे उसके शक्तिमान बदन को कोई घोर बोझ पीस कर रख रहा हो, उसने दबी मगर सधी हुई आवाज़ में बोलना शुरू किया.

5. "गुरू जी! मुझ पर दया करने वाले मुझे रुकबर सिंह के नाम से जानते हैं. जो आदमी आपके सामने बैठा है बड़ा थका हुआ है. वो शांति खोज रहा है और यदि ये असम्भव है तो किसी तरह इस दुनिया से हट जाने की आज्ञा चाहता है. मैं बुरा आदमी नहीं हूँ, स्वामी, मैंने कोई पाप नहीं किया है. मेरे माता-पिता दो ईमानदार जन थे और उनसे, जब तक वे जीवित थे, मैंने और मेरे भाई, अर्जुन सिंह, ने जीवन को मान और सभ्यता से जीना सीखा था. जहाँ तक सम्भव हो अपनी ज़िम्मेदारी निभाना, ईमानदारी से जीना और नाइन्साफ़ी के समक्ष डरकर न बैठना, ये उपदेश दे कर गए थे वे हमें. मुझे इस बात का गर्व है कि सारी उम्र हम दोनों ने अपने माता-पिता के उम्मीदों के अनुरूप आचरण किया है. भगवान की कृपा से मेरा एक स्नेहमय परिवार भी था और चार साल पहले तक मैं ऐलीचपुर के मेजर सैयर के यहाँ दफ़ादार की नौकरी ईमानदीरी से निभा रहा था."

राजपूत ज़रा रुककर अनावश्यक को आवश्यक से हटा कर अपने विचार एकत्रित करने लगा. उसने शांता देवी का ध्यान बाँध लिया था. वो उसका हर शब्द बड़ी रुचि के साथ सुन रही थी.

"मेरा भाई मन और तन दोनो का बहादुर और खूबसूरत था. वो मुझसे पचास कोस दूर औरंगाबाद में रहता था. तलवारबाज़ी में माहिर था और उसके अफसर कैपटन टॉकर साहिब उसे पसंद भी करते थे. स्वामी! चार साल हुए, एक भले दिन बैरागी मेरे घर आया. बैरागी एक भिक्षुक था जिसे मेरे भाई ने अपने घर में शरण दे रखी थी. मेरा भाई बड़ा कृपालू आदमी था. दान देने में दुबारा नहीं सोचता था. घर के दरवाज़े सबों के लिए खुले रखता था. भाई को ढूँढते जो वो मेरे घर पहुँचा तब मुझे पता चला कि उसे निकले हुए एक माह से भी अधिक हो गया था. उसके ऐलीचपुर आ कर कुछ सैनिकों को तलवारसाज़ी सिखाने की बात मुझे मालुम थी. मैंने फ़ौरन छुट्टी ली और भाई को खोजने औरंगाबाद के रास्ते निकल पड़ा. हाय, मेरी खोज शुरू में खत्म हो गई. ऐलीचपुर के पास मुझे कुछ सरकारी घुड़सवार मिले जो कुछ ठगों को हिरासत में ले जा रहे थे. उनसे मुझे पता चला कि पास कुएँ में पाँच लाशें भी मिली थीं. लाशें ऐसी बुरी हाल में थीं कि उनको बाहर निकालना असम्भव था. ठगों के बयान के अनुसार वे लाशें उनने ही वहाँ फेंकी थीं. उनसे बरामद चीज़ों में अपने भाई की तलवार देख मैं अपने भाई का दुखद अंजाम समझ गया. मुझे तो आज तक ये समझ नहीं आ पाया कि मेरे शेर जैसे भाई का अंत इस तरह कैसे सम्भव हो सकता है?"

राजपूत बाबा को ऐसे देख रहा था जैसे कि उनसे किसी जवाब की उम्मीद कर रहा हो. लेकिन बाबा स्थिर बैठे रहे.

एक लम्बी आह खींचते हुए वो बोलता गया.

"फिर मैं कुएँ में गया. नीचे देखा, पाँच कपाल दिख रहे थे. मैंने कुएँ में छलांग लगाई और नीचे आठ और कपाल दिखाई दिए. कई छलांगें लगाने के बाद ही मैं कुएँ से सब हड्डियाँ हटा पाया. भाई की अस्थियाँ बताना असम्भव था तो मैंने सब का एक ढेर बना कर अंतिम संस्कार कर डाला."

राजपूत ने एक लम्बी चुप्पी साध ली. वो सिर झुकाए बैठा रहा. आँखें ज़मीन पर गड़ी थीं. उस सन्नाटे को तोड़ने की हिम्मत किसी की न हुई. वो तब टूटा जब सिर

उठा कर वो फिर से बाबा को देखने लगा. उसकी मूछों से चिंगारियाँ छूट रही थीं. अपनी उँगली हवा में उठा कर वो दहाड़ के बोला, "स्वामी, इस निरर्थकता से मैं क्या समझूँ?"

उसकी बगल में एक बड़ा सा पोटला पड़ा था. उसे ही खींच कर उसने खोलना शुरू कर दिया.

"ये देखिए! मेरे भाई को उनने किन चीज़ों के लिए खत्म कर डाला."

बेहाल तो हो ही गया था, उसने बाबा के सामने पहले एक पीतल का डोंगा फेंका, फिर किनारे में काम की गई तस्तरी, फिर एक तवा फेंक दिया. सब बर्तन ज़ोर से आवाज़ करके बाबा के सामने गिर रहे थे. आसपास लोग सहमे से देख रहे थे. कई चौंक कर खड़े हो गए. लेकिन राजपूत पोटले को खाली करने में ही लगा रहा. कपड़े फेंके, कढ़ाई की हुई सुंदर टोप फेंकी, चमड़े की पेटी ... तभी रुका जब अपने भाई की तलवार बाहर निकाल ली. उसे देख वो टूट ही गया और सिसकियाँ भरने लगा.

"स्वामी! मैंने अपना सब कुछ छोड़ दिया है. अपने प्यारे बच्चे, अपना घर, नौकरी. मेरी बीबी एक भली औरत है. उसे भी मैं उस हाल में छोड़ आया हूँ जब उसे अपने आदमी की ज़रूरत थी. अब मेरा कोई परिवार नहीं है. बस भाई की ये आखिरी निशानी लिए घूमता फिरता हूँ. इनका साथ ही प्रिय है मुझे."

इतना कहकर वो फूट फूट कर रोने लगा. शांता देवी उसके पास ही बैठी थी. उसने झट अपना हाथ उस पर डाल दिया जैसे कि उसी का बेटा हो.

"अपने भावों पर काबू कर, बेटा. अच्छा नहीं लगता कि मुच्छैल हो कर बिलख-बिलख के रो रहा है. देखना बाबा कोई न कोई तरीका निकाल ही लेंगे."

तभी बाबा के कुछ नवयुवक अनुयायी प्रांगण में आ कर चुपचाप खड़े हो गए. उन्हें देख महात्मा ने अपने सामने जाले को चीरा और बाहर निकल आए. अपने एक शिष्य से पूछा, "क्यों? क्या समय हो गया?"

"एक घंटे में, स्वामी." शिष्य हाथ में एक बड़ा सा लकड़ी का कटोरा पकड़ा था. दूसरा एक थाल पकड़े था जिसमें कई शीशियाँ और प्यालियाँ थीं. बाबा ने तेज़ी से शीशियों के अंदर के पदार्थ कटोरे में एक साथ मिलाने शुरू कर दिए.

"दो चुटकी हल्दी, पयस्य का छींटा," वो मंद ध्वनि में बोल रहे थे और शिष्यों के अलावा उनके आसपास बैठे लोग चुपचाप ये सब देख रहे थे. "एक माशा कस्तूरी, दो बूंद सेम का तेल," वो बोलते गए, सूक्ष्मता से अंश नापते और जोड़ते गए. जो मिश्रण बनाना चाह रहे थे उसमें अंश कई थे. बाबा मिश्रण तैयार करने में पूरी तरह तल्लीन थे.

इस तरह मिश्रण बनाने में कई मिनट बीत गए थे. शांता देवी अब भी उस बेबस हुए राजपूत को सीने से लगाए हुई थी. वो ये सम्पूर्ण दृश्य बड़े ताज्जुब के साथ देख रही थी. जब उससे रहा न गया तो उसने बोलना शुरू किया, शुरू में विनम्र स्वर में फिर धीरे-धीरे तेज़ होती आवाज़ में.

"इस बेचारे जवान आदमी ने अपनी दुखद आपबीती सुनाई. हे ज्ञानी महात्मा, क्या ऐसा कुछ भी नहीं है जो आप इससे कह कर इसकी अशांत आत्मा को शांत कर पाएँ."

बाबा शायद मिश्रण बनाते-बनातें जाप भी कर रहे थे क्योंकि देखने वालों को ऐसा लगा कि शांता देवी के शब्द सुन कर उन का ध्यान कुछ भंग सा हो गया. लेकिन वो किसी भांति बिगड़े नहीं.

कटोरा शिष्य को पकड़ाते हुए वो एकत्रित लोगों को देख कर बोले, "एक अत्यावश्यक मामले के लिए मुझे ज़रा देर हो गई थी – वो मामला बटुकेश्वर के राजा से सम्बन्धित है. किन्तु अब सारी तैयारियाँ हो चुकी हैं, तो हाँ, बेटा," वो राजपूत को देख रहे थे.

उसकी आँखें अब शुष्क थीं और उसकी मर्यादा वापस आ गई थी.

"देख रहा हूँ कि तुम्हे तो माँ मिल गई है. निःसंदेह, वो तुम्हे सांत्वना देगी. तुम शांति ढूँढ रहे हो. तुम्हारी अवस्था उस दुर्बल के समान है जो बीमारी से तो निकल आया है मगर ताकत वापस लानी शेष है. मुझसे क्या चाहते हो. तुम मेरे यहाँ चाहो तो अतिथि बन कर रह सकते हो. औरों की व्यथाएँ भी सुन लो. शायद कुछ समय बाद तुम्हारा संतुलन लौट आए और जीवन तुम्हे फिर जीने लायक लगने लगे. हाँ, हमारे बीच रहने के लिए तुम्हे सब के लिए जा कर भिक्षा का खाना लाना होगा और तुम्हें ये याद दिला दूँ कि कोई भी अभिमानी आदमी को खुशी-खुशी भिक्षा नहीं देता

है, इसलिए मेरी सलाह ये होगी कि अपनी नाक और होंट के बीच की खेती साफ़ कर के ही भिक्षा माँगने जाना."

राजपूत ने अपनी मूछ पर उँगली दौड़ाई और लजा के नीचे देखने लगा. लेकिन शांता देवी को बाबा का रूखापन गलत लगा.

"इस आदमी के साथ जो कुछ बीती हम सब ने सुना. ये यहाँ सहायता के लिए आया है. और आप इससे बस इतना ही कह रहे हैं."

बाबा ने कटोरा ले कर मिश्रण मिलाना शुरू कर दिया, उसका गाड़ापन देखने लगे और बड़ी लापरवाही से उसे बिना देखे कहना शुरू किया, "तुम चाहती हो मैं संसार में पाप के विरुद्ध आवाज़ उठाऊँ. अगर तुम ज़रा सोचोगी तो पाओगी कि ऐसा करना मूर्खता होगा. संसार अच्छा-बुरा सब मिल कर बना है और ऐसा संसार ही हमें पालता है और देखरेख करता है."

शिष्य को कटोरा पकड़ा कर बाबा फ़िरंगिया की ओर बढ़े और उसके सिर पर अपने दोनों हाथ धर कर बोले, "रही बात उस ठग की जिसने ये अपराध किए हैं, उसे भी मैं हर्गिज़ नहीं धिक्कारता."

बड़े दिनों बाद फ़िरंगिया के चेहरे पर एक हल्की सी मुस्कान फैल आई. लेकिन शांता देवी का चेहरा फक्क पड़ गया. बाबा बोलते गए, "क्योंकि वो ठग ही तो था जिसने सबसे बढ़िया कहानी, राम की कहानी हमें सुनाई. उस बात के लिए में उस पर सदा आभारी रहूँगा. हाँ, भगवान की कहानी सुनाने के पहले उसे अपने पापों के लिए बड़ी घोर तपस्या करनी पड़ी थी."

अनुयायियों ने याद दिलाया कि जाने का वक्त आ गया है. बाबा चल दिए और सब उन के पीछे लग गए.

"आओ, तुम लोगों को मैं बटुकेश्वर के राजा की कहानी सुनाऊँ."

वे एक अलग आंगन में आ कर रुक गए. यहाँ वे आवाज़ ऊँची कर के बात कर रहे थे. एक शांत से कोने में क्यारी में गेहूँ उग रही थी. और आसपास दो सैनिक खड़े थे.

"बटुकेश्वर का राजा ज्ञानी था, फिर भी उसे अत्याचार भरा और विलासी जीवन जीना ही मंज़ूर था. वो बिना वजह युद्ध छेड़ता था, अपने ही राज्य में लूट मचाता था

और अपनी प्रजा को गुलाम बना कर रखता था. अपने शासन काल में वो अनेकों जनों से मिल चुका था. जब वो मेरे पास आया तो लोगों की कपटी जीवनशैली के बारे में मुझे बता रहा था. खुद अपने जीवन में कितना कपट कर चुका था, बता रहा था. अपने को सबसे ज़्यादा कपटी बताता था. वो तो भाग्य की विडम्बना थी जिससे उसकी आँखें खुल गईं. अपने सामने जब उसने अपनी रानियों और बेटों की हत्या होती देखी, अपने महल को जलते देखा, अपना सब कुछ लुटते देखा, तब जा कर उस की आँखें खुल पाईं. उसने अपनी जान त्यागने का फैसला लिया. लोहे का काँटा अपने पीठ में भुकवा कर अपने को जलते कोयलों के ऊपर लटकवाया, कि भुन-भुन के मरूँ. मगर उसकी पीठ की मासपेशियों ने जवाब दे दिया और वो सीधा कोयलों में गिर कर बाहर को लुढ़क आया और बच गया. फिर वो पुरी गया. जगन्नाथ रथ यात्रा के दिन हाथ-पाँव फैला कर रास्ते में लेट गया कि आज जगत के नाथ मुझे कुचल कुचल कर मारें. तीनों रथ निकल गए, वो बच गया, केवल उसके सीधे हाथ की तीन उँगलियाँ न बच पाईं. कुचल गईं. आखिरकार, बनारस आ कर उसने फिर मरने की कोशिश की. टूटे हुए मटके बाँध कर गंगा जी में छलाँग लगा ली, कि मरूँ तो पवित्र गंगा के आलिंगन में मरूँ. लेकिन इस बार भी एक गुज़रते मछुआरे ने उसे बचा लिया. तब जा कर, कुछ माह पूर्व, हथेली में अकेला अंगूठा और पीठ पर हरा घाव लिए वो मेरे पास आया. बड़ा पीड़ित था. अपने पापों का पछतावा करना चाहता था. 'मैं स्पष्ट तौर से समझना चाहता हूँ कि ईश्वर सच में मुझे जीवित रखना चाहता है, तब ही मैं अपना सही ध्येय खोजूँगा.' उसने मुझसे कहा."

बुड्ढे बाबा ने हाथ से जो संकेत किया, वो दो सैनिक क्यारी के पास से हट गए और हाथों में फावड़े पकड़े बाबा के अनुयायी गेहूँ काट कर क्यारी की ज़मीन खोदने लगे.

"मेरे बच्चों, बटुकेश्वर के राजा को एक स्पष्ट सबूत चाहिए था कि संसार में उसके जीवित रहने की आवश्यकता है. ये जानना भी सम्भव था. मैंने बताया कि राजा ज्ञानी था. वो एक महान योगी था और मेरे पास सिर्फ़ इसलिए आया था कि मैं एक अंतिम कसौटी पर कसने में उसकी सहायता करूँ. आज हमें पता चल पाएगा कि ईश्वर के मन में राजा को ले कर क्या योजना है? आज, तीस दिन हो गए राजा का शरीर इस

ज़मीन में दबाए. अब समय आ चुका है, राजा को अपने भूमिगत निवास से बाहर लाने का."

बाबा की बात किसी को समझ न आ पाई. उस बीच अनुयायियों ने धीरे-धीरे ज़मीन खोदनी शुरू कर दी थी. कुछ अन्य धीमे स्वर में जाप कर रहे थे. पता चला कि पुनर्जीवन के जाप हैं. खोदते-खोदते जो अनुयायी एक लकड़ी की पेटी पर पहुँचे तब बाबा ने सब को वहाँ से हटा दिया और खुद अपनी उँगलियों से मिट्टी ढीली करने लगे. इस काम में बड़ा समय लग रहा था फिर भी लोग चुपचाप मुँह फाड़े देखे जा रहे थे. आखिरकार कई लोगों के हाथों ने मिल कर बड़े ध्यान से पेटी बाहर निकाल ली. बाबा की निगरानी में पेटी का ढक्कन ऐसे सहज से उठ गया कि लग रहा था कि कीलें अब भी लबालब तेल में डूबी हुई हैं. इसके बाद पेटी के किनारे हटाने आसान हो गए. बटुकेश्वर के राजा का शरीर खुली हवा में पड़ा हुआ था. शव को पुनः जीवन देने के काम में बाबा और भी सावधानी बरत रहे थे. सबसे पहले पैरों, हथेलियों और सिर की नरमी से और धीरे-धीरे मालिश की. फिर रुई और मोम से बंद किए शरीर के हर छेद को खोल दिया. उनने लेटे हुए राजा के मुँह को साँस दी, सीने को हल्के से रगड़ कर प्रसारक और साँस प्रश्वास सम्बन्धी माँसपेशियों को ज़रा परिश्रम दिया और अंत में राजा की जीभ लयबद्ध ढंग से बाहर खींचने लगे. भावविहीन, मुड़कर अनुयायी से लकड़ी का कटोरा लिया.

इधर अनुयायी ने फुसफुसा कर सबसे कहा, "जीवित हैं!" उधर बाबा बड़े ध्यान से राजा के मुँह में बूंद-बूंद कर मिश्रण डाल रहे थे. आसपास अजीब शांत सी खलबली मच रही थी. और फिर राजा की आँखें कँपकँपाते हुए खुल गईं, ज़रा सी हीं, और अध-खुली रहीं. बाबा ने मिश्रण की कुछ ही बूंदें राजा के मुँह में डाली थीं और अब मुड़ कर शिष्य को कटोरा वापस कर दिया था. उसके शरीर को हल्की चादर से ढक, सम्भाल कर पास के मंदिर के प्रांगण में भिजवा दिया.

"कम से कम दो दिन के लिए जीवन डोर कमज़ोर है," बाबा ने राजा के सैनिकों से कहा. "यहाँ का मौन भंग नहीं होना चाहिए."

6.पखवारा बीत गया था. गर्मी अब भी थी. दोपहर थी, दो बैलगाड़ियाँ बनारस से एक कोस दूर सारंगनाथ के खंडहरों में रुकीं. गाड़ीवानों ने उतर कर बैलों की गर्दनों

पर चारे के बोरे लटका दिए और उन्हें प्यार से थपथपाने लगे. बैल बड़े थे और उनके गोल, लम्बे सींग चटक हरे रंगे हुए थे.

दो नौजवान और कूद कर गाड़ी से उतर गए थे.

"तो ये है महात्मा का स्मारक?"

चाँद-जैसे गोल चेहरे वाली महिला गाड़ी के अंदर से झांक कर बाहर देख रही थी. "अरे, ज़रा खंडहरों के पास के घने जंगलों को तो देखो? कैसे सुंदर दीख रहे हैं. अंदर जाना खतरनाक तो नहीं है न?"

"न बुआ. ये वही जगह है जहाँ बुद्ध जी ने अपना पहला धर्मोपदेश दिया था." शांता देवी के भानजे ने जवाब दिया.

"लेकिन ये सब टूटा फूटा क्यों है? मंदिर कहाँ है?"

शांता देवी बाहर उतर आई थी. वो सामने एक ऊँचे और चौड़े भवन को देख रही थी जो असल में एक मकबरा लग रहा था. अंदर घुसने के लिए कोई दरवाज़ा भी नहीं दिख रहा था. फ़िरंगिया और रुकबर सिंह उसके पीछे चल रहे थे. शांता देवी बहुत खुश थी और उसकी ये खुशी बटुकेश्वर के राजा की पूर्णतः सही हालत प्राप्त हो जाने की वजह से थी. उसके लिए इसका मतलब ये था कि उसका बेटा भी ठीक हो सकता है.

"टूटा-फूटा है तो क्या हुआ? कितनी सुंदर जगह है ये." स्मारक की तरफ़ बढ़ते बढ़ते वो कहे जा रही थी.

पेड़ के नीचे बैठे दो आदमियों ने उसकी बात सुन ली. उन में से एक शायद उस जगह का चौकीदार था. कंधे पर पड़े पटके के छोर से चेहरे का पसीना सुखाते हुए वो बोला, "आक्रमणकारी इस जगह को अनेकों बार उजाड़ चुके हैं."

"आदमी सिर्फ़ उजाड़ना जानता है." किसी ने बड़बड़ा कर कहा.

"माँ!" फ़िरंगिया जो चुपचाप पीछे चल रहा था बोल पड़ा. शांता देवी बड़े दिनों बाद बेटे की आवाज़ सुन रही थी. फ़ौरन रफ़्तार धीमी कर उसके साथ लग गई.

"अरे बेटा, है न कितनी बढ़िया जगह?" एक गहरी साँस खींचते हुए वो बोली.

"पहले ये और भी बढ़िया जगह हुआ करती थी." आगे चौकीदार कह रहा था. "और वहाँ जो जंगल देख रहे हैं न, वो हिरणों का शरण स्थल है."

"शरण स्थल?"

"बनारस के महाराजा की भेंट. उसी जगह जहाँ गौतम बुद्ध ने अपना पहला उपदेश दिया था."

"तुमसे कुछ कहना था, माँ."

फ़िरंगिया की आवाज़ एकदम अव्याकुल थी, लेकिन उसे सुन कर शांता देवी के बदन में सिहरन दौड़ गई.

"मेरे बेटे, तू मेरी खातिर परेशान होना ... सोचना ही बंद कर दे. मुझ पर भरोसा कर. सब ठीक हो जाएगा. बुड्ढे बाबा एक महान आदमी हैं. कुछ समय और बीत जाने दे."

"मैंने बाबा से बात कर ली है." वो बोलता गया. "बस आपको बताना रह गया है."

"हिरण जहाँ चाहें जा सकते हैं," आगे अलहदा बातचीत चल रही थी.

शांता देवी को अपनी पिंडली सुन्न होती हुई महसूस हो रही थी. उसे पैरों में फैलता हुए महसूस कर रही थी. वो कुछ नहीं बोली, बेटे की बाँह पर टिक गई.

"हुआ यों था कि उस वन के हिरण भी गौतम बुद्ध के भक्त थे. एक बार राजा हिरणी को मारने के लिए निशाना साध रहा था कि हिरण दौड़ता हुआ राजा के पास आया और उससे उसकी जान लेने की विनती करने लगा. राजा इस बात से इतना प्रभावित हुआ, उसने इस पूरे जंगल को हिरणों का शरण स्थल बना दिया."

"ओहो, कितने महान होंगे वो संत जिनके भक्त जानवर तक हो गए हों."

"माँ, मैंने बड़े अपराध किए हैं. एक बार भी ये न सोचा था कि अपराध कर रहा हूँ." उसे अपनी बाँह पर शांता देवी की जकड़ कसती महसूस हुई. उसे मालुम था कि इस वक्त वो उसको खामोश देखना चाह रही थी. लेकिन उसे पकड़े वो चलता रहा. "माँ, अब मुझे यों ही जीने में कोई शांति नहीं मिलेगी. मेरे लिए ये जानना ज़रूरी हो गया है ..."

उसने उसे आगे बोलने से रोक दिया और कड़े स्वर में बोली, "तुम बच्चे हो. तुम्हारे बापू ने तुम्हे गलत रास्ता दिखाया था. उसमें तुम्हारी ग़लती कहाँ थी. मेरा भी फ़र्ज़ बनता था तुम्हे रोकने का. अब मैं तुम्हें हुक्म देती हूँ वैसा करने को जैसा मैं तुम से कहूँ."

"नहीं, मैं बच्चा नहीं हूँ. और मैं बदल भी नहीं सकता. मुझे कुछ नहीं बदल सकता. न ही जो मैंने किया है उसे कोई बदल सकता है. मेरे हाथ सैकड़ो लोगों के खून से रंगे हैं."

वे एक पेड़ के ठूँठ के पास पहुँच गए थे. सब आगे बाग में चले जा रहे थे. फ़िरंगिया ने माँ को वहीं रोक दिया. उसे ज़बरदस्ती ठूँठ पर बिठा दिया.

"कहा जाता है कि गौतम बुद्ध जब पैदा हुए थे उस वक्त यहाँ पाँच सौ साधु रहते थे. भगवान ने आ कर जो बुद्ध जी के जन्म का ऐलान किया तो सब के सब साधु हवा में उठ गए और गायब हो गए. उनके अवशेष यहाँ गिर गए." उन्हें चौकीदार के शब्द तेज़ी से घटती आवाज़ में सुनाई दिए.

फ़िरंगिया उस प्रतिष्ठित स्थान पर बैठा था, अपनी माँ के चरणों में.

"तुम्हे अपनी माँ पर भरोसा ही नहीं है." वो गुस्से में चिल्ला उठी.

उसने उसके हाथ अपने हाथ में ले लिए और उसी शांत आवाज़ में बोलता गया, "सब तय हो चुका है. आने वाले दिनों में बाबा मेरे शरीर को रुकावट के लिए तैयार करने के लिए मान गए हैं."

"शश्श् ... ये कैसी बकवास कर रहा है तू. देख सब कितना दूर निकले जा रहे हैं. चल उनके साथ लग जाएँ."

वो उठ खड़ी हुई और चलने लगी. फ़िरंगिया भी धीरे-धीरे चलने लगा. लेकिन वो अपनी बात भी बोलता रहा.

"मेरी बात सुनो. अभी, माँ. आपसे और कुछ भी कहना है."

"मैंने तो कुछ और ही सुना है. कि हिमालय जाने के लिए साधु यहाँ इसलिए आते थे कि यहाँ से उड़ान भर सके. हिमालय तक चलने के बजाय, उड़ कर जाते थे."

"ऐसा सम्भव हो सकता है, क्योंकि कहते हैं कि पच्चेक बौधों गान्धमादना में सात दिन चिंतन में बिताने के बाद अनोतत्ता ताल में नहाने गए थे. उसके बाद गाँव वालों से भीख माँगने जो आए, वो उड़ कर ही आए. और जब उतरे तो यहीं उतरे."

"तुम ऐसा नहीं कर सकते." पीछे शांता देवी चिल्ला पड़ी और फूटफूट कर रोने लगी.

आगे चलने वालों को फिर भी उसकी कोई बात सुनाई नहीं दे रही थी. वे बोलते चले जा रहे थे.

"लेकिन गौतम बुद्ध तो एक बार पूरे रास्ते चल कर ही आए क्योंकि उन्हें मालुम था कि ऐसा करने से उन्हें राह में उपक नाम का अजीवक मिलेगा, जिसे उस वक्त उन से मिलने की आवश्यकता थी."

"माँ, मैं सौ दिन के लिए भूमिगत हूँगा. बाबा चाहते हैं कि तुम मेरी समाधि पर पहरा दो."

"अजीवक?"

"हाँ, अजीवक. उन दिनों ऐसे साधु भी हुआ करते थे जो कर्म में विश्वास नहीं करते थे. उनका मानना था कि आत्माओं की पीड़ा को मानवीय कर्मों से कोई संबंध नहीं था ..."

7. कई महीने हुए उसने बोलना तो बंद कर ही दिया था, खाने की इच्छा भी काफ़ी दिनों से चली गई थी. उसकी माँ ही रोज़ाना ज़बरदस्ती खाना मुँह में डालती थी. जब बुड्ढे बाबा उसके शरीर को अल्पकालीन मृत अवस्था के लिए तैयार कर रहे थे, वे उसे दुबारा से श्वसन क्रिया से अभ्यस्त कराने लगे. उसे लम्बी अवधि बाद, गहरी साँसे लेना सिखा रहे थे.

तीसरे दिन बाद उस ने केवल तेल में मिली जड़ी-बूटियों की कुछ बूंदों से काम चलाया. दिन भर कुल एक बार साँस खींच कर और निकाल कर श्वसन क्रिया सम्पूर्ण की. पद्मासन धारण किए, बंद आँख, वो अपने गुरू के सामने गहन ध्यान में डूबे बैठा था. बेटे के समीप ही बैठी थी कापती हुई शान्ता देवी. अपने बेटे को न रोकने की प्रतिज्ञा ली थी उसने, बस इसलिए कि कहीं उसकी ज़रा सी नकारात्मकता उसके बेटे के काम को किसी प्रकार बिगाड़ न दे. शिक्षण ग्रहण करने से पहले उसने अपने बेटे को अपने आलिंगन में ज़रूर भरा था, मगर जब झुक कर वो उसके पैर छूने को हुआ तो वो फ़ौरन पीछे हो कर हट गई थी.

"अरे, ये पैर छूने की क्या ज़रूरत पड़ गई?" हैरान भाव से वो पूछ बैठी. "तुम कहीं जा थोड़े ही रहे हो. मैं लगातार तुम्हारे साथ ही तो रहूँगी, बेटा."

लेकिन जब शांता देवी ने बाबा से ये जानने की कोशिश की कि वे उसे साफ़ शब्दों में बताएँ कि इस प्रयोग की सफलता की कितनी सम्भावना है, तो वे उस पर रहस्यमय ज्ञान से घुली निगाह डाल, निरी उदासीनता से बोले, "हार और सफलता

मेरे लिए बराबर मायने रखते हैं. सफलता मुझे उतना ही प्रसन्न करती है जितना की हार. मैं बस ये आशा करता हूँ कि तेरा बेटा सच को हिम्मत से देख भर पाए."

इतना कहकर वो मुड़ने को हुए. कुछ सोच कर आगे बोले, "जिस तरह उसका शरीर शिक्षित हुआ है, मैं प्रसन्न हूँ. माँ, ये जान लो कि एक बार उसका शरीर विलम्बन की अवस्था में पहुँचेगा, तो उसका जीवित रह पाना केवल संयोग पर निर्भर करेगा."

दसवें दिन उसे जड़ी-बूटी के मिश्रण की और बूँदें दी गईं. पिछले दिनों की तरह उसके चारों तरफ़ सुलाने वाली शांति फैली थी. बस भजन-जापों की धीमी-धीमी भनभनाहट थी.

'असतो मा सद्गमय – तमसो मा ज्योतिर्गमय – मृत्योर्मा अमृतं गमय!'

अगले तीन दिनों के लिए उनने उसे चौखटे पर पीठ के बल लिटाल दिया.

तेरहवें दिन वो विलम्बन की अवस्था में पहुँच गया.

आसपास धीमे स्वर में भजन गाए जा रहे थे और अपने शिष्यों के साथ बाबा बड़े ध्यान से उसकी आँखें, नाक, मुँह और कानों को रूई और मोम ले कर बंद कर रहे थे. फिर मंत्र उच्चारण करते-करते उसके शरीर पर सुगंधित तेल मलने लगे. चौखटे के चारों तरफ़ पेटी तैयार कर दी. ऊपर से ढक्कन डाल दिया. गड्ढा पहले से ही तैयार किया हुआ था. बड़े सम्भाल कर पेटी में उस को गड्ढे में उतार दिया. बाबा ने खुद पेटी पर मिटटी डाली, उसे पूरी तरह धरती के नीचे समा दिया. फिर शांता देवी के थरथराते हाथों में फूलों के बीज थमा दिए.

कुछ बीज शांता देवी ने रुकबर सिंह को दिए और कुछ अपने दो भानजों को. फिर मिल कर एकसाथ उसके शरीर के ऊपर तैयार क्यारी में बो दिए. आखिरी बीज खाकी ज़मीन में बोने के बाद, वो चुपचाप पास पड़ी चटाई पर आ बैठ गई. अगले सौ दिन यहीं रह कर बिताए.

ठग बोली 'रमसी' के कुछ शब्द (*)

डाकू और ठग में यह अंतर है कि डाकू प्रायः जबरदस्ती बल दिखाकर माल छीनते हैं पर ठग अनेक प्रकार की धूर्तता करते हैं, छल का इस्तेमाल करते हैं.

निम्नलिखित ठग बोली के कुछ शब्द जो उपन्यास में इस्तेमाल में आए हैं –

1. अधूरया – ठगों के आघात से जो बच कर निकल आए
2. धंतरू - गधे की रेंकने की आवाज़, दाईं तरफ़ से (अच्छा शगुन), बाईं तरफ़ से (बुरा शगुन)
3. बिला या बेल – गाढ़ने की जगह
4. बिल माँझना – गाढ़ने की जगह तैयार करना
5. उगाल - पुराने कपड़े
6. गुनियैत (गुण आयत) – ठगों की बोली में नकटा और कनकटा
7. गोली – ठगों की बोली में लाल मूँगा
8. फुल्ली - ठगों की बोली में छल्ला
9. पसर – इलाके में
10. ठाप या ठापा – पड़ाव
11. खोतब – आधी रात से पौ फूँटने के बीच का समय
12. लाधना – खत्म करना
13. धाहिया – सूसे की चीख (ठगों में बहुत बड़ा अपशकुन)
14. तपौनी - ठगों की रस्म जिसमें मुसाफ़िरों को मारने के बाद सब ठग मिलकर देवी की पूजा करते हैं और गुड़ चढ़ाकर उसी का प्रसाद आपस में बाटते हैं
15. चेत या चीक जाना – खबरदार होना
16. तील – ठगों पर आँख रखने वाला
17. झवार देना – ठगों से छिपना या कुछ छिपाना
18. सोठा – ठगों में वो जिसका काम मुसाफ़िरों से दोस्ती कर उन्हें लुभा कर लाना था

19. बनिज – माल, यानि वो मुसाफ़िर जो ठगों के चंगुल में फँस गया हो

20. बनिज लादना

21. पक्का करना – ठीक से दफ़नाना

22. धुर्दो – नदी

23. रेवरू – रेती ज़मीन

24. बुकोट – रुमाल फेंक कर गला दबाने वाला

25. ऊरवाला – बुकोट की मदद के लिये हाथ-पैर पकड़ने वाला ठग

26. चुटिया – ठगों का सरदार

27. कटोरा – दफ़नाने के लिये गड्ढा

28. चीज़ – मालदार यात्री

29. आँसू तोड़ = बेमौसम बरसात, अभियान शुरू होने के पहले दिन बरसात ठग बुरा शगुन मानते थे

30. औघड़ – अपशकुन

31. औलेभाई - ठग लोग जब किसी को देखकर यह जानना चाहते हैं कि यह ठग है या मुसाफिर, तब वे उससे यदि वह हिंदू हुआ तो 'औले भाई राम राम' और यदि मुसलमान हुआ तो 'औले खाँ सलाम' कहते हैं. यदि उसने ठगों की बोली में ही जवाब दिया तब वे समझ जाते हैं कि यह भी ठग है.

32. बीतू – जो इंसान ठग नहीं हों

33. बैढ – अपंग इंसान जिसे मारना ठग अशुभ मानते हैं

34. बील्हा – कोढ़ी या बिना नाक या कान वाले व्यक्ति, या बीमार - ठग ऐसे इंसान को अपने लिये अशुभ मानते हैं

35. खुशी खुशी - उनका निशान और कुल्हाड़ा जो उनके गरोह के आगे चलता है

36. गहरे चलना - जाते हुए पथिक के प्राण लेना

37. थिबाऊ - दाहिने अंग का फड़कना आदि जिसे ठग लोग अशुभ समझते हैं

38. भटोट - यात्रियों के गले में फाँसी लगानेवाला ठग

39. लूधा - कब्र खोदनेवाला

40. सूदा - ठगों के गरोह का वह आदमी जो यात्रियों को फुसलाकार अपने दल में ले आता है

41. उठ जाना – मारा जाना

42. आंझना – किसी जगह रात गुज़ारना

43. कुतब अगासी – पौ फूटने से पहले चील की पुकार – ठग इसे घोर अपशकुन मानते थे और किसी से बिना कुछ कहे या छुए घर लौट जाते थे

44. अगासी – चील की पुकार

45. भली या बुरहोही – गीदड़ की पुकार, दिन के वक्त अपशकुन

46. रौंरियाना – कई गीदड़ों की एक संग पुकार, दिन के वक्त अपशकुन

47. भोंटी – उड़ती चील की पुकार – बुरा शगुन

48. बंजारी – रात को बिल्ली का ठग पड़ाव पर आना – अच्छा शगुन

49. बड़ा मट्टी या चिड़चिड़ा – छिपकली की चीख – अच्छा शगुन

50. चिम्मामा – लौमड़ी का रोना – पौ फूटने से दो पहर के बीच इस रुदन को ठग बहुत मानते थे

लेखिका का परिचय

मुक्ता सिंह-ज़ौक्की फ़िज़िक्स में पी.ऐच डी. हैं. वैज्ञानिक शोध कार्य में पंद्रह साल जो बिताए, विश्व के अनेकों नए कोने और अद्‌भुत व्यक्तित्व देखने को मिले, और उस अनुभव ने उनके अंदर का कहानीकार जगा दिया. ये हिन्दी और अंग्रेज़ी, दोनो भाषाओं में लिखती हैं. इनकी कई कहानियाँ भारतीय और अमरीकी पत्रिकाओं में प्रकाशित हो चुकी हैं. 2008 में इन्हें अमरीकी "स्टोरीकोव शौर्ट फ़िकशन अवार्ड" मिला था. तब से ये फुल-टाईम लिख रही हैं.

मुक्ता सिंह-ज़ौक्की लौस-ऐनजिलिस में रहती हैं. लेकिन, दिल्ली में जो पढ़ी-बड़ी हुईं, दिल्ली छोड़ने पर अपना दिल ये वहाँ की टूटी मेहराबों, खंभों और अकेली खड़ी मीनारों के बीच कहीं छोड़ आईं. तभी ये लगातार हिन्दुस्तानी ऐतिहासिक अफसाने लिखती रहती हैं.